L'ENFANT DE LA NEIGE

Né en 1936 près de Carcassonne, Henri Gougaud est écrivain, homme de radio, poète, parolier (de Jean Ferrat, Juliette Gréco, Serge Reggiani ou les Frères Jacques) et conteur. Il est l'auteur d'une œuvre considérable dont : *Bélibaste*, *Les Sept Plumes de l'Aigle* ou *Le Livre des chemins*, plusieurs fois réédité.

HENRI GOUGAUD

L'Enfant de la neige

ROMAN

ALBIN MICHEL

ISBN : 978-2-253-17642-8 – 1re publication LGF

« Le jour se leva. Soudain un énorme éclat de rire retentit. Il déracina presque tous les arbres.

— On dirait que ce lieu est celui des démons, dit-il, car là où vivent les hommes, qui a déjà entendu une chose pareille ?

— Non, c'est en vérité le jour qui se moque de la nuit. Pourquoi, demande la nuit, lorsque tu arrives, je n'ai plus de nom ? Alors le jour s'esclaffe et rit.

Ce fut une merveille pour le jeune homme d'entendre ceci : que le jour n'a que faire de la nuit, et se moque d'elle. »

Rabbi NACHMAN

1

— Raconte, Thomette, raconte. Il avait neigé tout le jour.

— Mais non, Jaufré, toute la nuit.

Il s'était trompé par malice. Il voulait une fois encore entendre son histoire blanche, cent fois contée, toujours nouvelle. Il ne s'en rassasiait pas. Il faisait mine de gémir. Il demandait :

— Dis-moi, Thomette, comment son manteau m'a couvert ? Dis-moi, il était grand comment ? Oui, je sais, mais dis-moi quand même.

Impatience, feinte de moue, lumière rieuse dans l'œil.

— Dis-moi ses premiers mots au bord du champ de neige, s'il te plaît, Thomette, dis-moi.

La nourrice riait à petits coups pointus. Elle aimait qu'il la prie ainsi.

— Voyez-moi ce filou, ce fripon, disait-elle.

Elle l'ébouriffait, roucoulait encore. Il attirait pour elle un tabouret devant le feu. Elle prenait le temps de s'asseoir, d'étaler sur ses cuisses un torchon de ménage, avec ses pommes à éplucher. Il se pelotonnait par terre, la joue posée contre son flanc, le nez dans le parfum des fruits. Il guettait la première phrase. Instant de volupté béate mêlée d'obscure exaltation. La voix de Thomette, complice, emplissait enfin la pénombre d'images aimées, familières, et derrière les yeux demi-clos de l'enfant s'allumait le rêve attendu : la sortie du bois de Lestang, la lande blanche, le ciel bas, les toits du faubourg de Pamiers, au loin, derrière un pli de neige.

— Donc le père Aymar, ce jour-là, était allé rendre visite au frère d'Arnaud Colomer qui se mourait de diarrhée verte et ne mangeait plus que ses poux. Tu n'as pas connu sa cabane, dans la clairière des Martoux. Il pleuvait dedans, elle puait. Pire qu'une tanière d'ours !

— Mais tout de même pas autant que les latrines du couvent.

— Tais-toi donc, marchand de sornettes, sinon je ne raconte pas !

Elle ne menaçait pas vraiment. Il gloussait, il se renfonçait, voluptueux, dans sa chaleur. Elle reprenait, la langue agile et les doigts vifs parmi ses fruits :

— Notre maître (béni soit-il !) s'était échiné à laver de pied en cap le pauvre triste, il avait pommadé son ventre, il lui avait fait avaler un bol de tisane de sauge, il s'était donné bien du mal, sans souci de sa propre vie, comme il fait toujours, tout prieur qu'il est, auprès des pauvres gens qui l'appellent au secours, qu'ils aient ou non leur sou d'obole pour le salaire du bon Dieu. Que Notre-Dame le protège !

— Arnaud l'avait raccompagné.

— C'était bien là moindre des choses. Des loups rôdaient, c'était l'hiver. Les voici donc, emmitouflés, qui sortent de l'abri du bois. Que voient-ils, au loin, sur la plaine ? Entre la neige et les nuages, quelques corbeaux qui tournaillaient. Et sous les corbeaux ?

— Un enfant.

— Un petit enfant tout malingre, à peine vêtu d'un vieux sac, comme tombé du ciel, égaré, misérable. Pas le moindre chemin tracé, pas le moindre toit de maison. Rien, le désert, tout blanc, tout froid. Et là, dans ce rien, un vivant.

— C'était moi.

— C'était toi, Jaufré.

Silence chaud. Il savourait. C'était le meilleur de l'histoire. Il se serrait, tout ramassé, frottait douillettement la joue sur la cuisse de la nourrice. Elle soupirait, émue, lui baisait les cheveux. Il savait la suite par cœur mais il attendait de l'entendre, le souffle suspendu, le regard à l'affût dans la chaleur du feu.

— À la sortie des derniers arbres, le père Aymar s'est arrêté. Il t'a désigné. Il a dit : « Arnaud, connais-tu ce perdu ? » Le rouquin lui a répondu en grattouillant sa grosse barbe (tu sais comment il parle, on dirait un tonneau) : « Saint homme, c'est le fils de Dieu. »

Elle contrefaisait le balourd, et tous les deux mêlaient leurs rires.

— Le père Aymar a répondu : « Ne sais-tu rien d'autre de lui ? Fils de Dieu, nous le sommes tous ! » Alors le teigneux a grondé (quels mécréants, ces gens des bois !) : « Mais ni vous ni moi, que je sache, n'avons été abandonnés. Je crois bien que Notre-Seigneur est seul capable d'oublier un petit être sans défense, tout nu dans le froid de l'hiver. Quel autre père, par chez nous, ferait une chose pareille ? »

— Je suis vraiment tombé du ciel ?

Question chassée du bout des doigts.

— Notre maître, Jaufré, a répondu ceci.

Index dressé, ton pénétré, tentative d'imitation de sévérité magistrale.

— « Je te sais bon chrétien, Arnaud. Je considère donc que ta langue a fourché, mais garde-toi, à l'avenir, de proférer des hérésies qui pourraient te valoir du feu sous les orteils. Malheureux ! Estimer que Dieu est indigne du nom de Père ! Pourquoi donc nous a-t-Il poussés au-devant de ce pauvre enfant, sinon pour qu'il soit secouru ? »

À cet instant de son récit Thomette se taisait toujours. Elle attendait que Jaufré dise :

— Alors, alors, qu'est-ce qu'il a fait ?

— Il a planté là, sous son arbre, ce gros bougre de bûcheron et il s'en est venu vers toi, de son grand pas, les bras ouverts. Il t'a soulevé de la neige, il t'a serré dans son manteau, toi tu t'es noué à son cou et tu as cessé de trembler.

— Il m'a porté ici, chez toi.

— Il m'a dit : « Regarde, ma bonne, Dieu m'a confié cet enfant. Je veillerai donc sur sa vie. Tu seras sa mère nourrice. Tu l'aimeras comme le frère de ton propre fils Alexis. » Tu étais, quand tu m'es venu, plus chétif qu'un poulet plumé, mais quelle lumière dans l'œil ! Tu aurais fait fondre l'hiver ! Quel âge avais-tu ? Quatre, cinq ans. Tu n'avais ni père ni mère. Ton bienfaiteur, le lendemain, dans l'église de son couvent, t'a baptisé du nom du saint que l'on fêtait ce jour béni où tu as rencontré cet homme (n'oublie jamais, jamais cela !) qui t'a sauvé des crocs des loups. Voilà l'histoire, mon Jaufré.

2

Un cahot souleva le vieux chariot bâché, le ballotta, lui arracha un gémissement d'écorché. Jaufré ronchonna, remua, refusa de se réveiller, se hissa pourtant sur le coude, resta un moment affalé, le menton contre la poitrine, à se dépêtrer du sommeil, à se désembrumer l'esprit, à se chercher un souvenir dans ses turbulentes ténèbres.

Toulouse, faubourg Saint-Cyprien. La taverne du *Chapeau rouge*. C'était quand? Hier soir. Tout à l'heure. Des remuements de tabourets, de gros rires, des voix sonores retrouvèrent un semblant de vie dans son crâne lourd, bourdonnant. Une lumière lui revint, pauvre, fumante. Un lumignon. Il était suspendu au-dessus de sa tête. Il se balançait. Il grinçait. Bruit misérable, exaspérant. Il avait écrit quelques vers à sa lueur intermittente parmi des gobelets de vin. Trop de vin. Trop de gobelets. Il revit Guiraut de Bornelh, de l'autre côté de la table, le nez au ras de ses feuillets, le vieux Guiraut, trop pommadé, cheveux mal teints collés aux joues. Ils avaient composé une chanson d'amour à la Dame sans Nom. Joli jeu. Chacun ses couplets. À lui, Jaufré, les deux premiers, à Guiraut les autres. Assez faibles. Trop convenus, et mal rimés. La troupe de jongleurs, trois hommes et une fille, à demi saouls (peut-être plus), avait tenté de le chanter. Le début sonnait bien. Que diable disait-il ?

Amour me tient qui me brûle et me cerne,
Et me rudoie, m'éjouit et m'hiverne.

Ensuite ? Mort de Dieu, il avait oublié. Que faisait-il dans ce chariot ?

D'un coup d'épaule il repoussa l'énorme ronfleur débraillé qui se pelotonnait, agrippé à son bras. De l'autre côté du gros ventre, sur un tas de hardes et de sacs somnolaient l'autre homme et la fille. Soupirs, grincements doux, ces deux-là s'excitaient, les bras et les jambes mêlés, les bouches proches, murmurantes. Trois des jongleurs du *Chapeau rouge*. L'ombre était tiède sous la bâche. Elle puait le sommeil crasseux.

Le matin, dehors, semblait beau. Jaufré se traîna jusqu'au banc, au-delà du rideau de toile où était le flûtiste borgne, les rênes des mulets aux poings. Le grand jour l'éblouit si fort qu'il grimaça. D'un moment il en fut aveugle. Il gronda :

— Hé, où allons-nous ?

— À Pamiers, lui répondit l'autre. Encore trois heures de route. Nous arriverons vers midi. Les autres sont-ils réveillés ?

— Pamiers ? hurla Jaufré, les yeux démesurés, la chair de poule aux bras.

Le cœur lui bondit dans la gorge.

Pamiers, sa ville de naissance, Thomette, Alexis, maître Anthelme, le père Aymar surtout, sa figure sévère, sa haute taille, ses mots secs, son inaccessible bonté. Il l'avait sauvé de l'hiver un jour de sa petite enfance, il avait fait de lui son fils. Il se souvint de ses silences, de la peur qu'il avait de lui et de son amour pour cet homme, sacré, timide, jamais dit. Il l'avait fui pourtant comme un voleur de poules. Combien d'années étaient passées depuis qu'il s'en était allé ? Au moins sept. Autant que cela ? On ne le reconnaîtrait pas. Il était, en ces temps, un fier adolescent, le poil lui venait au menton. Il écrivait des vers déjà, sous la charpente de l'église. Le père Aymar, apparemment, ne l'avait jamais soupçonné. Du moins, s'il l'avait su, il n'avait rien montré. Peut-être en avait-il souri comme d'une folie passante. Attentif à tout, mais secret, ainsi était cet homme rare. Il n'imaginait pas son fils sous un autre habit que le sien. Frère prêcheur ! Misère grise ! Alors qu'il n'avait de désir que d'émouvoir le cœur des reines, des peuples, des anges, des morts ! Son rêve était de devenir l'un de ces fidèles d'amour qui sont comme des jardiniers dans l'âme muette des gens. Se voir ainsi, joueur de mots parmi des femmes idéales, ensoleillait même ses nuits. Pour une autre vie, point de place. Il avait pris la route, un dimanche, avant l'aube. Il n'avait prévenu que son frère Alexis. Et voilà qu'une beuverie et quelques jongleurs de rencontre le ramenaient à la maison. Par pur hasard, sinon quoi d'autre ?

Il demanda :

— Pourquoi Pamiers ?

Le borgne rit abondamment.

— Tu étais saoul comme un tonneau. Ton Guiraut s'en était allé finir sa nuit entre deux cuisses. Il s'y est sans doute endormi avant d'avoir tiré son coup. Toi, tu ne tenais plus debout. Mathias t'a pris sur son épaule. Il a demandé : « Où va-t-on ? » Tu as braillé : « À la maison ! » Pour nous, là ou ailleurs, c'était même chanson. J'ai pensé : « Faisons-lui plaisir. » Tu regrettes ? Dieu l'a voulu.

Jaufré se souvint, accablé, d'une étrange rogne d'ivrogne, d'une vague envie de pleurer quand il s'était trouvé dehors à grelotter, au petit jour, sous l'enseigne du *Chapeau rouge*. Il s'en retourna sous la bâche. Le gros était assis sur sa paillasse informe. Il se grattait un peu partout. L'œil fixe, il ne regardait rien. L'autre jongleur s'était enfoui avec la fille sous des sacs. Eux paraissaient bien réveillés. « Pauvres gens, contents de leur sort et pourtant perdus, se dit-il. Suis-je leur frère, leur pareil ? Certes non. Moi, je suis poète. » Lui vint une bouffée de confiance rêveuse. « Revenir ainsi, par surprise, après tout, c'est peut-être bien. Thomette sûrement me mouillera de larmes en me serrant contre ses seins, Alexis me regardera comme un messie aventureux. Le père Aymar ? Il comprendra. Il m'aime assez. Non, impossible. Il me toisera de son haut avec cette peine muette qui m'accablait tant, autrefois. » Il s'assit au bout du chariot, le nez et les jambes dehors. Il regarda passer la route.

Ils firent halte avant la ville, à l'auberge du *Moulin d'eau*. Petite cour, un puits, une charrette en ruine, quelques poules à l'ombre d'un chêne. Jaufré s'attarda un moment à se rhabiller de vent doux sur le bord du chemin désert. Sept ans d'absence. Même ciel, mêmes murets au bord des champs, maisons lointaines, familières. Il s'émut, se sentit content. Il pensa, il dit à l'espace : « Salut, c'est moi, Jaufré. Me voici de retour. » Il lui sembla que l'air frémissait alentour. Sans hâte il traversa la cour, il poussa la porte. Pénombre. Plafond bas et murs cabossés, chandelles rares sur les tables. Le feu dans l'âtre brûlait vif sous la panse d'un chaudron noir. Ses compagnons déjà s'attablaient à grand bruit, plaisantaient avec l'aubergiste. Il s'en fut à la cheminée, resta là, à les regarder, le dos dans la chaleur des flammes.

Une fille apparut à trois pas de ses pieds par une trappe ouverte. Elle montait de la cave avec des fruits, du vin. Des exclamations l'accueillirent, des bravos, des appels paillards. Elle sembla n'en entendre rien. Elle jeta un coup d'œil à ce jeune homme seul qui se chauffait les reins. Jaufré rencontra son regard. Son air sauvage le toucha, sa fierté grave, sa réserve, et cette lumière, Seigneur ! Regardait-elle tout ainsi ? Bouche close, nuque bien droite, teint de sable, cela lui plut. Jolie fille ? Comment savoir dans ces vêtements de pauvresse ? Il pensa, murmura peut-être, pour lui-même :

— Quelle beauté !

Elle s'en fut servir ses compères, d'autres gens l'appelèrent ailleurs. Vive, précise. Pas un mot. Elle s'en revint aux étagères. Encore un coup d'œil, en passant, à celui qui restait planté, captivé par son air, ses gestes. Et voilà qu'elle s'arrêta net. Elle désigna la cheminée, en trois pas elle lui vint dessus. En fut-il surpris ? Même pas.

— Hé, votre manteau, lui dit-elle, il brûle !

Des braises l'avaient enflammé. Il n'avait même pas pris garde qu'il flambait déjà joliment. En grande hâte il s'en défit, se sentit soudain rougissant comme un jouvenceau pris en faute. Il entendit rire alentour, on lui lança des moqueries. La fille lui prit son habit, étouffa en un tournemain les restes de flammes fumantes, examina de haut en bas, en femme experte, le tissu et conclut :

— Il ne vaut plus rien.

Puis, tête haute, elle dit encore, un brin de défi dans les yeux :

— Le feu vous aime, apparemment.

Il ne sut que répondre. Il balbutia :

— Sans doute.

Alors elle lui sourit. Il s'en émerveilla. C'était un vrai sourire, amical, amusé, à peine retenu, peut-être tendre aussi. Elle roula le manteau en boule sous son bras et disparut presque aussitôt par une porte de souillarde.

Il sortit de l'auberge sans que nul ne le voie. Le chemin le long de l'Ariège menait aux maisons, aux ruelles, aux gens. Il s'accorda à l'air fringant. Quelles surprises il allait faire ! Il croisa des femmes bavardes qui allaient, des paniers aux bras. Il les reconnut. Elles, non. Elles le regardèrent passer, il se retourna et les vit qui parlaient de lui à voix basse. Il parvint au pont de Pailhès sans qu'aucun passant ne l'arrête. Il en fut, en secret, content. Il pouvait savourer ses retrouvailles simples avec sa vieille vie. Tout était comme à l'ordinaire, le soleil, les bruits du lavoir et les tintements de l'enclume dans la forge de Bonnafous. Sur la place du Mercadal, à l'entrée de la rue des Carmes, il s'arrêta, le cœur tonnant. À quelques pas était l'enseigne de l'atelier de maître Anthelme, le vieux luthier aux longues mains. Chaque soir, deux années durant, cet aïeul impatient aux bontés enfantines lui avait tout appris du luth en cachette du père Aymar, qu'il détestait. Pourquoi ? Mystère. Jaufré hésita, s'avança. Il tendit l'oreille à la porte. Au-dedans, pas le moindre bruit. « Et s'il était mort ? » se dit-il. Son sang s'emballa. Il entra.

Il resta un instant les yeux clos sur le seuil à s'emplir à ras bord des parfums familiers, copeaux et résine de pin, vernis fumants, essences rares. « Ô bonté, se dit-il, ô délices, ô merveille ! » Brève extase. Il ouvrit les bras. Maître Anthelme était là, sous la lucarne haute, penché sur un manche de vielle qu'il ouvrageait au ciseau fin. Il tourna la tête à demi. Lorgnons au bas du nez, sourcils blancs, crâne chauve. Son regard s'étonna, s'émut, s'illumina.

— Ah, ça, dit-il, les bras ouverts, c'est mon Jaufré que je vois là ?

Il se dressa, ils s'étreignirent puis restèrent à se regarder un moment en riant tout doux. Le vieux soupira, dit encore :

— Enfin de retour, grâce à Dieu !

Il écarta de lui le grand corps du jeune homme comme pour mieux l'examiner, puis l'empoignant par les épaules :

— Hé, tu as encore grandi, tu me dépasses d'une tête. Tu as bien fait de revenir. Le bruit du monde use l'oreille et sa folie pourrit le cœur. Brigand, pourquoi es-tu parti ? J'en suis resté une saison sans plus de goût pour mes musiques. Raconte, mon fils, assieds-toi.

Anthelme prit ses mains et les tint dans les siennes tandis que Jaufré lui parlait.

— Pourquoi suis-je parti ? Vous le savez, mon maître. Souvenez-vous, j'avais quel âge ? À peu près quinze ans, guère plus. J'avais entendu un jongleur sur la place du Mercadal, Raimondet. Quel fou magnifique ! Il chantait des chansons de Peire Cardenal.

Le vieux hocha la tête. Il gronda :

— Raimondet ! Qu'un furoncle lui pousse au cul, il t'avait fait bouillir les sangs.

— Je voulais devenir un aussi beau rimeur que ce grand homme, Cardenal. Je m'en suis donc allé à Montpellier-le-Vieux, où il vivait en ce temps-là. Il fallait que je le rencontre, que je l'écoute, qu'il m'instruise.

— J'ai entendu parler de lui. J'admets qu'il n'est pas négligeable. Il déteste, grand bien lui fasse, les clercs et les inquisiteurs, mais en musique il est poussif, ses chants d'amour manquent de flamme.

— C'est un poète de haut vol, et sachez bien que je suis fier d'avoir été son apprenti. J'ai vécu chez lui une année. Je l'ai suivi dans des châteaux, à Foix, en Béarn, à Toulouse. J'ai chanté chez quelques seigneurs. Je suis troubadour, maître Anthelme.

Il sourit, faraud, rougissant.

— Bien des gens connaissent mon nom.

— Ton nom, petit ? Quel nom, dis-moi ?

— Le Trouvé. Jaufré le Trouvé.

Il baissa le front, murmura :

— Quel autre pourrais-je porter ?

Ils restèrent un moment dans un même silence, tout proches, face à face. Le vieil homme enfin demanda :

— Et tout ce temps, qu'as-tu appris ?

— À composer des mélodies, à rimer de beaux vers sonnants. Le luth que vous m'avez offert m'a suivi partout, où que j'aille.

Anthelme tapota sa main.

— Tu es parti le cœur aimant mais la tête pleine de vent. Je te connais trop, mon Jaufré. Tu n'as rien découvert qui vaille.

— Je sais, maître Anthelme, je sais.

Il regretta ces pauvres mots à peine sortis de sa bouche. Rien découvert ? Allons, c'était bien vite dit. Il voulut se reprendre. Il n'en eut pas le temps. Le vieillard agita les mains, sa voix enfla, son œil brilla.

— La musique du cœur du monde, voilà ce qu'il fallait chercher ! Combien de fois te l'ai-je dit ? Si Dieu est, Il est musicien. Église, prières, foutaises ! Le chant pur et simple, tout nu ! La poésie peut-être, oui. En elle sont de ces silences où l'on sent le Père des pères, là, qui écoute, et qui espère je ne sais quoi de ses enfants.

Il s'apaisa. Il dit encore :

— Allons, trêve de balivernes, te voilà revenu, tout est bien, grâce à Dieu.

— Oh, je ne suis que de passage.

— Moi aussi. Nous le sommes tous.

Anthelme rit, Jaufré aussi.

— As-tu revu dame Thomette, ton père Aymar, ton Alexis ?

— Il m'y faut aller, maître Anthelme.

— Va, mon garçon. Je suis content.

Il prit à deux mains son visage, il le regarda, lui sourit. Derrière ses lorgnons brillèrent, soleils aimants, deux larmes bleues.

Jaufré dévala la ruelle, le cœur battant, jusqu'au chemin qui s'enfonçait parmi les herbes. À gauche il aperçut le mur à demi ruiné par les ans. Il ne cachait à peu près rien du jardin de simples d'Aymar ni de l'église du couvent. À droite, plantée seule à l'écart du sentier, était sa maison de famille. Il la vit telle qu'autrefois, pareille à une ancêtre aimée coiffée jusqu'au ras des lucarnes d'un toit d'ardoises grisonnantes et de vieille paille en fagots. Il s'arrêta avant le seuil, il tenta d'apaiser le sang qui lui galopait dans les tempes, n'y parvint pas, prit un grand souffle et courba ses hautes épaules pour entrer dans les odeurs chaudes de la salle aux recoins ombreux. Personne. Il appela. La maison était vide. Il s'avança jusqu'à l'échelle qui menait au plancher d'en haut. Là était le lit d'herbe sèche où il avait longtemps dormi auprès de son frère Alexis. L'envie le prit de monter voir si sa couche était toujours là, dans son grand désordre ordinaire, mais un bruit attira son œil. Quelqu'un décrottait ses semelles sur la pierre au bord de l'entrée. C'était Thomette. Elle chantonnait. Elle entra, sursauta, poussa un hurlement à trouer le plafond et laissa tomber son panier. Il s'en vint à elle, rieur.

— Jaufré ! Vivant ! Oh, doux Jésus !

Elle palpa sa tête, ses bras, les yeux grands, la bouche tremblante. Il l'avait prévu : elle pleura en le serrant contre son cœur. Elle balbutia, gémit, couina :

— Je t'ai vu, là, j'ai cru mourir. Quelle peur j'ai eue, assassin ! D'où viens-tu ? Oh, ne me dis rien. Tu dois être affamé, misère ! Depuis quand n'as-tu pas mangé ? Je vais te trancher du jambon. J'ai du pain frais, c'est une chance. Je vais cueillir des pommes. Attends.

Elle trotta dehors, disparut. Il s'en fut s'asseoir sur le banc, devant le feu de grosses bûches.

Là se posait le père Aymar, chaque soir, aux temps innocents. Il le prenait sur les genoux et lui contait un évangile ou des paraboles du Christ qu'il disait à voix presque basse avec une application telle que l'enfant en restait pantois, regard captif, souffle perdu. Il se souvint de ces moments. Il en fut remué tout doux. Alexis, son frère de lait, prenait place tout près de lui, sur la pierre chaude de l'âtre. Il n'était pas le préféré, mais il n'en voulait à personne. Il admirait Jaufré, sa fierté, ses audaces, ses ruses d'attrapeur d'amour, et vénérait le père Aymar avec l'exaltation secrète des timides. Thomette l'avait eu d'un mari colporteur qui lui avait volé sa mule pour fuir avec une putain le jour même où son fils mettait le nez dehors. Depuis, elle ne parlait des hommes que l'œil noir et la bouche arquée. Seul son maître échappait à la détestation qu'elle vouait à ces casse-cœur aussi bassement dépravés, selon sa rugueuse opinion, qu'une meute de loups en rut. À ses yeux, personne en ce monde ne méritait autant qu'Aymar son dévouement inaltérable. Elle ne le lui marchandait pas. Elle rendait même grâce au Ciel, chaque fois qu'il venait la voir, de lui permettre de servir un être aussi parfait et proche du bon Dieu. Il était savant, réfléchi, secourable et fidèle autant qu'inaccessible aux vilenies terrestres. Il avait adopté, enfin, ce perdu trouvé par miracle aussi beau qu'avril en hiver et par bonheur, ce jour béni, il avait fait d'elle sa mère. Jaufré était donc son Jésus. Elle l'aimait. Et s'il arrivait qu'il lui mendie une réponse à telle inquiétude ou folie qui parfois lui venait en bouche, elle se plaisait fort à lui dire, comme une épouse l'aurait fait : « Demande à ton père, mon fils. » Et elle reprenait son ouvrage, une bouffée de rouge aux joues.

Elle s'en revint en coup de vent. Jaufré sursauta. Il rêvait. Elle n'avait pas cueilli de fruits. Elle soufflait fort. Elle dit d'un trait :

— Maître Aymar t'attend, mon petit.

— Ainsi, lui répondit Jaufré, tu as couru le prévenir.

Elle fit oui de la tête. Il resta silencieux, le regard perdu dans les flammes, puis murmura :

— Et qu'a-t-il dit ?

— Oh, presque rien, une prière, mais je ne l'ai pas entendue. Il a baissé la tête un moment, voilà tout. Ton départ lui a fait grand mal. Il n'en a parlé à personne. Même pas à moi. C'est tout dire ! Combien de temps est-il resté à croupir seul dans son chagrin ?

Elle leva les yeux au plafond, soupira longuement. Elle fit un geste vague.

— Bah, je n'ai pas compté les mois. Il t'aimait.

— Il ne m'aime plus ?

— Va, mon garçon, ne tarde pas. Et plaise à Dieu qu'il te pardonne.

— Pourquoi ? Je n'ai rien fait de mal.

— Ne me fais pas pleurer, Jaufré.

Et comme il se levait sans hâte, péniblement, tout rechigné, elle lui ordonna les cheveux comme elle faisait au temps d'enfance et l'accompagnant au-dehors :

— Tu le trouveras au jardin. Je te prépare à déjeuner.

Il franchit le mur ébréché, de l'autre côté du chemin. Aymar se redressa parmi ses plants de sauge. Haute taille, longs cheveux blancs, sécheresse pâle, nerveuse, regard mélancolique et droit. Jaufré vint à lui, s'arrêta. « Pas une ride en plus, en moins, pensa-t-il. Toujours aussi raide. » Le feu lui vint à la figure. Son souffle soudain s'enroua. Il dit :

— La paix sur vous, mon père.

— La paix sur toi, mon fils, lui répondit Aymar.

Tête trop haute, ton trop sec, mais dans le regard une faille, une brisure, un éclat bref. Ils eurent un court moment l'un vers l'autre un élan à peine perceptible. « Pourquoi ne m'embrasse-t-il pas ? » pensa Jaufré, les larmes aux yeux. Ce fut comme un cri, au-dedans.

— Ainsi te voilà revenu, dit le prieur.

Sa voix trembla. Presque rien, un trébuchement, mais son fils le perçut. « Il ne m'en veut pas, se dit-il. Je dois baisser la tête, ne pas l'affronter droit. » Il resta pourtant le front haut.

— Si je vous ai fait quelque peine, pardonnez-moi, murmura-t-il.

Aymar demeura silencieux à contempler ce fier jeune homme devenu aussi grand que lui. Il eut un semblant de sourire, un air d'affection douloureuse et pourtant simple, désarmée. Il demanda enfin :

— Qu'as-tu fait tout ce temps ?

Question attendue, redoutée. « Il va me mépriser. Tant pis », pensa Jaufré. Il serra les poings, se raidit, assura bravement sa voix.

— J'ai écrit des chansons et je les ai chantées. Je voulais être troubadour. Je le suis devenu, mon père.

Aymar le regarda, vaguement amusé.

— Troubadour, dit-il, l'œil pointu, l'évêque Foulque de Toulouse le fut, paraît-il, quelque temps avant de se donner à Dieu. Métier de vagabond mondain à ce que j'en sais, n'est-ce pas ?

Son fils s'illumina d'un coup. Point de foudre. Soulagement. On pouvait débattre. Il lança :

— La musique est œuvre divine. Maître Anthelme pense cela.

Le père Aymar hocha la tête, se tut longtemps. Il dit enfin :

— J'imagine qu'il t'a fallu un courage bien débridé pour quitter ta bonne Thomette.

Jaufré lui répondit d'un élan ingénu :

— Thomette et vous aussi, mon père.

Aymar se tut, se détourna, se remit à gratter le sol le long de sa rangée de sauge, puis sans cesser de jardiner :

— Rebelle, rêveur, emporté, de toute façon, mon garçon, tu n'aurais pas fait un bon moine. Dommage pour l'Église. Pour moi, n'en parlons pas. J'aurais aimé, pourtant, être fier de ta vie. Dieu ne l'a pas voulu. Tu apprenais si bien ! Je devrais te maudire.

Il s'absorba dans son ouvrage, piocha çà et là rudement, enfin se redressa et dit :

— Tu n'as rien à faire ? Aide-moi. Rassemble les mauvaises herbes, mets-les en tas contre le mur. Je les brûlerai tout à l'heure.

Jaufré obéit de bon cœur. « L'orage est passé, tout est bien, se dit-il. Nous pouvons revivre. » Il fit prestement son travail puis demanda :

— Et Alexis ?

— Il a fini son noviciat. Il est maintenant de nos frères.

— Permettez-moi d'aller le voir.

— Il doit être à pétrir le pain, tu le trouveras aux cuisines.

Bouffée d'enfance insouciante. Jaufré s'en alla en courant, contourna deux murs de l'église, parvint dans la rue d'Enloba, pentue, pavée. Rien de changé. Maisons grises, rares passants, et le portail toujours ouvert du couvent des frères prêcheurs. Il franchit le seuil, s'arrêta, le temps d'un salut jubilant aux dalles, aux ombres silencieuses, au carré de ciel bleu au-dessus des vieux murs où erraient des oiseaux. La galerie, le long du cloître, était longée de cyprès nains. À droite, au fond, la bibliothèque. À gauche était le four à pain, après la salle des novices, et l'escalier qui grimpait raide à l'étroit couloir des cellules. Les lieux, pour l'heure, étaient déserts. Des dix-huit frères, presque tous étaient dans les rues de la ville ou sur les chemins alentour à mendier le sou de Dieu, à prêcher la sainte parole. Jaufré, courant, hurla :

— Alexis ! Alexis !

Sa voix résonna fort dans la paix des murailles. Au bout de l'allée apparut un moinillon ébouriffé, aux manches troussées jusqu'aux coudes, aux mains, aux bras enfarinés, tout noiraud, frêle, stupéfait. Jaufré lui arriva dessus. Son frère bondit dans ses bras. Étreinte longue, turbulente, agrippements, bourrades. Enfin :

— Je savais que tu reviendrais, dit Alexis, riant, pleurant. Mais c'est tout de même un miracle.

— Un hasard, frérot, rien de plus.

— Viens me raconter. Tu sais où ?

— Sous l'escalier, lui dit Jaufré.

C'était une de leurs cachettes au temps où ils étaient enfants.

Ils s'y pelotonnèrent.

— Alors ? dit Alexis. Je veux tout savoir en détail, et du début. Va, je t'écoute.

Jaufré rit un peu, remua, se serra contre son épaule. Il resta ainsi un moment, sans lui répondre. Il se souvint. Alexis, son seul confident. Il lui avait dit ses poèmes, les premiers, boiteux, trop naïfs. Alexis, pantois, les yeux grands, la bouche ouverte, l'écoutant, ici même, sous l'escalier. Alexis lui disant : « Encore. » Alexis petit et lui grand. Alexis, la dernière nuit, à l'instant de prendre la route, lui fourrant en poche des sous. Une humble poignée, guère lourde. « Je les ai mendiés pour toi. » Et lui, Jaufré, tremblant d'effroi, tandis que son frère, l'œil rond, le cou tendu, à pas de chat le précédait dans le jardin, hors de la maison de Thomette et le poussait sur le chemin. « Va tranquille, que Dieu te garde. Il te gardera, je le sais. »

— As-tu chanté pour des seigneurs ? As-tu rencontré cette femme que tu nommais « Dame sans Nom » ?

Jaufré fit la moue, remua la tête :

— Je ne sais pas, frérot, peut-être.

Il hésita.

— C'est un secret.

— Jamais dit ?

— À personne au monde.

Cette histoire-là lui pesait. Il la croyait enfouie dans ses caves intimes, négligeable, presque oubliée, et voilà qu'elle lui revenait dans sa lumière d'aube froide, étrangement simple, précise.

— C'était quand ?

— Le premier matin. Le soleil se levait à peine, je n'étais pas loin de chez nous, je venais juste de passer l'île au moulin de Natalène. Ma route était toute devant. Je m'étais assis sous un arbre pour manger mon croûton de pain, je me disais que j'étais fou, que j'allais sûrement me perdre dans de grandes villes inconnues, que mieux valait m'en revenir. J'ai bien cru que j'allais le faire. Et voilà que j'ai vu une femme couchée, là, dans les herbes, à quelques pas. Une mendiante. Elle était jeune, elle se mourait, elle respirait comme un pauvre soufflet troué. Ses yeux étaient déjà au ciel. J'avais posé mon luth à côté de mon sac. Elle a levé la main, j'ai vu bouger ses lèvres. J'ai entendu : « Chante pour moi. »

— Tu as chanté « Dame sans Nom », évidemment, c'est ta plus belle.

— À la fin elle a dit : « Dame sans Nom, c'est moi », d'un souffle. Le dernier. Je l'ai enterrée là et je suis reparti sans plus de questions ni de crainte, délivré de je ne sais quoi. Je ne me suis plus retourné. Notre maison, derrière moi, a cessé de me rappeler. Je n'ai plus vu que le chemin.

— Un miracle de fille, murmura Alexis. Elle n'est venue que pour t'aider. Et depuis ce jour-là, dis, tu chantes pour elle ?

— Oh, je ne la sens pas présente chaque fois que j'écris un vers, mais elle garde mon cœur ouvert.

Ils restèrent un moment rêveurs puis Alexis, les yeux brillants, s'agitant un peu sur ses fesses, lui demanda :

— Dis-moi, Jaufré, de vraies femmes, en as-tu connu ?

— Oui, des servantes, des putains.

— Et l'amour, dis, l'as-tu trouvé ?

— Je ne crois pas, mais je le chante.

— Sans rien savoir de lui ?

— Je le sens, il m'émeut, il me pousse à bien dire. Je suis comme un âne qu'il tire hors de son étable, au soleil.

— Moi, je le vois comme une dame.

— Oui, comme une Ève délivrée. Nous avons à hisser l'amour au-dessus des rois et des papes. Mon maître Peire Cardenal pense cela. Il me l'a dit.

— Il me plaît. Que dit-il encore ?

— Qu'un jour nous reviendrons, nous, les hommes, les femmes, dans le jardin d'Éden, que nous en chasserons Dieu et le diable ensemble, et qu'enfin nous pourrons jouer à nous poursuivre, à nous toucher, à nous attraper librement, comme le veut l'esprit de vie.

Alexis rit aux larmes. Il dit :

— Cet homme est fou. A-t-il raconté cette histoire à son confesseur, ces temps-ci ?

— Certes non. Il fermait les portes, les fenêtres et parlait tout bas, même quand les crimes des clercs que ses amis lui rapportaient le mettaient si fort en colère que ses poils de barbe en tremblaient.

— Il est vrai qu'on brûle beaucoup, dit Alexis, le front froissé. Dix-huit bûchers l'année dernière, sur la place Saint-Antonin. Plus encore cette année-ci. Et des hérétiques partout, en Corbières, au pays d'Alion.

Et s'exaltant, à voix secrète :

— Leur parler avec amitié et les convaincre patiemment qu'ils ont pris la mauvaise route, voilà bien qui devrait suffire à les ramener au bon Dieu. Je suis frère prêcheur, Jaufré. Cela signifie que je prêche, que je ne me risque à rien d'autre, et que je vois en toutes gens des amis proches, des parents, des vivants capables d'erreurs mais dignes au moins de respirer le même air que le père pape.

— Qu'en pense notre père Aymar ?

— Il se tait. Je crois qu'il en souffre.

Frétillant tout à coup, le regard rallumé :

— Allons, oublions tout cela. Tu ne m'as rien dit de ces filles dont tu as visité le lit, rien des cours des seigneurs, des hautes cheminées, des conversations nobles, des vergers, des dames assises parmi les fleurs, sous les pommiers. Tes compagnons poètes aiment-ils tes chansons ? Es-tu, parmi eux, renommé ? Raconte à ton frère, Jaufré.

— À toi je ne peux pas mentir.

— Et pourquoi pas ? Tu mens si bien !

— Je n'ai pas envie, Alexis. Tu veux savoir ? Écoute donc. Après que j'ai quitté Dame sans Nom, la morte, j'ai chanté en chemin pour des riens, des croûtons, des nuits dans des étables. À Montpellier-le-Vieux, mon maître Cardenal m'a d'abord accueilli comme un coureur de routes, un de ces vagabonds chanteurs qui rêvent plus haut que le front. C'était un homme de bon cœur, quoique rugueux et renfermé. Je crois qu'il m'a pris en pitié. Il a bien voulu m'héberger dans un abri de vieilles planches, contre le mur de sa maison. Il m'a longtemps oublié là. Il a fallu qu'un jour, comme il prenait le frais sur le pas de sa porte, je lui vienne devant et lui dise tout cru que je savais écrire et lire le latin.

— Le grec aussi, un peu l'arabe, murmura Alexis, l'index devant le nez, et que tu avais eu le meilleur professeur qui se puisse trouver en royaume chrétien, maître Aymar de Lasserre.

— J'avais envie qu'il me regarde comme un poète, rien de plus. Et donc je lui ai dit que j'avais entendu un jongleur de passage, sur une place de Pamiers, chanter ses airs et ses paroles, que j'en avais été ébloui, ébaubi, foudroyé, enfin bref, sacrément remué, et que j'avais quitté mon frère et ma maison poussé par l'espoir incassable de devenir son apprenti. Incassable. J'ai dit ce mot avec un tel emportement qu'il m'a considéré des sandales aux cheveux, et de sa grosse voix colérique il m'a dit : « Eh bien, jeune homme, travaillons ! » Il m'a entraîné dans sa chambre où il avait son écritoire. J'ai pris, ce beau jour-là, ma première leçon. Une année j'ai fait son ménage et ses courses sur les marchés contre son savoir, ses préceptes et ses froncements de sourcils. Il m'a appris l'art de la rime, du rythme sonnant, du chant simple qui va droit à l'âme des gens. Puis j'ai voyagé avec lui, j'ai chanté dans quelques châteaux. Un jour, à Saint-Didier, chez son ami Guilhem, il m'a dit : « Je suis fier de toi. Dernier conseil de Cardenal, conteur et trouveur de chansons : vois les gens comme des jardins, n'y sème pas du grain de mort. » Il m'a embrassé. J'ai compris. Je n'étais plus son apprenti. Le lendemain, je suis parti. J'ai pris ma route et lui la sienne. J'ai connu quelques troubadours, le vieux Bornelh, Daude de Prades et le noble Guiraut Riquier. J'ai chanté partout où j'ai pu, j'ai vécu plutôt mal que bien. Je n'ai fréquenté ni les dames aux yeux fardés de poudre d'or, ni les vergers enluminés comme des paradis terrestres, ni les hautes chambres des princes. Pourtant, même aux jours les plus sombres je n'ai jamais maudit ma vie. Pas un instant, sache-le bien, ne m'a traversé le désir de la changer pour aucune autre, car je jouis du bien le plus précieux au monde : la liberté de n'obéir qu'aux lois du cœur, à mes élans, à mon étoile, à mes chemins. Tous les matins, quand je me lève, je remercie je ne sais qui, le bleu du ciel, l'air alentour ou la lumière des regards, de pouvoir écrire et chanter ces choses qui me remuent l'âme, et d'en gagner assez pour l'auberge et le pain. C'est un miracle quotidien. Je jouerai jusqu'au dernier jour avec des mots, de la musique, encore un chant, une parole, encore un rêve à réveiller, jamais asservi à personne, vivant de la tête aux orteils. D'autres peuvent peut-être imaginer un sort plus noble et désirable. Assurément pas moi.

Il rit. Bref éclat d'évidence. Alexis prit sa main et dit, tout embrumé :

— Tu as osé, Jaufré. La vie ne connaît pas le doute. Tu n'as pas un instant douté. Elle n'aime guère la raison, qui n'est souvent, je le sais bien, qu'un déguisement de la peur. Tu n'as pas été raisonnable. Tu as osé franchir le seuil, écouter la voix du dedans, qui te poussait où ? Savais-tu ? Sur quel chemin, vers quelle vie, quels pièges, quels déserts possibles ? Quelqu'un, en toi, disait : « Jaufré, suis ton étoile. » Mais quand sont les étoiles au ciel, sur terre, partout, c'est la nuit ! Tu n'as pas eu peur de la nuit.

— Je ne l'ai pas vue, Alexis.

— Et moi, je n'ai jamais vu qu'elle. Il me faut donc me contenter de la lumière des chandelles.

— Ne voulais-tu pas du couvent ?

— Bien sûr que si, c'est ma maison. Vivre au côté du père Aymar a toujours été mon désir. Je t'ai suivi partout en rêve, même où tu n'es jamais allé, mais ma juste place est ici, dans ce cloître, dans cette église, dans notre bibliothèque aussi. J'apprends le métier de copiste avec le frère Vitalis. Te souviens-tu de Vitalis, qui sacrait à tout bout de phrase comme un tenancier de bordel ?

Et soudain, se dressant d'un bond :

— Mon pain, Seigneur Dieu ! Ou il brûle, ou alors le feu est éteint !

Il s'en fut trottant dans l'allée, se retourna, cria de loin :

— Ne pars pas, surtout ne pars pas !

Il disparut dans son fournil.

Jaufré s'en fut errer dans le couvent désert. Partir ? Il avait bien le temps. Lui revint à l'esprit la fille de l'auberge qui lui avait pris son manteau à demi rongé par le feu. Il s'imagina tout à coup reprenant sa route avec elle. Il savait qu'il n'en ferait rien, mais un court moment il se plut à jouer avec cette idée. Il s'en fut au seuil du jardin, regarda Aymar travailler, du coin du mur, sans être vu. Gestes patients et mesurés, esprit absorbé à la tâche. Lui arrivait-il de chanter, parfois, quand il se croyait seul ? Non, pas lui. Ou alors des psaumes. Se permettait-il de rêver, de s'inventer de temps en temps des histoires déraisonnables ? Certainement pas. À le voir, on ne pouvait en vérité que le supposer en prière. « Cet homme-là, se dit Jaufré, est aussi pur, aussi tranquille, aussi aride qu'un désert. » Il se sentit soudain baigné de tendresse mélancolique.

Il revint sans hâte au couvent. Au seuil du cloître il hésita, le traversa par le milieu et s'en alla droit à l'église. Il entra. Pénombre sonore, vieille odeur d'encens refroidi. Il s'avança jusqu'à l'autel, retrouva l'étroit escalier, tout au fond, à l'angle du mur. Dans la charpente du clocher où personne n'allait jamais, il avait écrit en secret ses premiers poèmes d'amour. Il grimpa sans presque de bruit jusqu'à l'espace de plancher où pendaient les cordes des cloches. Là était une grosse échelle. En haut il retrouva son nid. Délicieux parfum de poussière.

Il vit aussitôt le cahier posé là, à portée de main, sur la croisée des grosses poutres. Deux carrés de cuir mal taillés, quelques feuillets de parchemin cousus de cordelettes rudes. Il le prit, il le caressa. Le cahier avait un parfum de neuf. Il souleva la couverture, il lut, referma aussitôt, voulut chercher une autre page. Il ne put. Ses mains tremblaient trop.

3

Jaufré reposa le cahier, jeta à droite, à gauche un coup d'œil méfiant puis revint à lui, le palpa comme si cet objet incongru en ce lieu pouvait à tout instant prendre vie maléfique. Enfin il le saisit et l'ouvrit à nouveau à la première page.

L'an du Seigneur Jésus mil deux cent cinquante-huit. Ce lundi de Pâques, avant l'aube.

Je suis là, présent en ce monde, et ce n'est même pas un hasard, ce n'est rien. Ma vie ne vaut pas plus que celle d'un insecte, d'un caillou, d'un souffle de vent. Je suis venu je ne sais d'où et je partirai en poussière.

Entre ces deux néants je vais et viens, je souffre, j'attends je ne sais quoi. Voilà trop de jours et de nuits que je me refuse à l'aveu. Face à qui ? À mon Créateur ? Certes non. S'Il est, Il m'ignore. Face à mon âme. Ai-je une âme ? Ce mot-là m'apparaît étrange. Il est comme un château désert traversé de vents et de bruits, trop imprécis, trop grand, trop vague. Je parle à cet homme assis là, sous la chandelle, et qui écrit. Voici ce qu'il me faut lui dire : le Dieu du pape et des chrétiens est un seigneur de cauchemar.

Cela, il l'avait déjà lu. Il tourna en hâte la page.

Longtemps j'ai fait taire mon cœur. Longtemps j'ai eu peur de l'entendre. Longtemps je me suis efforcé de chérir ce tyran fumeux qu'exaltent nos maîtres d'Église. Agenouillé les bras en croix je Lui ai offert mes misères, ma confiance, ma tête basse, mon désir de Lui obéir. Il ne fut pas de jour sans que je Lui demande s'Il était satisfait de moi. Des nuits entières j'ai prié, j'ai dressé des digues de mots pour tenir le doute à distance. Longtemps j'ai refusé de voir que le manteau dont on L'habille ne recouvrait rien, que de l'air, même pas du vent. Ombre vide.

Trois lignes avaient été biffées. L'auteur avait croqué, au bout de la première, un homme de profil, debout. Le trait était nerveux, tremblant, mais la silhouette tracée était rigoureusement droite. Elle semblait contempler le vide de la marge. Jaufré, un court moment, en resta fasciné, puis replongea dans sa lecture.

Je L'appelais ? Pas de réponse. Je L'implorais ? Pas de pitié. Je demandais raison des souffrances subies ? Indifférence d'un nuage passant sur une herbe foulée.

Qu'est-ce donc que ce Dieu, ce Père Tout-Puissant qui ne sait même pas parler aux enfants qu'Il a mis au monde ? Quel être en vérité est ce Compatissant, ce Miséricordieux qui nous laisse croupir sans jamais de secours dans nos trous de douleur, nos effrois de perdus, nos espérances folles ? Comment honorer de bon cœur ce vagabond stupide, aveugle, cette ombre terrible qui va de famine en peste puante et de guerre sainte en bûcher, fauchant çà et là au hasard, jamais rassasiée de morts ?

Les clercs qui disent servir Dieu, j'en suis maintenant assuré, sont d'impitoyables menteurs. Ils veulent nous forcer à croire que sans Sa main sur notre nuque nous ne sommes que chiens errants, qu'en Lui seul est notre salut, que nous devons L'aimer, Le craindre, nous aplatir sur le carreau devant Sa face imaginaire, qu'Il est la sainteté parfaite, que rien n'est au-dessus de Lui.

Rien, vraiment ? Fort bien, je l'accepte. Plutôt ce rien que ce Dieu-là, car il n'est pas vrai qu'Il soit bon. Et pas davantage il n'est vrai qu'une pucelle, même sainte, puisse mettre au monde un enfant, ni qu'un homme, fût-il Jésus, soit capable de cheminer sans encombre sur l'eau d'un lac, ni que d'un pain sorti du four il sache remplir cent paniers. Comment avons-nous pu nous laisser asservir à ces fables absurdes ?

Jésus, certes, a prêché l'amour. Pour cela je le veux pour frère et pour guide sur mes chemins. On l'a cloué sur une croix sans que son Père s'en émeuve. Ne pouvait-Il pas le sauver ? Et s'Il avait seul ce pouvoir, ne fut-Il pas, ce maudit jour, le plus odieux des Philistins ? Peu importe, disent nos maîtres, le Christ est là, partout présent. Quoi, plus de mille et trois cents ans après qu'on l'a martyrisé ? Où donc peut-on le voir, lui parler, l'écouter ? Dans l'ombre de nos cathédrales ? Je n'y vois que des clercs debout régnant sur des échines courbes. Veulent-ils vraiment que l'on s'aime ? Ils nous disent : « À genoux, confessez vos péchés et mortifiez-vous. » Ils nous disent : « Vous êtes vils, craignez l'enfer, obéis-

sez. » Ils nous disent : « Croyez, avalez nos mensonges, sinon la pénitence, la prison et le feu. » Est-ce là l'amour du prochain que nous prêchent les évangiles ?

Allons, l'encre me manque, et il me faut aller à la première messe avec mes pauvres frères encore ensommeillés. Si me viennent d'autres pensées, j'ignore si j'aurai la force d'en couvrir ces feuillets volés. Je sais le tourment qui m'attend, pour peu qu'on sache qui je suis. Mais que m'importe. En cet instant je suis content, quoique effrayé. J'ai osé avouer ce qu'une source obscure, en moi, me murmurait. Je suis seul désormais.

Ma chandelle s'éteint. Ces mots que je viens de tracer sur ce cahier de petit prix, je ne peux les dire à personne. Quelqu'un, peut-être, les lira, un jour, sans que j'en sache rien. Que celui-là, si c'est possible, ne me tienne pas pour mauvais. Je ne suis pas un méchant homme. Si, à parler ainsi sans masque, il estime que j'ai fauté, je le prie de me pardonner. Si son âme en secret lui dit que je ne suis ni fou ni diable, je le bénis de tout mon cœur. Car autant qu'à moi c'est à lui, à cet ami, que j'ai parlé, à l'inconnu proche ou lointain qui viendra, ou ne viendra pas.

Au bas de la page un soleil, simple cercle au trait maladroit enveloppé de rayons raides. Jaufré souleva le feuillet, découvrit quelques notes hâtivement tracées et revint aux premières lignes. L'écriture était ample et ronde, appliquée comme elle l'est toujours lorsque l'on commence un ouvrage. Qui pouvait être son auteur ? Un bon calligraphe, en tout cas. Un familier de l'écritoire. Un hérétique, un diable, un être sans espoir, dirait le père Aymar. Que ferait donc de lui l'intraitable prieur s'il découvrait son nom ? Le consolerait-il ? Possible. Peu probable. Le mènerait-il par le col jusqu'à la tour de l'Évêque où siégeaient les inquisiteurs ? Les mots alignés là sans que la main ne tremble étaient gravement condamnables. Ils conduiraient tout droit leur auteur au bûcher, sur la place Saint-Antonin.

Jaufré reposa le cahier sur la grosse poutre, à sa place. Il le contempla. Il pensa : « Quel étrange et furieux courage a-t-il fallu à ce gaillard ! Parler ainsi de Dieu, des clercs, comment peut-on quand on est frère, que l'on assiste tous les jours aux offices, soir et matin, que l'on mendie et que l'on prêche la sainte parole du Christ ? » Comme il demeurait ébahi, un désir lui vint, l'inonda, fit peu à peu briller son œil. Rencontrer cet homme, le voir, entendre le bruit de sa voix, lui parler à l'abri des autres. « Tant pour lui que pour moi, se dit-il, c'est urgent. » Urgent ? Pourquoi ? Il s'échauffa. Il ne voulut pas se répondre. Une autre question l'envahit. Ce frère inconnu souffrait-il ? Dans son regard, quelle lumière ? Inquiète ? Tourmentée ? Innocente peut-être, c'est ainsi qu'il la supposa.

Il fallait qu'il le trouve. Il fallait qu'il le voie. Oui, mais que ferait-il de lui ? Le trahirait-il ? Certes non. Cette idée, à peine entrevue, l'offusqua. Il ne pourrait pas. Il ne lui voulait aucun mal. « Promis, juré, bouche cousue. Personne ne saura, même pas Alexis. Le pauvre aurait si peur qu'il courrait aussitôt se confesser auprès de notre père Aymar. Je serai donc son seul confident. Son complice. Complice d'un démon promis au brûlement ? » Un frisson froid le parcourut, mais cette pensée l'exalta. Il s'imagina arrêté, saisi, mené à comparaître devant les juges inquisiteurs. Interrogatoire. Question. « Tu as voulu ôter ce démon clandestin à la sainte justice. Pourquoi, Jaufré, pourquoi ? – Parce que, monseigneur, cet homme est admirable. Il a osé se dresser seul parmi la foule agenouillée et délivrer sans peur ni honte les mots prisonniers de son cœur. Il a osé. J'aime cela. – Réponds, Jaufré. Devant le Christ crois-tu ces abominations ? »

Il quitta son théâtre intime, se dit rêveusement que Peire Cardenal aurait probablement reçu chez lui cet homme. Il avait écrit des chansons d'une jouissive violence contre ces rapaces de clercs. Et Figueira, le Toulousain, le vieil auteur inoublié d'une diatribe incandescente contre Rome, fléau du monde ! Il trouvait ses vers magistraux, il les avait parfois chantés. Mais ces poètes-là, s'ils détestaient les prêtres et leur malignité, ne haïssaient pas Dieu, alors que l'auteur du cahier l'exécrait sans pardon possible. Et lui-même, Jaufré, aussi ? Pensait-il comme cet impie ? « Allons, qu'importe, se dit-il. Il m'intéresse, voilà tout. » Il le connaissait forcément. Il avait fréquenté de près tous les habitants du couvent avant qu'il ne prenne sa route. Tous sauf le frère Gui et son ami Benoît, le replet aux gros doigts, les deux professeurs des novices arrivés de Toulouse après qu'il fut parti. Trouver le révolté, se planter devant lui et lui tendre la main. Comment faire ? Il s'assit à l'aise et le menton sur les genoux, le regard fixe, il réfléchit.

Sur les dix-huit prêcheurs de la communauté, combien savaient, outre ceux-là, écrire convenablement ? À coup sûr trois autres, pas plus. Frère Vitalis, le copiste qui jurait comme un bûcheron et reprochait cent fois par jour autant à son Dieu qu'à ses diables d'infliger à son pauvre corps ses foutues douleurs de jointures. « Trop vieux, se dit Jaufré, pour grimper jusqu'ici. L'escalier, l'échelle. Improbable. Mais impossible, certes non. Quand il me prenait par l'épaule, son poing me faisait mal à l'os. » Sylvère, l'administrateur. Taciturne, l'enjambée longue, la calvitie ébouriffée. Matin et soir, où qu'il se trouve, toujours pressé d'aller ailleurs avec son ardoise et sa craie pendues à son collier de corde. Jaufré l'imagina courbé sur ces feuillets désespérés. Il fit la moue, hocha la tête. « Il semble ne penser que par listes de chiffres, se dit-il. Mais sait-on jamais ? » François, le grand François à la belle voix grave, le prêcheur le plus passionné, le plus sonore du couvent. Lui savait parler bravement. Il avait la fougue brillante d'un homme amoureux du débat. « Si l'on s'en tient au style, au souffle, se dit Jaufré, c'est le meilleur. Je l'entends d'ici. Sans nul doute il pourrait bien être l'auteur de ces magnifiques horreurs. » Mais saurait-il parler de Dieu comme il le faisait au-dehors si son cœur n'était pas d'accord avec ce que disait sa bouche ? Jaufré remua ces quelques noms. Vitalis, Sylvère, François et ces deux jeunes professeurs, latinistes, théologiens, probables bourreaux de novices. L'un de ceux-là, un jour ou l'autre, finirait bien par se trahir. Il laissa le cahier sur la poutre. L'appât. Il suffirait de surveiller l'escalier au fond de l'église. Alexis lui revint tout à coup à l'esprit. « Il doit me chercher », se dit-il. L'œil aux aguets, il descendit.

Il faisait tiède en haut et presque froid en bas. Dans l'ombre de la nef, personne. Un cierge brûlait sur l'autel. Quelqu'un était venu prier pendant qu'il oubliait le temps dans le nid du blasphémateur. Il sortit. Soleil sur le cloître. Il fut un instant ébloui. Le couvent s'était repeuplé. Deux frères s'affairaient au puits. Quelques autres trottaient à leurs travaux du jour le long des galeries ombreuses. Il s'en fut vers la bibliothèque où il était sûr de trouver le vieux et terrible Vitalis, et peut-être aussi Alexis.

Comme il parvenait à la porte, il entendit derrière lui son nom hautement claironné par une voix qu'il reconnut. Il s'exclama :

— Frère François !

Et l'autre, les bras grands ouverts :

— Jaufré, le beau fuyard ! Jaufré, l'enfant prodigue !

Ils s'embrassèrent. Barbe rêche, odeur de sueur monacale, rires contents, regards brillants. Impression fugace. Soupçon. « C'est lui, se dit Jaufré. Sûrement lui. Peut-être. La vigueur de cet homme-là a quelque chose d'animal. Et ses yeux ! Il doit plaire aux femmes. Plus qu'à Dieu. » Il baissa le front. L'envie brusque lui vint de le percer à jour. Il lui tendit un hameçon improvisé à la va-vite.

— Je crains fort que l'enfant prodigue ait perdu la foi sur ses routes, lui dit-il.

Ricanement sec. Et baissant la voix, l'air contrit :

— Mais n'en dis rien au père Aymar.

— Allons, allons, gronda François. Égaré, toi, si bien portant ? Franchement, j'ai peine à le croire. Regarde-moi. Hé, ton œil brille. À te voir, ton mal est banal. Il n'est certainement pas grave.

Il haussa les épaules. Il rit.

— Pas grave ? répondit Jaufré, le cœur tout à coup emballé. Tu plaisantes ? Entends bien, François. Les évangiles, Jésus-Christ, ses miracles, la Sainte Vierge, Dieu le Père, je n'y crois plus.

— Oui, j'ai compris. Bon. Et alors ?

— Vraiment, cela ne te fait rien ? Quoi, tu es moine, tout de même !

— Voyons, dit François, soyons clairs. Tu ne sens pas Dieu, c'est cela ? Est-ce que tu en as de la peine ?

Jaufré hésita, fit la moue.

— Évidemment, dit-il enfin. Si ma vie est privée de sens, elle me devient insupportable.

Il avait parlé d'un élan, ému soudain, presque enfantin, sans le moindre soupçon de ruse. François l'empoigna aux épaules.

— De quoi te plains-tu ? dit-il. La foi, c'est cette peine-là, ce manque de Dieu, rien de plus.

Il eut un rire d'évidence et fit un geste d'au revoir. À l'instant où il s'en allait :

— Tu aurais dû te faire clerc, nous aurions été compagnons. Hé, la vie nous mène où elle veut. Bénie soit-elle mille fois de t'avoir ramené chez nous !

Jaufré le regarda s'éloigner, le pas vif, la tête fièrement portée. Il oublia la bibliothèque, frère Vitalis, Alexis. Le cœur soudain pesant, il sortit du couvent.

Il crut qu'il marchait au hasard. Il descendit vers les roseaux qui longeaient le cours de l'Ariège et prit le chemin de l'auberge. L'odeur de l'eau ensoleillée, l'insouciance des oiseaux, la familiarité des herbes ravigotèrent en lui une musique allègre. La fille. La revoir. Pourquoi ? « Par plaisir simple », se dit-il. Faire un peu le coq, bavarder, la regarder, rire avec elle, voilà qui lui ferait du bien. Il vit de loin le toit fumer, se hâta, traversa la cour. Des bruits au-dedans. Il entra.

La servante n'était pas là. Seuls dans la salle étaient ses compagnons de route, le Borgne, Huc, le gros Mathias et Belle-Abbesse la luronne. Tous s'attifaient en fredonnant, chauffaient la peau de leur tambour et tentaient d'accorder leur flûte avec un vieux luth malveillant. Ils l'accueillirent à grands éclats, l'invitèrent à venir chanter avec eux des chansons de fête sur la place du Mercadal. Jaufré refusa sèchement.

— Je connais ici trop de monde, leur dit-il. J'en serais gêné.

Grognements déçus, moqueries, coups d'œil hostiles tout à coup.

— J'ai compris, ricana le Borgne, il serait mal vu que le fils d'un prieur de frères prêcheurs se frotte à des joueurs d'amour. En vérité, tu fais le beau mais tu n'es pas vraiment des nôtres. Tant pis, tant mieux, Dieu sait, pas moi. Allons, les enfants, en avant !

Il rameuta d'un geste sa troupe colorée. Comme il allait franchir le seuil :

— Nous partirons demain matin. Avec ou sans toi, le Trouvé ?

— Sans moi, le Borgne. J'ai à faire.

L'autre grogna :

— J'en étais sûr.

Il rejoignit ses compagnons.

Jaufré s'assit devant le feu. L'aubergiste, dehors, sous l'arbre de la cour, lessivait le poil de sa mule. Sa grosse épouse, à quelques pas, jetait du grain à ses volailles et criaillait contre son chien. Et la servante, où était-elle ?

Il l'appela. Il l'aperçut par la lucarne de derrière. Elle ne l'avait pas entendu. Elle étendait du linge au grand soleil du pré qui dévalait vers la rivière.

Il s'avança nonchalamment vers la porte au fond de la salle. Entre les planches du battant il goûta un moment ses gestes, la grâce simple de son corps. Il sortit et la rejoignit. Elle parut surprise. Elle lui dit :

— Vous n'êtes pas allé chanter ?

Il répondit qu'il n'était pas de cette troupe négligeable qui l'avait amené ici. Et comme il restait empoté à la regarder travailler :

— Voulez-vous m'aider ? lui dit-elle.

Il s'empressa. Il s'y prit mal. Elle rit de le voir maladroit. Il trouva sa figure un peu rude, anguleuse, mais sa joie innocente, sans moquerie, quelle beauté !

— Si vous ne chantez pas, que faites-vous ? dit-elle.

Il fut tenté un bref instant de jouer à l'artiste noble. Il aurait aimé lui répondre quelque chose qui la remue, qui l'étonne, qui l'émerveille, qui le rende beau à ses yeux. Il lui dit, tout embarrassé :

— Mon maître Peire Cardenal a fait de moi un troubadour. Je compose des chants d'amour. Je pourrais avoir un jongleur qui chante un peu partout mes œuvres. Les plus grands ont chacun le sien.

Il se tut. Elle conclut pour lui :

— Mais voilà, vous n'en avez pas.

Tout le linge était étendu. Elle ramassa son panier vide et remonta vers la maison.

— Votre nom est Jaufré, dit-elle, malicieuse. Vos amis m'ont parlé de vous. Le Trouvé. Jaufré le Trouvé.

On devrait dire le Trouveur, puisque vous cherchez des paroles et des musiques à marier.

— Et vous, dites, quel est le vôtre ?

Sur le seuil de la porte basse elle s'arrêta, elle se raidit, et fièrement :

— Je n'en ai pas. Ici, on m'appelle « la fille », ou sinon on claque des doigts.

Comme elle se détournait pour entrer dans la salle il saisit son bras, la retint. Il s'exclama :

— Comment ? Vous n'avez pas de nom ? Quelle rencontre magnifique ! Savez-vous pour qui je compose ? À qui je parle quand j'écris ? Qui me tient éveillé, la nuit ? Devinez. Un rêve de femme que j'appelle Dame sans Nom.

La mendiante mourante sous l'arbre du chemin embruma soudain son esprit, lui prit les mots qui lui venaient. Il la revit couchée, la joue contre sa cuisse et lui s'appliquant à chanter aussi bien qu'il pouvait pour elle, et ces mots, les derniers : « Dame sans Nom, c'est moi », et son regard éteint, et son souffle épuisé, « c'est moi, c'est moi, c'est moi ». Seigneur, ce petit jour, et cette brise froide et cette intimité si tendre, si poignante ! Quelle amante trahissait-il ? La fille l'observait, curieuse. Son corps était tout proche. Il la vit éloignée. Elle avait repris des distances qu'il croyait avoir abolies. Elle répondit :

— Je suis sans nom, mais je ne suis pas une dame. Je suis une fille de rien. Je ne suis pas non plus un rêve. Je suis faite de chair et d'os. Ne me regardez pas ainsi, ce n'est pas moi que vous voyez.

Il tenait encore son bras. Elle le reprit d'un geste brusque.

— J'aimerais être votre ami, lui dit-il, le cœur trébuchant, mais c'est peut-être trop vouloir.

Il pensa : « Quels mots ridicules ! » La honte le prit. Il partit.

Il descendit vers la rivière et s'assit dans l'herbe du bord. « Dès demain, se dit-il, salut ! Je pars avec les quatre fous. Je n'aurais pas dû revenir. Je ne peux vivre rien de bon dans cette foutue vieille ville. Le père Aymar, Thomette, Alexis, maître Anthelme sont heureux sans moi, et c'est bien. Je le serai aussi sans eux. Je me sens des chansons par centaines et milliers, elles débordent, elles n'ont qu'une envie, naître, sortir, aller aux gens. J'ai tant de châteaux qui m'attendent, tant d'aventures, de rencontres, et la fortune, si Dieu veut. Pourquoi ai-je oublié que ma vie est partout, partout au monde, sauf ici ? Seul ? D'accord. Mais les yeux ouverts. Sans mensonge, sans illusion, sans personne, ni Dieu ni femme. Car il a raison, l'hérétique, l'inconnu, le frère au cahier. Je souscris, bonhomme, je signe, je suis de ton bord, sache-le. Tes mots auraient pu être miens si j'avais eu ton cœur au ventre. Mais non, je n'ai rien voulu voir. Je n'avais envie que d'amour parfumé de mots, de musiques, de ronds de jambe, de bravos et j'avais la foi sans question d'un fils de prieur de couvent. Insouciance de l'idiot ! Pourquoi ne me suis-je jamais avoué mes renâclements devant ces images divines, ces agenouillements, ces lois, ces menaces d'enfer et ces grands crucifix brandis comme des armes ? Par piété, par crainte de Dieu ? Non, par respect du père Aymar. Père, pardon. Vous m'êtes cher, je garde mon amour de vous mais je ne veux plus être aveugle. Vous m'avez sauvé de la mort, je ne l'oublierai certes pas, où que me conduise ma route, mais demain, droit devant, je pars, et je ne reviendrai jamais. Sans espoir ? Oui. En qui ? En quoi ? Ceux qui espèrent se consument, ils prient, ils attendent, ils ont peur. Moi, je ferai ce que je dois. Ce que j'estime devoir faire. Je ne serai jamais l'esclave de l'espérance, même en Dieu. »

— Dites-moi si je vous dérange.

Il sursauta, tourna la tête. La servante était là, tout près, derrière lui. Il ne l'avait pas entendue. Il lui fit place à son côté.

— Je vous ai répondu brusquement tout à l'heure, lui dit-elle. Pardonnez-moi. Je ne voulais pas vous fâcher.

Elle eut un petit rire. Il fronça les sourcils, il crut qu'elle voulait se moquer, mais non, ses joues avaient rougi. Elle dit encore, à voix fluette :

— J'aime bien les hommes naïfs.

Il grogna :

— Moi, naïf ? Vous me connaissez mal.

— Vous savez rêver, dit-elle. Moi, non.

Il haussa les épaules, se renfonça, bougon, dans ses ruminations. Il marmonna, comme pour lui :

— J'aurais pu vous aimer peut-être.

Il dit ces mots à voix si basse qu'elle n'en entendit presque rien. Ils restèrent longtemps muets, lui mâchouillant un brin d'avoine, elle les yeux perdus dans l'eau. Elle soupira. Elle dit enfin :

— Nous pourrions vous et moi porter le même nom, comme un frère et sa sœur. J'ai pensé à cela quand vous êtes parti. Nous sommes tous les deux des trouvés. Des sauvés. Je préfère ce mot, il m'aide mieux à vivre. Voulez-vous que je vous raconte ?

Elle se tut, l'observa, mais il resta boudeur, son brin d'herbe au coin de la bouche. Alors elle poursuivit, faussement enjouée :

— Oh, ce n'est guère intéressant, mais je n'y peux rien, c'est ma vie. Je suis née sur les hauts d'Ariège, au village de Montferrier. Mes plus vieux souvenirs, en tout cas, sont là-bas. Ma mère est morte en couches, à ce qu'on m'a conté. De mon père, je ne sais rien. J'ai été nourrie par les gens, un jour chez l'un, un jour chez l'autre. Je n'ai pas été baptisée, c'était un pays d'hérétiques. Il n'en reste plus aujourd'hui, on les a tous jetés au feu. Avant ces mauvais jours on arrivait à vivre sans trop de mal, sauf en hiver. Un soir, c'était au mois de mai (il faisait un temps de juillet), un musicien est arrivé. Un joueur de vielle à danser.

Elle resta un moment rêveuse à regarder son souvenir. Jaufré murmura :

— Et alors ?

— Je n'avais jamais vu un vivant aussi beau. J'avais huit ans, tout en guenilles, et lui coiffé d'un chapeau bleu. Nous étions tous deux sur la place, c'était le lendemain du bal. Il venait de boucler son sac, il allait reprendre sa route. Je lui ai dit : « Emmène-moi. Je veux que tu sois mon époux, pour toujours, jusqu'après la mort. » Aucun doute ne m'est venu, c'était pour mon regard de fille d'une évidence de soleil. Il n'était venu que pour moi. Je n'étais même pas étonnée, c'était lui. J'aimais comme seuls les enfants sont parfois capables d'aimer. De corps et d'âme ? Oh, beaucoup plus. J'aimais avec cette innocence que même Dieu ne connaît pas. Il a ri. Il m'a embrassée. J'ai bien vu qu'il était ému. Il m'a dit que j'étais encore trop petite, et qu'il reviendrait me chercher quand j'aurais les seins plus pointus. J'ai voulu savoir quelle année, quel mois, quel jour de la semaine, et quelle heure, peut-être bien. Il m'a répondu : « Dans dix ans. » Il m'a prise dans ses bras, je me souviens encore, il sentait la fumée. Il est parti content. De ce jour, je l'ai attendu. J'étais sûre, mille fois sûre qu'il ne pourrait pas m'oublier. Les gens se moquaient au village, on me disait que j'étais folle, que je ne le reverrais plus. Je répondais : « Pauvres de vous qui ne savez rien de l'amour. » J'ai attendu onze ans.

— Il n'est pas revenu.

— Je me suis dit qu'il était mort. J'ai préféré penser cela. J'ai fui une nuit, toute seule. Je ne voulais pas qu'on me voie.

Il pensa : « Moi aussi, j'ai fui. Moi aussi, c'était une nuit. » Il dit :

— L'attendez-vous toujours ?

— Je regarde la porte quand je l'entends s'ouvrir. Une auberge est un bon endroit pour attendre. On ne sait jamais. Un miracle pourrait passer.

Elle se dressa, vive, rieuse. Elle dit :

— J'ai du travail, là-haut.

Et comme elle s'éloignait déjà :

— Me chanterez-vous vos chansons ?

Il répondit :

— Demain, peut-être.

Il pensa à ses compagnons. Il n'était plus aussi pressé de reprendre avec eux sa route. Il avait le temps, après tout. Il revint sans hâte au couvent.

Les frères étaient à leur dîner. Comme il passait sans se montrer devant le seuil du réfectoire, il entendit leurs bruits, dedans, il aperçut quelques lueurs. La nuit tombait, tiède, paisible. Il s'en fut à la bibliothèque. Il pensait n'y trouver personne, avoir le temps de farfouiller et de comparer si possible l'écriture de Vitalis à celle du cahier maudit qu'il avait gardée en mémoire. Il poussa la porte. Elle grinça. Il passa la tête au-dedans. Odeur de parchemin, de cire et de vieux copiste crasseux.

Surprise, il était là, le scribe, attelé à sa lourde table dans le halo d'un chandelier, la main gauche armée d'une loupe, le bout du nez dans ses feuillets. Il leva ses sourcils touffus et, sans lâcher du doigt la ligne du livre qu'il recopiait, à voix de caverne il gronda :

— Par les couillons du père pape, j'aurais dû tirer le verrou. Ne reste pas planté, andouille, entre donc, puisque tu es là. Pose ton cul où tu voudras mais tais-toi, silence, motus ! Laisse-moi finir cette page.

Il revint à son encrier, à sa plume, à ses grincements. Jaufré s'assit sur le banc court, de l'autre côté de la table, et le regardant travailler : « Il n'a pas changé, se dit-il jubilant au-dedans de lui. Toujours aussi vert, malotru, infréquentable et magnifique. » Il admirait fort autrefois son exceptionnelle maîtrise des paillardises de bas-fond, ses emportements érudits, ses discours sur saint Aristote en fier langage de truand. Il s'était parfois exercé à imiter sa démesure, mais manque de mots assez gros, d'expressions assez esbroufantes, il avait dû se rendre à la simple évidence qu'il n'était pas à sa hauteur.

Vitalis repoussa le livre, fit craquer un à un ses doigts, lui jeta un regard pointu.

— Je vous croyais au réfectoire, lui dit Jaufré.

— Je n'ai pas faim. Et ce travail de cornecul m'occupe le jour et la nuit de la tête au trognon et des yeux qui me brûlent à ces putains de doigts qui me font mal partout, jusque dans l'occiput. Mais dis-moi, si tu me croyais avec ces lurons de carême à croquer mon croûton moisi, que venais-tu faire chez moi ?

Il l'observa, les mains croisées, l'œil droit rieur, l'autre à l'affût.

— Vous voler du parchemin vierge, dit Jaufré. J'écris des chansons.

— Je sais, je sais. Contre l'Église ? répondit le moine, amusé. Comment va maître Cardenal ? Je l'ai bien connu, autrefois. On m'a dit qu'il t'avait appris à trousser des refrains cocasses. Ah, ses vers contre les prêcheurs ! « Voix d'anges et serres de rapaces qui vont au moindre cul qui passe, les couilles au dard bien accrochées. » Grand poète, digne des Grecs ! Tu ne pouvais avoir meilleur professeur.

— Parce qu'il déteste les clercs ?

Vitalis se pencha, et à mi-voix complice :

— Allons, bâtard de loup, allons, maintenant que te voilà grand, parti, instruit par ton grand homme et revenu dans cette étable voler quelques parchemins neufs, tu sais bien que le Dieu du pape n'est qu'un patron de malandrins.

— L'avez-vous écrit quelque part ?

— Quoi donc ?

— Ce que vous dites là, que le Dieu des chrétiens est un chef de brigands.

— Hé, Jaufré, pour qui me prends-tu ? Pour un foutu cherche-la-mort ? Pour un cul-vert ? Dieu m'indiffère. L'homme l'a fait à son image, barbare et poilu du menton. Il est indigne d'intérêt, mais qu'un chancre me pousse au pif si j'admets un jour en public avoir prononcé ces mots-là que, paraît-il, tu viens d'entendre. Allons, poétaillon d'amour, ma religion, tu la connais. Je sers, moi, le savoir humain. Faire qu'il ne s'éteigne pas, voilà mon travail ici-bas, mon œuvre obscure, mon sacré. C'est pourquoi je copie les Grecs, Aristote surtout, Platon, Zénon d'Élée, Hérodote le géographe. Je les garde des rats, des barbaries du temps, de l'usure, du feu, de tout ce qui efface, de tout ce qui défait. Quand j'aurai sauvé ces trois livres et ces quatre sur l'étagère, ils partiront à dos de mule dans un monastère de Foix, d'Espagne ou de je ne sais où. Un autre les recopiera sous une chandelle de suif dans le froid de sa bibliothèque, puis un âne ou un dos de moine les portera un peu plus loin. C'est ainsi que va la sagesse, c'est ainsi qu'elle fait son chemin, d'homme à homme, de lieu en lieu, sans qu'aucun roi, serf ou ministre, pape ou soldat ne s'en soucie. On ne sait rien de ceux qui veillent à ce que ne s'éteigne pas ce qui nous reste de mémoire. Ceux qui font ce même travail, je ne les connais même pas. Je sais seulement qu'ils existent. Chacun est seul à l'écritoire, mais de seul à seul, un beau jour, dans combien de temps, peu m'importe, le monde se réveillera avec des lumières partout. As-tu bien compris, taille-lard ? Moi, je n'ai pas un poil de temps à perdre dans des fariboles, ni à râler contre l'Église, son Dieu et ses truanderies. Cela dit, combien t'en faut-il, de ces feuilles de parchemin ?

Jaufré lui sourit pauvrement, hésita, haussa les épaules. Il avait oublié son mensonge impromptu.

— Donnez-moi ce que vous voudrez, je ne veux pas vous en priver.

Tandis que Vitalis fouillait de-ci de-là ses piles sur la table, l'envie l'envahit, lumineuse, de lui confier son secret, de lui révéler l'existence de cet humble cahier farci de blasphèmes si exaltants, de le lui faire lire, de lui demander son avis, sûr tout à coup que le bonhomme ne trahirait pas son auteur. Il pourrait même l'assister et guider sa recherche, futé comme il était. Ses frères qu'il voyait tous les jours à l'office, aux repas, au cloître, au jardin, qui mieux que lui les connaissait ? « Corne du diable, se dit-il, si ce bougre voulait m'aider, quel attelage nous ferions ! »

— Eh bien, prends donc, dit Vitalis, quelques feuillets au bout des doigts. Tu m'inquiètes. À quoi penses-tu ? Hé, je devine, sacripant. Tu as une fille dans l'œil.

Jaufré pensa, rieur : « Comment voit-il cela ? » Il se leva. Il dit :

— Je reviendrai bientôt avec un secret dur comme un caillou de fronde. Vous en serez surpris, Vitalis, j'en suis sûr. Pour l'instant j'ai beaucoup à faire, et d'abord assister à l'office du soir.

— Il m'y faut aller moi aussi, répondit l'autre, tout rogneux.

Il se redressa à grand-peine en pestant contre ses genoux.

L'église était encore vide. Jaufré s'y chercha un coin d'ombre à l'écart de l'allée du chœur, derrière le dernier pilier. Bon endroit. Il pouvait tout voir, jusqu'aux marches de l'escalier, au fond, à droite de l'autel. Si les moines entraient en prière avec leur capuchon pointu enfoncé jusqu'au ras des yeux, ils ne le remarqueraient pas. « Le père Aymar, lui, se dit-il, sentira au moins ma présence. Dès ses premiers pas dans la nef il regardera de côté, exactement où je me tiens. » Ce fut ainsi. Les frères vinrent en file droite, le front bas, chantant leur litanie du soir. Le prieur, qui allait devant, remarqua son fils. Sourit-il ? Jaufré crut voir son œil briller à la lueur vive du cierge qu'il tenait raide devant lui. Alexis l'aperçut aussi. Il chuchota même, en passant, quelques mots furtifs, inaudibles, puis s'éloigna tout aussitôt sans parvenir à rattraper ni son chant ni son pas perdu.

L'office fut interminable. Jaufré s'en fatigua dès ses premiers moments. Il s'en fut s'asseoir sur les dalles contre le mur le plus ombreux et le plus moisi de l'église. Il attendit impatiemment que s'épuisent ces chants tristement ânonnés qui avaient peuplé son enfance, ces litanies, ces bruits, ces agenouillements, ces humilités fatiguées et ces gestes de soumission trop machinaux pour être aimants. Il se revit vers ses dix ans, attentif à se bien tenir tout au long de ces messes grises par souci de plaire au prieur. Il en fut vaguement honteux et se renfonça dans son coin.

Les frères s'en allèrent enfin, confits dans leur recueillement. Il vit l'ombre haute d'Aymar s'éloigner derrière l'autel et pousser la petite porte qui menait à l'appartement où, le soir, il se retirait. Alexis un moment fureta, le chercha. Il l'appela, à voix menue. Jaufré ne lui répondit pas, trop préoccupé, l'œil partout, à compter ceux qui s'en allaient, à repérer les attardés, à les suivre jusqu'au portail. Apparemment, plus un traînard. Instant émouvant, décisif. Quelqu'un était-il resté là, oublié dans l'église vide ? Allait-il le voir trottiner vers l'escalier, à pas de chat ? Il n'eut pas longtemps à guetter. Son cœur bondit si brusquement qu'il en trembla de pied en cap. Un moine était agenouillé au pied des marches de l'autel, un corps de dos, tête baissée, les mains jointes devant sa face. « Le corps de qui ? se dit Jaufré. Il faut que je voie son visage. Aller à lui ? Non, certes non. Même s'il grimpe l'escalier ? Non, j'attendrai qu'il redescende. Alors, oui, je m'avancerai, et je lui dirai que je sais. Pourquoi donc ne bouge-t-il pas ? » Ce fut si long que par instants, fasciné par cette ombre, au loin, il crut la voir trembler dans l'air, indécise comme un mirage, une tromperie de la nuit.

Le moine enfin se redressa. Sa voix soudain emplit la voûte, grave, puissante, épouvantable, calme comme tombée du ciel :

— Pourquoi te caches-tu, jeune homme ? As-tu peur du regard de Dieu ?

Jaufré en resta bouche ouverte, poil hérissé, pétrifié, ratatiné dans son recoin. Le frère ralluma une demi-chandelle au cierge de l'autel et s'en fut le long de l'allée vers le portail resté béant sur le cloître désert, paisible.

C'était Benoît, Benoît le gros, l'un des professeurs des novices. Jaufré le regarda s'avancer, la gorge nouée, sans rien dire. L'autre le vit, mais l'ignora. « Ce n'est pas lui, pensa Jaufré. Ou alors, quel roublard, quel diable ! S'il savait que je le guettais, il a peut-être fait semblant, en attendant que je m'en aille, de prier qui ? Probablement le saint patron des embrouilleurs.

Mais le bougre s'est rendu compte que je ne le lâcherais pas. »

Lui vint une bouffée de rage. Il chercha une insulte, une malédiction assassine, libératrice. Ne lui vint qu'un bafouillement. Il s'en fut droit à l'escalier, il grimpa jusqu'à la charpente. Lueur lunaire sous le toit. La croisée des deux grosses poutres. Il palpa. Son cœur s'arrêta. Il n'y avait plus rien sur la poutre. Le cahier avait disparu.

4

Il passa la nuit chez Thomette. Sa chambre d'enfance, au grenier, était maintenant envahie par des bottes d'ail et des oignons suspendus aux poutres du toit et partout, étendus au sec, des cèpes, des pommes, des noix. Il dormit donc pelotonné au plus près de la cheminée où quelques braises survécurent jusqu'à la naissance du jour.

Il s'éveilla glacé. Il avait mal partout. Il se leva, sortit sur le pas de la porte. Pas un bruit, pas un souffle d'air. Il lui sembla qu'il y avait là, dans la lumière du matin, quelque chose d'éberlué, comme si le jour s'étonnait d'être à nouveau parmi les choses, comme s'il n'en revenait pas d'avoir échappé à la nuit. De l'autre côté du chemin, le soleil neuf éblouissait les éboulis blancs, les ronciers, la brèche du mur du jardin où Aymar cultivait ses simples. Au bout de ses sages verdures étaient l'église du couvent et la haute enceinte du cloître. Là-bas, dans ces lieux, à cette heure s'éveillaient à peine son père, son frère Alexis, Vitalis et ce scribe secret qui avait dit pour lui le malheur d'être au monde, cet inconnu, ce solitaire qu'il découvrait soudain aussi cher à son cœur que ses proches parents. Il entendit, dedans, Thomette qui ranimait le feu par poignées de brindilles. Il la rejoignit, l'embrassa.

— Tu as mal dormi, lui dit-elle. J'ai donné ton lit au couvent. Pauvre, je ne t'attendais pas ! Tu es maigre, il faut que tu manges. Je vais faire rôtir du pain, j'ai du poisson salé, quelques fruits, des olives. Alexis va venir tantôt. Il déjeune ici le matin. Frère prêcheur, pour lui, c'est bien. Il est nourri, il n'est pas seul. Et toi, Jaufré, que vas-tu faire ? Rester ? Partir je ne sais où ? Apprendre le métier d'Anthelme, puisque ce fou te veut du bien, voilà ce que tu devrais faire. Maître Jaufré, luthier. Ce n'est guère honorable, mais c'est quand même mieux que brailleur de chansons.

Il prit dans ses bras sa nourrice, la berça, lui baisa le front.

— Sois bonne, lui dit-il. Tais-toi.

Elle se défit de lui, elle rajusta sa coiffe, et penchée à nouveau sur son feu flambant neuf elle marmonna, faussement humble :

— Je me tais, mon fils, je me tais. Il n'en est pas moins vrai (je te l'ai toujours dit) qu'à rêver plus haut que le front, on retombe plus bas que terre. Et qu'y a-t-il plus bas que terre ?

— L'enfer ! répondit Alexis, jouant le pitre satanique. Le brasier du grand rôtisseur !

Il venait de franchir le seuil. Il sentait le frais, la rosée. Vif, décidé, l'œil pétillant, il salua sa mère d'un bonjour chantonnant, puis farfouillant partout il fourra dans son sac du pain, des noix, des pommes, prit Jaufré par la main et l'entraîna dehors tandis que Thomette, plaintive, leur criait :

— Où allez-vous donc ?

Loin de la maison de famille, d'Aymar et des gens du couvent, dans la cabane de roseaux qu'ils avaient autrefois bâtie, en secret, au bord de l'Ariège, voilà où Alexis et son frère coururent. Dès qu'ils s'y trouvèrent accroupis :

— Maintenant parle-moi des dames. Prends ton temps, dit le moinillon. Tu ne m'as pas bien expliqué. Il paraît que les troubadours les regardent comme des êtres plus estimables que les saints.

Jaufré sourit, l'air important.

— Elles sont nos compagnes, Alexis. Avons-nous plus beau à chanter que cette vie neuve qui vient, ce goût de liberté, ce désir de bonheur quand se contemplent deux amants ?

— Frère Gui prétend que les femmes sont de mauvaise compagnie, que leur apparente beauté n'est qu'une illusion satanique et que derrière leur figure un serpent se tient à l'affût. Il prêche aussi que pour les hommes c'est une honte ridicule que de s'efféminer l'esprit à se frotter à leurs jupons.

— Mon maître Cardenal, lui répondit Jaufré, disait à qui voulait l'entendre : « On a grand tort de les réduire à l'état de vierges, de mères ou de méprisables putains car elles sont avant toute chose nos sœurs et nos chères amies. Elles sont ce qui réveille notre pouvoir d'aimer. Ouvrons-leur nos portes secrètes, que notre cœur soit leur maison. Sans elles nous ne sommes rien que des moitiés d'êtres humains, des boiteux, des manchots, des borgnes. »

— C'est prodigieux, dit Alexis.

Il resta un moment l'œil vague, éberlué, puis d'un ton de pure évidence :

— Et toi, tu sais aimer ainsi.

Jaufré se tut, sourit à peine.

— Peut-être oui, peut-être non, lui dit-il. J'essaie. Je voudrais.

— Hé, je sens que ton cœur est pris. Dis à ton frère. Est-ce une dame ? Est-elle riche ? A-t-elle un nom, un vrai, pas seulement celui d'une chanson ? Est-ce qu'elle t'aime, au moins, elle aussi ?

Jaufré rougit, hocha la tête.

— Elle n'est pas un rêve, Alexis. Si elle l'était, ce serait simple, je saurais comment lui parler. Mais non, elle a un corps, un visage, un regard. Ce n'est qu'une servante, une fille de rien. Elle-même se nomme ainsi, sans doute parce qu'elle a peur d'être tout, un jour, pour un homme. M'aime-t-elle ? Je ne sais pas. J'ai envie qu'elle soit bien chez moi.

— Chez Thomette ?

— Non, là-dedans.

Il désigna son cœur d'un coup d'index furtif. Alexis rit, illuminé.

— Je connais mon Jaufré, elle y sera très bien. À cet instant où nous parlons, j'imagine qu'elle s'interroge : « Suis-je assez belle pour lui plaire ? Viendra-t-il bientôt me chercher ? »

Le regard de Jaufré se fit lointain, perdu. La fille de l'auberge et le joueur de vielle qu'elle avait si longtemps attendu, espéré, apparurent confusément dans les brumes de son esprit. La pauvre enfant, la pauvre histoire. Dix années à guetter des pas sur le chemin. « Moi, se dit-il, c'est sûr, je serais revenu. » Alexis le poussa du coude.

— Si le frère Gui, lui dit-il, t'entendait parler de l'amour avec ce bonheur qui te tient, il te haïrait plus encore.

Jaufré s'étonna.

— Frère Gui ? Le petit sec, le blondinet ? Le nouveau maître des novices ? C'est à peine s'il me connaît. Depuis quand est-il au couvent ?

— C'est moi qui les ai accueillis, lui et Benoît, un jeudi soir. Il pleuvait depuis le matin, ils venaient à pied de Toulouse. C'était fin mars. Juste avant Pâques. Il faisait vert partout, dehors.

« L'an du Seigneur Jésus mil deux cent cinquante-huit, ce lundi de Pâques, avant l'aube. » Le cahier commençait ainsi. « Bon sang de Dieu, pensa Jaufré, Gui venait juste d'arriver. » Son souffle resta suspendu. Il demanda :

— Il me hait donc ?

— Il t'appelle, en tordant la bouche, « le pauvre neveu du prieur ». Il est d'une piété féroce.

Jaufré resta pensif. Il dit :

— Et s'il l'exagérait pour cacher autre chose ?

— Quoi donc ?

— Ses doutes, ses questions.

Alexis remua la tête.

— C'est un combattant acharné. Il déteste les troubadours. « Valets des femmes, chiens païens, misérable engeance hérétique », ce sont ses mots. Et puis, sais-tu, il reste le soir dans l'église après l'office de la nuit pour prier encore et encore.

— J'y ai vu Benoît, l'autre soir.

— Parfois c'est l'un et parfois l'autre. Ces deux-là sont de même bois. D'ailleurs, ils ne se quittent guère, ils sont comme l'ongle et le doigt. Mais toi, dis, que faisais-tu là ? Je t'ai cherché après complies.

— Je m'étais endormi, je crois.

— Cela m'arrive, à moi aussi.

Jaufré se pencha de côté, il murmura contre sa joue :

— Un moine, dormir à l'office ! Dieu ne t'occupe pas beaucoup.

Alexis haussa les épaules.

— Je suis, je crois, un bon prêcheur. C'est l'avis de frère François. Mais j'ai des fatigues, parfois.

Son regard revint à la vie.

— Je travaille avec Vitalis. J'aime l'odeur du parchemin. Je voudrais être un jour moine porteur de livres partout dans le monde chrétien.

— Vitalis est un mécréant.

Alexis se tourna vivement vers son frère.

— Oh non, notre père l'estime. Certes, il sacre comme un truand, mais c'est un homme de grand cœur.

Et à nouveau émoustillé, le menton sur ses genoux joints :

— Parle-moi encore des femmes.

Quand ils s'en revinrent au couvent, le soleil, du plus haut du ciel, régnait sur la cime des arbres. Le long de la rue d'Enloba ils ne cessèrent de parler, de rire des manies des frères, de se désigner des passantes. Ils arrivèrent ainsi au vieux mendiant puant, décharné, haillonneux qui occupait le pied du mur en face du portail ouvert. Cet homme, depuis leur enfance, les avait toujours effrayés. C'était un fou. Haillonneux ?

Pire. Il n'était vêtu que de riens, de lambeaux de sacs, de ficelles, de dépouilles de chats, de boue. Il n'avait sur les os que peau grise, fripée, mais dans ses yeux brûlait un feu, un incendie insoutenable. Il tenait d'informes discours à un énorme caillou rond qu'il serrait au creux de ses mains. Il criait parfois, s'emportait contre des ennemis fantômes. C'était bien ce qui faisait peur. Personne ne comprenait rien à ce que dévidait sa voix, mais cela paraissait terrible.

Jaufré ce jour-là s'arrêta devant ce naufragé terreux. Il était passé devant lui tous les jours, des années durant, pressant le pas sans y penser et oubliant le pauvre bougre à peine ses jambes franchies. Il le contempla fixement, comme s'il s'éveillait d'un songe. Et tandis qu'Alexis le tirait par la manche :

— Mais enfin, gronda-t-il, qu'est-ce qu'il dit, ce bonhomme ?

— Laisse donc, répondit son frère, il divague, c'est un perdu. Il est là depuis le Déluge et voilà que tu le regardes comme s'il venait de tomber. Accompagne-moi au fournil, tu ne m'as pas tout raconté.

Ils rencontrèrent dans le cloître Aymar et le frère Sylvère qui inscrivait sur son ardoise, langue dehors, sourcils froncés, des ordres à ne pas oublier.

— Jaufré, mon fils, dit le prieur.

Il lui sourit, la tête haute. C'était une manie légère, une habitude qu'il avait. Qu'il soit bienveillant ou sévère, il ne pouvait parler aux gens sans les toiser, d'un coup de front. Il prit son garçon par l'épaule et laissant là le moine avec sa craie en l'air et son attirail de comptable, il l'attira vers le portail.

— Es-tu content de ton retour ? lui dit-il tout doux, tout léger. On ne parle, ici, que de toi. Que tu aies renoncé à gaspiller ta vie en sornettes mondaines nous réjouit, mes frères et moi.

Son plaisir semblait appliqué. « Pourquoi, pensa Jaufré, m'intimide-t-il tant ? Pourquoi ne puis-je pas m'abandonner tranquille à cette affection sans question que j'éprouve souvent pour lui, quand il ne me regarde pas ? » Il l'observa, se dit encore : « Je sais. Son soleil est voilé. Dans ses yeux, toujours une brume. Même au temps où il me contait les aventures des rois mages il avait cet air loin de tout, cette vague mélancolie qui me semblait infranchissable. »

— Thomette m'a dit hier au soir que tu logerais chez Anthelme. Bonne idée, mon fils, bonne idée. Luthier, musicien, pourquoi pas ? C'est un métier d'assez bon goût, quoique éloigné de notre Église. Il te conviendra, sûrement.

Apparemment tous deux avaient tranché pour lui. Il n'en fut pas vraiment fâché, ni surpris. Il s'en amusa. Il lui répondit, malicieux :

— Je sais percer les trous des flûtes aux bons endroits. C'est un début.

Coup d'œil complice du prieur.

— Je dois visiter un ami qui va bientôt quitter ce monde. J'aimerais que tu m'accompagnes, peut-être pourras-tu m'aider à le conduire aux pieds de Dieu.

Ils avaient franchi le portail. La main amicale d'Aymar s'appesantit sur son épaule. De l'autre côté de la rue le mendiant fou invectivait son caillou gros comme une tête. Jaufré demanda :

— Que dit-il ? Voyez, il souffre mille morts.

— Il est en enfer, mon garçon. Je n'ai pas de corde assez longue pour le ramener parmi nous.

Il poussa devant lui son fils.

Ils remontèrent la ruelle sans un mot, la côte était rude, puis comme il accordait son pas à l'ample enjambée du prieur, Jaufré se raffermit le cœur et faussement insouciant :

— Si je reprenais mon chemin, dites-moi, me béniriez-vous comme il faut, la main sur la tête ? Vous faisiez ainsi, autrefois.

Aymar attendit pour répondre qu'ils aient passé le Mercadal. Comme ils descendaient au rempart, il dit avec cette douceur aussi légère qu'une flèche, insinuante, redoutable, qui dévastait souvent son fils, au temps de sa petite enfance :

— Je suis intimement convaincu, mon garçon, que ton désir, ton vrai désir n'est pas d'exciter les passions, d'exalter les basses envies, de hurler avec les brigands qui haïssent la sainte Église et calomnient ceux qui la servent. Toi, chanteur de place publique, sans feu ni lieu ? Dieu merci, non. Allons, tu vaux mieux que cela. Il est temps que tu te réveilles et que tu cesses de rêver. Sois tranquille, je t'aiderai.

— Je ne veux que chanter l'amour.

Ce dernier mot l'émut. « Et pourtant, pensa-t-il, quelle pauvre réponse ! » Il voulut protester, parler sans peur enfin. Il renonça, se dit encore : « Ses discours sont forts. Les miens, non. Même ses silences m'écrasent. Mais il a tort, mille fois tort, car ce n'est pas son cœur qui parle. » Son regard s'éclaira soudain. « J'ai trouvé. Je tiens son secret. Non, ce n'est pas son cœur qui parle, c'est le gardien de sa prison. Au fond d'Aymar est un cachot. Il y tient l'amour enfermé. Si maître Cardenal voyait ce que je vois, il en ferait assurément une chanson de belle force. »

Tandis qu'ils cheminaient il composa deux vers, mais ne leur trouva pas de rime. Il cherchait encore ses mots quand ils descendirent la pente vers la fontaine de Lourmet, hors les murailles de la ville. Là était, au bord du ruisseau, un amas de logis terreux qui semblaient ne tenir debout que chacun appuyé aux autres. Le chemin au-delà se perdait dans la cour d'une ferme de pauvre mine. Comme il allait pousser la porte Aymar un instant hésita et faisant face à son garçon, le front plus haut que d'ordinaire :

— Si tu me fuyais à nouveau, je ne pourrais pas te bénir, murmura-t-il, ni te maudire.

Ce fut dit d'un souffle léger, d'un regard aussitôt repris. Jaufré eut tout juste le temps d'y découvrir, la bouche ouverte, le plus démuni des vivants.

Le dedans n'était éclairé que par une étroite lucarne au volet à demi fermé. Une odeur lourde de crottin, de soupe aux choux et de fumée les saisit, dès le seuil franchi. Jaufré se pinça les narines. Aymar, d'un geste, s'éventa. Devant le feu poussif était un vieux couché sur un lit de paille moisie, emmitouflé dans un manteau plus encore usé que son corps. Sans doute l'avait-il porté sur tous les chemins de sa vie. Il était désormais trop grand. L'homme était efflanqué comme un loup en janvier, sa face était blême, suante, mais dans ses yeux brillait encore une vivacité moqueuse, une lueur méchante et gaie de guerrier friand de batailles. Près de lui se tenait sa fille, maigrichonne, furtive et sans cesse alarmée, manifestement asservie depuis la nuit des temps d'enfance.

— C'est toi, Aymar ? dit le mourant.

Sa voix charriait des cailloux.

— Et celui-là, dit-il encore, désignant Jaufré d'un coup d'œil, c'est l'enfant de chœur de la mort ?

— La paix sur toi, Pourcel, répondit le prieur.

Il s'agenouilla près de lui et sortit de son aumônière une fiole d'eau de lavande. Tandis qu'il humectait ses joues rêches, son cou, son front luisant, ses tempes :

— Veux-tu prier Dieu avec moi ? Sais-tu qu'Il est là, qu'Il t'écoute ? Demande-Lui de te laver mieux que je ne pourrais le faire.

L'autre grogna, s'impatienta, repoussa rudement la main qui s'attardait sur sa figure.

— Ôte tes pattes, lui dit-il, tu devrais te rogner les ongles, tu as des serres de busard.

La fille s'effraya, gémit :

— Pardonnez-le.

Elle s'affaira autour du vieux, rehaussa les oreillers gris, s'enfonça dans la cheminée, aiguillonna les bûches lasses.

— Hé, laisse donc, lui dit son père, va chercher la cruche de vin et deux gobelets, bique molle !

Il saisit le bras du prieur et ricanant à petits coups :

— Prier ? Allons, Aymar, nous avons mieux à faire. Ce n'est pas un jour ordinaire. C'est mon dernier, ici. Je meurs. Je sais, pour les gens, peu importe. Le vieux s'en va, oui. Et alors ? Même moi, Pourcel, je m'en moque. Je ne regretterai personne, ni toi, ni moi, ni cette ânesse qui ferait se couvrir le ciel même au jardin du paradis. Soulève-moi, je n'en peux plus.

Aymar le prit sous les épaules, le tint là, contre sa poitrine, écarta ses cheveux luisants et le hissa, tout lentement, précautionneux, à gestes tendres. Jaufré en resta fasciné. Il n'avait jamais vu son père aussi simplement dévoué. Ce mourant semblait dans ses bras l'être le plus précieux au monde. La fille s'en revint avec son vin en cruche et ses deux timbales de fer.

— Sers-nous, gronda le vieux, et va-t'en, disparais, tu m'agaces les yeux.

Elle se torcha le nez, elle renifla encore et s'en alla chercher refuge derrière des sacs, dans un coin. Il la regarda s'éloigner puis, la voix soudain raffermie malgré son souffle court, sifflant :

— À nous deux, père Aymar, dit-il. Tu voudrais que je me confesse. Tu en serais content. Avoue. Eh bien, n'y compte pas. C'est non. Que pèsent le bien et le mal, où je serai dans moins d'une heure ? Nos soucis, nos passions, nos lois, nos belles églises, nos guerres, que pèseront-ils, dis-moi, quand je ne respirerai plus ? Rien, même pas un pet de moine. Je laisse cette turne à ma foutue bâtarde, elle y pleurera un moment puis retournera au jardin. Je ne la houspillerai plus. Elle ne s'en trouvera (je la connais, l'idiote !) même pas soulagée. Moi, Pourcel, je reposerai, comme on dit dans les cimetières, sans mémoire, sans corps, sans Dieu, sans mauvais temps, sans rien. Tranquille. Je me trompe ?

— Oui, dit Aymar, mais ne crains pas. Je prierai autant qu'il faudra pour que l'on m'entende, là-haut.

Le regard du vieux s'embruma, sa tête tomba de côté contre l'épaule du prieur. Il tenta de la redresser, n'y parvint pas. Il murmura :

— Si ton bon Dieu n'est pas trop sourd, demande-lui donc de ma part de me laisser dormir en paix. De ne jamais me réveiller. Allons, prieur, buvons, je sens que je m'en vais.

Aymar lui dit, près de l'oreille, aussi aimant qu'un père corps et âme appliqué à bercer son enfant :

— Avant ta naissance, Pourcel, quand dans le ventre de ta mère tu n'avais encore rien vu, si quelqu'un t'avait dit : « Dehors sont des villages, de vastes forêts, des déserts, un ciel, des étoiles, un soleil, des gens sans nombre, des chemins », aurais-tu cru cela possible ? De même je dis que là-bas est une vie toute nouvelle que tu ne peux imaginer, pas plus que tu ne pouvais croire, quand tes yeux n'étaient pas ouverts, à ce monde d'où tu t'en vas.

— Bonne parole, dit le vieux. Bonne parole de prêcheur. Hé, je m'en souviendrai peut-être.

Il hocha à peine la tête, sourit vaguement, les yeux clos, parut un instant s'endormir, puis brusquement se redressa, le regard fou, le souffle rauque, soulevé par une vigueur tant imprévisible et farouche que Jaufré recula, ahuri, frissonnant. L'autre brandit son gobelet, le vin déborda, ruissela le long de sa main, de son bras. Il brailla :

— À la mort, à la mort du bourreau !

Il but goulûment, hoqueta, s'abattit, la bouche béante. Aymar le retint, le coucha puis joignit les mains et pria. La fille sortit de son coin, s'approcha de son père qui ne respirait plus, le dos rond, le pas hésitant, comme une bête méfiante. Elle se pencha sur lui, puis releva la tête et regarda Jaufré qui se tenait debout derrière le prieur. Elle lui bondit soudain dessus, se blottit contre lui, tremblante. Il l'étreignit, la caressa, réchauffa son dos, ses épaules. Une idée saugrenue lui vint : « À la voir, elle semblait plus maigre. Sa figure l'est, pas son corps. » Il ne savait que faire d'elle. Il l'amena devant le feu.

Le père Aymar se redressa et s'en alla ouvrir la porte. Quelques femmes étaient près du seuil. Elles s'attendaient à la nouvelle qu'il leur annonça sèchement. Tandis qu'elles entraient, gémissantes, et s'en venaient autour du corps, il fit signe enfin à Jaufré. La fille le retint, lui agrippa le col et lui baisa la bouche, avidement, éperdument. Il se défit d'elle et s'en fut. Il trébucha, faillit tomber contre la pierre de l'entrée. L'air du dehors le requinqua.

Comme ils remontaient en silence vers le rempart du Château-Neuf, « je marche à la droite d'un saint », pensa Jaufré, la mine fière, le cœur débordant d'affection. Et contemplant tous les dix pas, fugacement, le haut visage qui cheminait auprès de lui : « Sa bonté si simple et si vraie pour ce Pourcel de mauvais cœur ! Son humilité, sa façon de l'accompagner à la mort, ses gestes de Samaritain si attentifs, si secourables ! Rien ne l'obligeait à tant faire, sauf son amour pour son prochain. » Il demanda :

— Mon père, était-il votre ami ? Certes non, je dis des sottises. A-t-il été vraiment bourreau ?

Aymar sourit, un peu narquois.

— Il le fut autrefois, et quelque peu fripouille. Je le connaissais, voilà tout.

— Cet homme-là ? Vous m'étonnez. Avez-vous entendu comme il parlait de Dieu ?

— Il a toujours été ainsi, rogneux, sauvage, sans esprit. Il faisait à peu près ce qu'on lui ordonnait, pourvu que l'ouvrage soit simple.

Jaufré, déconcerté, resta longtemps pensif, s'essoufflant à suivre l'allure des longs pas raides du prieur, puis :

— Tout de même, vous l'aimiez. Sinon pourquoi tant de bonté pour ce stupide sac à vin ?

— Cette bonté n'était pas mienne, c'était celle de Dieu, Jaufré. Je n'ai fait que sa volonté.

— Vous y avez mis tant de cœur.

Aymar ne lui répondit pas. Comme ils passaient devant l'église sur la place du Mercadal balayée par un coup de vent d'une vigueur dévergondée, il s'arrêta. Il dit :

— Faire en toute occasion ce qu'exige de nous le service du Christ, n'est-ce pas ce que nous devons ? Que veut de moi mon Rédempteur ? En quoi puis-je servir son règne ? Que pèsent surtout mes dégoûts auprès de ses très saints désirs ? Voilà les vraies questions, les seules qui importent et que tu devrais te poser. Ne les oublie jamais, Jaufré. Les réponses t'attendent là.

Il posa la main sur son cœur puis sur la tête de son fils qui le regardait, les yeux grands. Il dit encore :

— Va, il me faut voir l'évêque. Il a trop à penser pour nous aider à vivre. Nous avons besoin d'habits neufs, et nous mendions pour des riens. Nous n'avons plus le moindre sou.

La pauvreté de son couvent ne paraissait pas l'affecter. Il en sourit, se détourna, reprit au vent son manteau noir et s'en alla parmi les gens.

L'atelier d'Anthelme était proche. Son enseigne geignait sous les coups de bourrasque. Jaufré sut avant d'arriver qu'il n'y trouverait pas son maître. Les deux volets étaient fermés. Au coin de la petite porte ornée de sculptures vernies était une borne. Il s'assit. Pensant à Pourcel (« ce pourceau »), à son mépris du Dieu d'Aymar, à son trépas tonitruant : « Quel fier mécréant ! se dit-il. Même mort, quel sacré vivant, et pourtant bourreau, mille diables ! » Il en eut un frisson d'effroi. « Mon père, se dit-il encore, aurait dû le laisser crever comme un maudit, un enragé. »

— Jaufré, mon beau, tu m'attendais ?

C'était Anthelme, le luthier, rieur, rougeaud, ébouriffé, toujours aussi mal fagoté dans son inégale pelisse aux bords trop longs, au col rentré. Il portait sous le bras un lot de planches fines qu'il ne parvenait pas à tenir alignées. Elles le fuyaient, désordonnées. Il les confia à Jaufré, le temps d'ouvrir en grand la porte et les volets, puis rallumant les deux bougies :

— À l'instant je pensais à toi. Je me disais : « Ce garçon-là ferait un luthier convenable. » Je peux t'héberger, tu le sais. Je vis seul, personne au grenier. Tu pourrais t'y aménager une chambre de bonne mine.

« Décidément, pensa Jaufré, après ma nourrice et mon père, maître Anthelme monte à l'assaut, empêtré dans ses gros sabots. Ces bonnes gens veulent vraiment me planter dans leur paysage. » Il en fut ému, agacé aussi. Il dit :

— Vous avez vu Thomette ?

— Je l'ai croisée sur le marché. Elle me hait toujours aussi fort, mais nous avons un peu parlé.

— Puisque vous l'avez décidé, je logerai chez vous, Anthelme. Mais je vous quitterai bientôt.

— Je le sais. Je l'ai prévenue, elle n'a pas voulu m'écouter. Thomette a toujours été sotte, surtout avec toi, mon garçon. Elle ne comprend rien à ta vie. Ton père Aymar non plus, d'ailleurs.

— Je suis fier de lui, dit Jaufré. Je crois que depuis tout à l'heure il m'intimide encore plus qu'au temps où j'apprenais à lire avec son doigt sous chaque mot.

Il lui conta par le menu leur visite chez le mourant. Il insista sur la bonté et l'infinie délicatesse dont le prieur avait fait preuve auprès de ce rustre puant apparemment sans foi ni loi. À tenter de dire au luthier aussi justement que possible ce qu'il avait vu et pensé, ses yeux se mouillèrent de larmes.

— Je lui ai demandé pourquoi il s'était autant escrimé à faire du bien à cet homme. Et savez-vous ce qu'il m'a dit ? « Par devoir, par simple devoir. »

— Qu'espérais-tu donc, mon garçon ?

Jaufré ouvrit les bras et le regard brillant, à voix forte, tremblante :

— Qu'il dise : « Par amour ! » C'était si vrai, si simple. Mais non, il n'a pas pu.

Anthelme hocha la tête, hésita, répondit comme si chaque mot lui était une peine :

— Je connais Aymar de Lasserre depuis la nuit des temps, Jaufré. La nuit des temps. Et je t'assure, ce n’est pas façon de parler. Il a toujours agi ainsi, par obéissance à ce Dieu incapable de jouissance qui fait parfois bien, parfois mal.

— Pourtant, il sait aimer. Il m’aime !

— C’est vrai, il ne t’a pas maudit. Il aurait dû. Un fils qui chante des chansons de mauvaise vie ! Tu as désordonné son cœur. Il doit en souffrir. C’est très bien.

— Le détestez-vous à ce point ?

— Mes sentiments importent peu. Le fait est que l’amour est un curieux bienfait, parfois émerveillant, parfois si douloureux qu’on voudrait en mourir. Tu l’apprendras peut-être un jour, toi qui es fait pour le servir.

— Je le sais déjà, maître Anthelme.

— Tu aimes donc ? Bonne nouvelle. Tes chansons n’en seront que plus charnues, plus belles.

— Elle est pauvre. Elle n’a pas de nom. J’ai cru revenir par hasard. En vérité, sans le savoir, c’était peut-être bien pour elle.

Anthelme rit tout doux, sans bruit, deux soleils dans ses yeux plissés. Il se leva enfin. Il dit :

— Va-t’en maintenant, j’ai à faire. Et reviens ce soir, à la nuit, nous réveillerons la musique. Tout est en elle, tout, Jaufré ! L’amitié de Dieu, l’amour pur et la défaite des questions. Retiens cela, c’est essentiel. Quand on se donne au chant d’un luth, ou d’une flûte, ou d’une voix, on connaît le fin mot du monde sans avoir rien à demander.

Lorsqu’il sortit de l’atelier, le vent le prit par le travers et le poussa, fougueux, fringant, sur le chemin du bord de l'eau qui conduisait droit à l'auberge. De bon cœur il se laissa faire. Il marcha d'abord puis courut, espéra trouver la servante seule dehors, à le guetter, mais non, personne dans la cour, sauf un âne et un coq perdus sous le vieux chêne échevelé. Dedans trois colporteurs épars, le ronflement de la bourrasque, le feu flambant sous le chaudron. La fille ?

— Elle n'est pas là, répondit sèchement la matrone aubergiste.

Il n'avait pas prévu cela. Il s'étonna, il s'offusqua, tomba de désenchantement en amertume inconséquente. « Absente, se dit-il, alors que je lui viens, que j'ai galopé comme un chien, que j'ai tout laissé choir par amitié pour elle, malgré le vent, la pluie, la grêle. » Il se reprit, mais ce fut bref. « Ne sois pas ridicule, allons, il ne pleut pas. » Et retombant tout aussitôt : « Mais il aurait pu. Il pourrait. Absente ! Quoi, je cours à elle et la pécore ose être absente ! Comment son cœur n'a-t-il pas su que je n'étais pas comme l'autre, que je viendrais, moi, la chercher ? Est-elle à ce point insensible ? En vérité, elle s'est moquée. Je me suis raconté des fables. Sacré nom, quel naïf je suis ! » À peine ces pensées venues, désordonnées, grognonnes, sottes, il sourit de les avoir eues. Il était déçu, voilà tout. Il se dit : « Je l'aime vraiment. » Il demanda :

— Est-elle en ville ?

La femme d'un coup de menton désigna les bottes d'oignons pendues aux poutres, au-dessus d'elle.

— Elle est là-haut, répondit-elle, et elle en a pour un moment.

Nouvelle pensée soupçonneuse. Il en eut le cœur empoigné. « Là-haut ? Toute seule ? Avec qui ? Un de ces foutus colporteurs ? Et que font-ils dans ce grenier ? » Il refusa le mot qui lui vint à l'esprit. « Non, pensa-t-il, non, impossible. Elle est trop fière pour se vendre. Et puis quoi, elle me l'aurait dit. » Sourire amer. Il ricana. « Crois-tu vraiment ? Allons, tu rêves. »

Il se retrouva sur le seuil, tout remué de vent méchant, le front froissé, les poings aux poches et tout à coup trop fatigué pour supporter (combien de temps ?) l'œil moqueur de la grosse mère qui semblait lire à livre ouvert les pensées qui le tourmentaient. Il s'en retourna vers la ville.

« Anthelme, Thomette, Alexis, Pourcel, le père Aymar, ses moines et la fille sans nom, putain ou pas, au diable ! Je ne veux plus les voir, se dit-il. Ils me mangent, ils me découragent, ils m'ennuient. » Il chemina pourtant avec eux, tête basse, jusqu'au seuil du couvent. Assis contre son mur en face du portail, le mendiant fou pleurait et baisait son caillou comme un visage aimé. « Quelle pitié », pensa Jaufré. Il eut vers lui un élan bref puis, rageur, il se détourna et affronta le tourbillon qui empoussiérait l'air du porche.

Il ne rencontra dans le cloître que quelques capuchons pressés qu'il fit semblant de ne pas voir. Il entra dans l'église vide, s'en fut le long du mur au-delà de l'autel et gravit l'obscur escalier qui menait à son nid intime sous la charpente du clocher. « Enfin seul, se dit-il, à l'abri de ce monde qui me fait mal partout. » Sous le toit le vent rugissait par longs à-coups assourdissants. Cela lui redonna du cœur. Il se plut à imaginer des nuées de tambours célestes réunis là pour l'accueillir. Il s'assit, enfin retrouvé, sur son étroit carré de planches. Comme il contemplait l'alentour, ses yeux soudain s'écarquillèrent. Il bondit, le cœur arrêté. Le cahier était de retour.

Il le saisit. Sa main tremblait. Il faillit le laisser tomber dans les profondeurs ténébreuses qui s'ouvraient au ras de ses pieds. En hâte il parcourut les feuillets déjà lus. À leur suite étaient quelques textes trop brouillonneux et raturés pour être aisément déchiffrables. Enfin une page nouvelle écrite, certes, à la va-vite, mais lisible au premier coup d'œil. Il resta stupéfait sur sa première ligne. Les mots inscrits étaient :

À mon cher compagnon, à mon frère de cœur,
Jaufré, dit le Trouvé, poète et musicien

D'un moment il ne put poursuivre, fasciné par son nom plus grassement tracé que les autres mots. L'auteur de ce cahier s'était joué de lui. Il l'avait tenté, appâté, pris sournoisement à son piège. Ils étaient désormais sur le même bateau. Si ces feuillets venaient au jour, « Dieu me garde », pensa Jaufré. Pour n'importe quel tribunal il serait estimé complice de ce tueur de Père saint. Il en eut un coup de sueur. Peut-être à cet instant ce diable était-il là, à l'épier, à l'observer, à plat ventre sur quelque poutre. Il se retourna brusquement, fouilla l'ombre à droite et à gauche. Seul le vent mugissant remuait çà et là des poussières anciennes. Sauf un oiseau perdu, qui pourrait se tenir sur ces perchoirs obliques ? Alentour, à coup sûr, personne. Jaufré se rassit. Il posa le cahier sur ses genoux pliés et lut à la lueur d'un pâle trait de jour tombé de la toiture.

Frère bien-aimé, sois béni. Le fardeau de la solitude ne me pèse plus désormais. Tu m'as entendu, je le sais. Assurément le jour viendra où tu connaîtras mon visage mais pour l'instant, pardonne-moi. Je te tiens en si haute estime que je crains ton regard sur moi. Cesse donc, je te prie, de vouloir me surprendre, le soir, dans le froid de l'église. Je ne reviendrai plus là-haut où tu lis ces mots que j'écris sous la bougie de ma cellule.

Ce cahier, je te le confie. Ne le laisse pas où il est. Il pourrait tomber, quelque jour, sur les marches de l'escalier. Fais de lui ce que tu voudras. Son sort ne m'importe plus guère maintenant que me voilà sûr que je n'ai pas parlé en vain, comme un égaré au désert.

Un trait était tiré sous ces mots, à la règle. La suite était désordonnée. Le cœur du scribe, à l'évidence, s'était tout à coup emballé.

Il me faut maintenant te dire mon secret. Dans ce couvent, mon frère, est un lieu ténébreux. Je n'en ai pas franchi le seuil. J'avoue ma faiblesse. J'ai peur que s'y trouve un monstre affamé au regard inimaginable. Apprends ce que j'ai découvert, par pur hasard, après la messe, la nuit de la Nativité.

Tu connais, au fond de l'église, cette porte qui s'ouvre mal sur l'oratoire du prieur. Dans cet oratoire, à main gauche est l'appartement de ce père qui t'a saintement élevé. Souviens-toi, il t'y accueillait, il t'y préparait des tisanes quand vous reveniez du jardin. À main droite (la mienne tremble !) est une autre porte fermée. Elle ne te fut jamais ouverte et tu n'as jamais eu l'envie d'aller voir ce qu'elle te cachait. On t'avait cent fois prévenu qu'après elle était une cave infestée d'énormes rats noirs. Ce n'est pas vrai. C'est un mensonge. Là est caché je ne sais qui ou je ne sais quoi qui m'effraie. Toi qui es plus hardi que moi

Le texte s'arrêtait ainsi, sur une phrase inachevée. Jaufré resta l'œil fixe à contempler ces mots jusqu'à ne plus rien voir sur le parchemin fauve que de vagues signes mouvants. Le vent, dehors, s'était calmé. Il entendit tinter une clochette, en bas. Elle appelait impatiemment au dernier office du jour. Il se leva, fourra le cahier dans sa poche et descendit.

Il était temps. Encapuchonnés, tête basse, les frères sans visage entraient. Le père Aymar, droit, les mains jointes, les regardait venir à lui du haut des marches de l'autel. Jaufré s'en fut le long du mur, sortit sans regarder personne. Personne ne parut le voir.

5

Dehors, au pied de sa muraille, le mendiant dormait, bouche bée, son caillou serré sur le ventre. Passé le porche du couvent, Jaufré le vit ainsi couché, chassa le chien qui le flairait, et s'en fut le long des maisons. La montée de la rue d'Enloba était rude. Il s'arrêta bientôt, souffla, flaira la nuit. Elle était piquante, mouillée. Où aller ? Chez Anthelme ? Non. Le vieil homme l'observerait, trop attentif, trop perspicace. Il avait besoin pour l'instant de laisser le monde à sa porte, de s'enfermer dans sa maison (il appelait ainsi son corps) et là, seul, libre comme un loup, de flairer ses chemins d'idées. Sur la place du Mercadal, personne, sauf une ombre d'homme qui s'éloigna et disparut avec sa lueur de lanterne comme une étoile prisonnière emportée dans une autre nuit. Contre la tour de l'Évêque était un vieux chariot ruiné. Il se glissa dessous. Au travers de ses roues il pouvait voir la lune presque pleine au-dessus des toits, mais même en s'approchant tout près nul ne pouvait le deviner. Introuvable. Cela lui plut.

« Gui, se dit-il. Le blondinet. » Il l'avait à peine aperçu depuis son retour à Pamiers. Taille brève, mine arrogante ou désespérée, douloureuse (impossible de décider), gestes secs, cassants, impatients.

Pouvait-il être cet impie, ce blasphémateur héroïque, ce trop amical tentateur qui osait lui tendre la main au seuil d'une porte secrète ? « Certes, il peut, se dit-il encore. Il cache une sorte de fou derrière ses gestes, ses yeux. Et puis quand est-il arrivé ? Une semaine, tout au plus, avant que le cahier ne parle. Cela ne peut être un hasard. » Cependant, selon Alexis, sa foi était de pierre dure, il détestait la poésie et le haïssait, lui, Jaufré, avec une ferveur suspecte. « Suspecte, oui, assurément. »

Une idée lui vint. Elle lui plut. « Il est des gens ainsi bâtis qu'ils montrent dehors le contraire de ce qu'ils ressentent dedans. Plus leur âme est pourrie de doutes, plus ils se masquent de vertu, de rigueur droite, inattaquable. Gui pourrait être de ceux-là, superbement contradictoire, frère pieux, pur théologien et le cœur débordant de rage, d'inavouable désarroi. Reste qu'il ne pouvait savoir que mon père me préparait des tisanes de serpolet quand nous revenions du jardin, ni qu'ils me menaçaient du diable, Thomette et lui, si je poussais la porte de la cave aux rats. Il n'est pas de ces vieux aînés qui connaissent tout de ma vie. »

Un couple traversa la place. La fille rognait à mi-voix, repoussait l'homme, maladroit, qui cherchait à saisir sa manche. Elle fuyait, faisait de grands gestes qui disaient : « Laisse-moi, va-t'en. » Lui la suivait obstinément, muet, pitoyable. Amoureux ? Jaufré les regarda passer, disparaître au coin d'une rue parmi les maisons assoupies, puis : « Alexis, Thomette aussi ont pu lui raconter ces choses, bavards comme ils sont », se dit-il. Il se perdit dans ses pensées. Il eut froid, quitta son abri, et grelottant sous sa capuche : « Que peut bien cacher d'effrayant cette pauvre cave moisie ? La nuit prochaine j'irai voir, et ce que je découvrirai sera probablement que ce moine païen est un marchand de balivernes. À moins qu'il ne m'attende là, où personne jamais ne va. » L'idée lui alluma les yeux. Il n'imagina aucun autre que le fébrile frère Gui, l'index au travers de la bouche, l'accueillant au seuil de l'enfer. Il en sourit mais un frisson lui trotta le long de l'échine.

Il parvint au coin de la rue où était l'atelier d'Anthelme, entrebâilla sans bruit la porte, entra sur la pointe des pieds. Une bougie brûlait dedans. Elle éclairait un parchemin posé sur le bord de la table. Minuscule et belle écriture. Celle de son maître luthier.

Bienvenue chez toi, mon cher fils. J'ai terminé la flûte courbe. Trois fois poncée, trois fois vernie. Pourvu qu'elle trouve un bon amant ! Je peux te dire maintenant ce que j'ai ruminé pour toi tout au long de ce mauvais jour où ma porte ne fut ouverte que par un coup de vent rogneux. Que me voulait-il ? Je l'ignore. Le vent vole, il n'achète rien.

Jaufré, n'oublie pas ce qui suit. Derrière tes joies, tes soucis, tes questions, tes silences même, écoute bien, une voix chante sans repos, sans cesse, toujours. Je la connais tout comme toi, nous sommes de même musique. Vieille fontaine, eau toujours fraîche, vieille voix, chant toujours nouveau. D'où nous vient ce chant ? Je l'ignore. Mais ces jours prochains, souviens-toi. Tu n'as pas d'autre étoile à suivre, d'autre voie que celle qui va vers cette musique de source. Tu n'en as pas d'autre, Jaufré !

Prends la bougie, monte à ton lit et ne fais pas grincer les marches. Mon sommeil est aussi léger que le duvet d'un oisillon.

Jaufré s'émut. Tendre manie de ce vieil enfant inusable. Combien de ces brèves missives avait-il fourrées dans sa main, sans autre mot, soir ou matin, au temps de son apprentissage ? C'était parfois un mot hâtif, un proverbe, un dicton futé, parfois un reproche grondeur, parfois un encouragement de garnement joyeux, complice. Anthelme aimait cela, écrire. Mais cette fois, que disait-il ? Ce chant de source familier qu'il ne devait pas oublier, précisément ces jours prochains ? Que savait-il donc, ce sorcier ? Que soupçonnait-il de ces choses qui lui tourneboulaient l'esprit ? Avait-il lu sur son visage qu'il allait devoir affronter quoi donc ? Le diable ? Des rats noirs ? Un mauvais plaisant maléfique ?

« Anthelme, se dit-il, connaît le père Aymar depuis leur jeunesse commune. Pourquoi donc le déteste-t-il ? » Comme il grimpait au lit, il fit halte un instant et haussa les épaules. « À cause de Thomette, allons, c'est évident. Anthelme l'a aimée. Je sais, il me l'a dit. Alexis était déjà né, son brigand de mari galopait vers l'Espagne. Ils ont dû fricoter quelques dimanches ensemble à l'abri des roseaux du bord de la rivière, puis la coquine a rechigné. Anthelme était en ce temps-là peut-être malcommode à vivre. Elle a choisi la paix du corps, le service du père Aymar, son grand homme à jamais tranquille, et bonsoir mon joli luthier. Qu'il ne se sente pas d'estime pour son rival, quoi d'étonnant ? » Il souffla son bout de chandelle, s'enfonça sous son édredon et douillettement s'endormit.

Il fut réveillé par le jour et les chantonnements du maître de maison qui s'affairait, volets ouverts, au ménage de l'atelier. Dès que le vieux le vit paraître en haut des marches, ébouriffé :

— Jaufré, enfin, il était temps ! « Aussi longue que soit la nuit, à la fin toujours il faut naître », comme le disait mon aïeul. À l'instant même je pensais que tu ne m'avais rien chanté depuis ton retour de vadrouille. N'as-tu pas écrit ces jours-ci ? Pas le moindre brin de chanson ?

— J'ai trop de soucis, maître Anthelme.

— Raison de plus pour composer. La musique lave l'esprit autant que le cœur, mon garçon.

« Il ne dira rien de sa lettre, pensa Jaufré. Hé, je vois bien ! Il attend que je lui en parle. Par où commencer ? Difficile. S'il me posait une question, juste une seule, pour m'aider, j'ouvrirais le cahier, je le poserais là, et je lui dirais : “Lisez donc.” » Mais comme Anthelme s'obstinait à fredonner, de-ci de-là :

— Vous me surprenez, lui dit-il. Quoi, vous ne me demandez pas quels embarras me préoccupent ? Je vous ai connu plus curieux.

— Je le fus, je ne le suis plus. À quoi bon ? Je ne peux rien faire. La vie t'aime, je sais cela. Une fille te vient au cœur au bon moment, chance pour toi, et tu as un lit sous mon toit. Pour l'instant, tout va pour le mieux. Suis le vent, tu n'as pas le choix. Nous verrons bien où il te mène.

— Maître Anthelme, que savez-vous ?

— Rien qui puisse t'aider, Jaufré.

— Pourquoi n'aimez-vous pas mon père ?

Anthelme n'hésita qu'à peine. Il fit un geste vague, une drôle de moue.

— Parce qu'il est plus haut que moi. Il me dépasse d'une tête. Crois-moi, mon enfant, c'est vexant.

Ils partirent tous deux ensemble d'un grand rire ravigotant, puis son balai soudain brandi, jouant la colère plaintive :

— Mille dieux, gémit le luthier, vois, tu piétines ma poussière. Bien la peine que je m'escrime à la rassembler, sacripant !

— Un bout de pain et je m'en vais, dit Jaufré, embrassant son maître. Ce soir je vous raconterai une histoire de cornecul difficile à mettre en musique.

Il s'en fut dans le soleil neuf.

Il descendit vers le couvent. C'était l'heure où Gui et Benoît, les Toulousains inséparables, faisaient ânonner le latin à leur dizaine de novices. Il attendrait donc dans le cloître la fin de leurs bourdonnements. « Quand le blondinet paraîtra, se dit-il, je m'approcherai, et je sortirai le cahier, par surprise, sans dire un mot, hop là, boîte à malice ouverte, et le diable lui saute au nez. » Parmi les gens dans les ruelles il imagina ce moment. Coup parfait. Il en jubila. « À sa figure, à son regard, à son silence, je saurai. S'il est bien celui que je crois, je le forcerai à me suivre. Où ? Peu importe. Pour quoi faire ? Je le menacerai peut-être de le dénoncer au prieur. Pas longtemps, pour lui faire peur, pour lui rabaisser le caquet. »

Il ricana dans le brouillard où il marchait sans voir personne, tant absorbé qu'il trébucha contre le pied du mendiant fou. L'autre râla. Il n'y prit garde. Il entra dans le cloître à l'instant où sortaient de leur salle d'étude les professeurs flanqués des novices piaillants comme des oiseaux délivrés. Il s'avança, le cœur battant.

— Vois-tu qui je vois, frère Gui ? dit Benoît en riant du nez. N'est-ce pas ce pauvre poète qui a honte de prier Dieu ? Je l'ai rencontré à l'église, la nuit dernière. Il se cachait.

Il eut un grincement moqueur et s'en alla, droit comme un if, portant fièrement sa bedaine. Jaufré se planta devant Gui.

— Ainsi donc, dit le jeune clerc, voici ce neveu de mon maître dont on parle tant, ces jours-ci.

— Son fils, moine. Je suis son fils.

Il toisa de la tête aux pieds le blondinet, la bouche arquée. Il serra les poings. Il pensa : « Il me cracherait à la face, ce foutu bougre, s'il osait. »

— Notre père Aymar est trop bon, répondit l'autre. Beaucoup trop. Tu es troubadour, paraît-il ?

« C'est le moment », pensa Jaufré. Il sourit, les yeux rétrécis, comme un joueur de coup fatal, sortit tout soudain le cahier, le brandit entre leurs visages. Frère Gui recula d'un pas, s'éventa comme si l'objet, à deux doigts de son nez, puait. Il gronda :

— Qu'est-ce là, bâtard ? Ton livre de prières aux femmes ? Prétends-tu me donner à lire tes obscénités de pendard ou, pire, me les réciter ici, dans ce lieu consacré au seul service du Seigneur ?

Il se détourna et partit, furieux, à petits pas pressés. Jaufré resta éberlué, l'objet levé devant sa face. « Quel âne je suis », se dit-il. Et le regardant s'éloigner : « Il ne s'en va pas, il s'enfuit. Il se veut saint, il n'est que sec. Il déteste l'homme qu'il est. » Une étrange idée l'effleura. « Il est sans doute sodomite. Adieu, frère, restons-en là. »

— Frère Gui est un homme intelligent et sage, tu devrais t'en faire un ami.

Il se tourna si vivement que le cahier lui échappa. Il le rattrapa sur sa cuisse, il s'empressa de le fourrer, tout affolé, dans sa tunique. Aymar était derrière lui, son corps effaçait le soleil. Il désigna l'ouvrage à peine escamoté.

— Que me caches-tu donc ?

L'embarras de Jaufré paraissait l'amuser.

— Oh, des riens, lui répondit-il. Des vers, des idées de chansons.

Et redoutant soudain que son père, curieux, n'ait envie de les lire :

— Frère Gui ? Oui, bien sûr, un bon moine, en effet. Nous venons à l'instant de faire connaissance. Il est d'une piété brillante, quoiqu'un peu stricte, à mon avis.

— Il a des qualités précieuses, lui répondit le père Aymar. Il est d'excellente famille, il parle latin couramment, c'est un ascète rigoureux. Je serais heureux qu'il te plaise, qu'il te parle et que tu l'écoutes, qu'il soit pour toi un confident, une sorte de frère aîné.

Et comme il entraînait son fils le long de l'ombre des cyprès :

— Mon père, demanda Jaufré, que pensez-vous de ses humeurs ? N'est-il pas quelquefois fantasque, imprévisible, trop ardent ?

— Ardent ? Oui. C'est une vertu. Imprévisible ? Hé, peut-être. Mais ce n'est qu'un défaut mineur.

— Je crois qu'il me hait.

— Non pas, il m'a dit le contraire. Il a pour toi, j'en suis certain, une belle et forte amitié. Il veut ton salut, mon garçon.

Il rit négligemment, tapota son épaule et entra dans la bibliothèque.

« Frère Gui un sodomite, c'est sûr, pensa Jaufré, planté, pensif, à l'angle ensoleillé du cloître. Mais il n'est pas l'homme au cahier. C'est dommage, j'aurais aimé. » Lui revint l'instant d'épouvante qui l'avait mouillé de sueur quand son père l'avait surpris, l'objet satanique à la main. « S'il m'avait demandé de le lui confier, de le feuilleter, de le lire, se dit-il, aurais-je obéi ? Certes non. Trahir mon ami ? Impossible. Plutôt brûler. Je serais parti en courant, j'aurais mis entre lui et moi une distance irrémédiable. Ce fou, ce diable, mon ami ? L'est-il vraiment ? Assurément. Il me connaît bien, il m'estime et surtout il a foi en moi. Mais sommes-nous du même bord ? Puis-je partager de vrai cœur sa haine des clercs, de l'Église, son refus d'un Dieu travesti en ogre affamé de bûchers ? »

Son esprit soudain s'obscurcit. Il se vit au bord de ténèbres infiniment simples, paisibles. Plus de couvent, plus de Thomette, plus de père Aymar, d'Alexis. Où étaient-ils ? Ailleurs, perdus, emportés dans un autre monde. Il pensa : « La voix de cet homme et celle du fond de mon cœur sont exactement accordées. Oui, vraiment, je suis son pareil. Inutile de le chercher, car ce soir, dans la cave aux rats, c'est lui, bien sûr, qui m'attendra. »

Il se retrouva dans la rue. La fille sans nom apparut, ensoleillée, dans son esprit. Il prit le chemin de l'auberge. « Si cette fois elle n'est pas là, se dit-il, je ne reviens plus. » Il se promit cela, buté comme un baudet. Il évita de se répondre que c'était parole de vent. Il reviendrait, évidemment. Et même si, sait-on jamais, elle s'en allait un jour sans lui (cela lui parut impensable), il partirait à sa poursuite et s'enragerait après elle jusqu'à la retrouver un jour sur un marché, dans un bordel, une autre auberge de campagne. Il se plut, il s'exalta même à imaginer en couleur des retrouvailles passionnées. Que ferait-il ? « Premièrement, je lui flanquerais une rouste pour la peine que j'aurais eue. Puis je la prendrais aux épaules, je la maintiendrais bien plantée pour l'empêcher de s'échapper, je lui dirais je ne sais quoi, "sois ma compagne, aime-moi bien, ne pars plus sans moi s'il te plaît", des mots de rien, de pauvres choses. Quand on aime, sauf le silence, tout sonne creux, tout est petit, même le plus beau chant du monde ne vaut pas un regard muet, une caresse sur la joue. »

Errant ainsi dans ses pensées, il parvint au seuil de la cour. Elle était là, parmi les poules, à lancer des poignées de grain. Quand elle le vit, elle resta droite à le regarder s'approcher. Elle rajusta son col, ses manches, elle mit en ordre ses cheveux. Elle s'exclama :

— Quelle surprise !

Il répondit nonchalamment :

— J'avais le temps. Je me suis dit : « Que devient mon amie sans nom ? »

Il pensa : « Quel faraud je suis ! » Elle eut un sourire moqueur.

— Vous avez bien fait, lui dit-elle.

— Je suis passé en coup de vent, l'autre jour, dans la matinée, tu étais je ne sais plus où.

Elle le précéda vers la porte mais il hésita, méfiant. Il ne voulait pas voir la maîtresse aubergiste. Elle l'attendit. Elle répondit :

— Je soignais la vieille au grenier. C'est la mère de la patronne. La pauvre ne peut plus bouger. Je la fais manger, je la soigne, je la coiffe, nous bavardons, je lui donne le temps qu'il faut. Vous pouvez entrer, je suis seule, les deux sont partis au marché.

Il la rejoignit aussitôt. Il s'exclama :

— Bonne nouvelle !

Il rit, épanoui, pensant aux soupçons noirs qu'il avait eus la veille. Il eut envie de tout lui dire, qu'il l'avait crue montée là-haut pour une troussée de trois sous, que seul l'amour qui le tenait avait creusé cette misère, cette sottise, ce chagrin et cette légèreté d'âme qui l'envahissait tout à coup, maintenant qu'il la regardait comme un idiot au paradis. Il prit sa main.

— J'ai un secret.

Elle l'examina, étonnée. Son air enfantin l'amusa, le feu de son regard l'émut. Il s'enfiévra. Il poursuivit :

— Je te le dis, je te le donne, et me voilà ton prisonnier. Tu pourras me vendre un bon prix. Et si tu me vends, je mourrai.

— Alors, taisez-vous.

— J'ai confiance.

Elle resta muette un moment, ses yeux s'embuèrent, elle rougit. Il la vit ravivée, troublée, fière aussi de ce mot donné, de cette estime témoignée, cadeau sacré, jamais offert depuis qu'elle était de ce monde. Elle balbutia :

— Confiance en moi ?

Jaufré fit oui, d'un coup de tête. Alors elle attrapa sa manche, tout à coup allègre, affairée.

— Pas dans l'auberge, lui dit-elle. Je n'y suis pas assez chez moi. Venez, il nous faut nous cacher.

Elle l'entraîna parmi les tables à la porte au fond de la salle, sortit et le poussa devant. Adossé au mur de l'auberge était un ancien appentis fermé d'une porte de planches.

— Ma maison, lui dit-elle. Entrez.

Le lieu était propre, exigu. Seuls y tenaient un lit de paille, une cruche et un tabouret. Un habit était suspendu au bas de la pente du toit. Jaufré se planta devant lui. C'était son vieux manteau étourdiment brûlé aux flammes de la cheminée, le matin de son arrivée, quand la fille était apparue, tête première, par la trappe. Elle l'en avait débarrassé.

— Je croyais, lui dit-il, que tu l'avais jeté.

Elle répondit :

— Je garde tout, je ne sais pourquoi. Je suis sotte.

Elle décrocha le vêtement, le roula, le jeta au coin, s'assit sur le lit.

— Me voici. Je vous écoute, lui dit-elle.

Il la contempla longuement. Lui vint le désir délicieux de caresser du doigt ses lèvres, sa joue, la courbe de son cou, mais elle se tenait sur ses gardes. Elle vit ses pensées dans ses yeux. Elle s'en trouva désappointée, troublée aussi. Elle demanda :

— Votre beau secret, c'est cela ?

Il sursauta, revint à lui.

— Non, non, dit-il, pardonne-moi. Je ne t'ai pas menti. Regarde.

Il sortit le cahier, l'ouvrit, le lui tendit. Elle haussa les épaules, elle rit. Elle rougit :

— Je ne sais pas lire.

— Je l'ai découvert l'autre soir, en haut du clocher du couvent.

Il s'assit contre son épaule et l'ouvrage tenu comme un saint évangile, il lut lentement, à voix sourde, avec plus d'ardente passion que si ces mots étaient les siens, sortis tout droit du fond du cœur. Elle l'écouta comme en prière.

Quand il eut fermé le cahier, tous deux un long moment restèrent recueillis, tête basse, sans oser dire. Enfin elle demanda :

— Qui a écrit cela ?

— Je ne sais pas. Mais je cherche. Je trouverai.

— Pourquoi s'escrimer après lui ? Vous pourriez ignorer cet homme, ou attendre qu'il vienne à vous. Après tout, il ne vous est rien.

Jaufré resta la bouche ouverte. Comment, rien ? Quelle absurdité ! Ne se rendait-elle pas compte que cet être lui importait ? Il s'exclama, les bras ouverts, d'un air d'imparable évidence :

— C'est un moine du père Aymar !

Ce n'était pas un argument. Il s'en aperçut. Elle aussi.

— Oui, et alors ? dit-elle.

— Il souffre. Imagine sa solitude. Il est comme un arbre au désert, il n'a personne à qui parler. Chance pour lui, il me connaît. Je suis son seul ami possible.

— Si vous le découvrez, que ferez-vous de lui ? L'aiderez-vous ?

— Si je le peux. En tout cas, avant toute chose, je lui conseillerai de planter là ses frères et de suivre seul son chemin. En vérité, il me ressemble. Nous sommes faits de même bois.

Elle ne répondit pas. Il dit encore :

— Et toi, si tu le rencontrais ?

Elle regarda au loin une vague pensée.

— Moi, je le prendrais dans mes bras, je le consolerais, non pas avec des mots, avec des gestes simples. Je le bercerais, voilà tout.

Des bruits soudains, dehors, les firent se serrer l'un contre l'autre, étroitement. La virago et son mari étaient de retour du marché. Sabots sonnants sur le plancher, remuements de bancs et de sacs, appels agacés de la femme.

— Où est-elle, cette fainéante ?

La fille murmura, le regard pétillant, dans l'ombre de l'abri :

— Avec son bon ami.

La voix de l'homme leur parvint, énorme, du fond de l'auberge :

— Elle part, elle laisse tout ouvert. Putain de bâtarde sans tête, on ne peut rien lui confier !

— Croyez-vous ? dit la fille.

Elle regarda Jaufré, baisa soudain sa joue, se dressa, dit encore :

— Attendez un moment et partez par le pré, qu'ils ne vous voient pas, surtout elle. Vous ne pourriez pas revenir. Elle ne vous aime pas du tout.

Elle passa le nez à la porte, flaira l'air de droite et de gauche. Elle se retourna, et soudain :

— Voudrez-vous bien me baptiser ?

Elle n'attendit pas la réponse. Elle s'en alla en coup de vent. Il resta longtemps à rêver, allongé sur le lit de paille. La baptiser ! Bon sang, quelle idée magnifique ! Il chercha de ces noms de fleurs que l'on donnait parfois aux dames sur les chemins des troubadours. Il les estima convenus, ridiculement parfumés. Était-il vraiment de ces gens, de ces jongleurs de belles phrases, de ces chanteurs de courtoisies qu'il fréquentait assidûment au temps proche de ses errances ? Ceux-là jouaient au jeu d'amour avec une dextérité de langue qui l'avait longtemps fasciné. Certes, il avait voulu en être, mais plus maintenant. Il aimait. Il ne pouvait donc plus mentir. « Va au plus près, Jaufré, lui disait Cardenal, au plus près de ce sentiment qui pousse dans ta terre obscure. Aide-le à venir au jour, nourris-le simplement de mots aussi lumineux que possible. » Le nom de la fille sans nom était quelque part dans son corps. Il le trouverait à son heure. Il se leva, il s'étira. Comme il allait sortir il s'en revint dedans, ramassa le manteau brûlé et le suspendit à son clou.

Il erra jusqu'au soir le long de la rivière. Il aimait, il était aimé, et son regard nouveau ravivait toute chose, les herbes sous le vent et la couleur de l'air, la bienveillance des feuillages et les éclats de ciel sur l'eau. Il évita toute rencontre, s'éloignant parmi les buissons ou s'enfonçant dans les roseaux dès qu'il voyait quelqu'un venir. Il voulait être seul, que nul ne le ramène aux pesanteurs du monde. Il chanta au-dedans de lui, sans cesse, des heures durant, une musique insurpassable et tout aussitôt oubliée sans qu'un instant il s'en soucie.

Comme le soleil au couchant s'emmaillotait de brumes rouges, il se retrouva, étonné (avait-il donc marché si loin ?), à l'orée du bois de Lestang, à l'endroit exact où son père, découvrant la plaine, un hiver, l'avait aperçu dans la neige. Le chant dans son cœur redoubla, s'amplifia, se fit si vaste qu'il crut l'entendre dans le ciel. Des corbeaux planaient sur les champs. Il s'émerveilla : « Ce sont peut-être les trois mêmes qui m'accompagnaient ce jour-là où je fus sauvé de la mort. » Et pensant à sa bien-aimée : « Il faut qu'elle voie ce lieu, que je l'amène ici. Je lui tiendrai la main, je lui dirai : "Regarde, c'est là que je suis vraiment né." » Les oiseaux noirs se dispersèrent en croassant éperdument. Il s'en retourna vers la ville.

Il avait ce soir rendez-vous. Avec qui ? « Un diable amical, un pauvre frère, se dit-il, ou peut-être avec un secret horrifique, inimaginable. » Il en frissonna, mais à peine. Il n'y croyait pas. Presque pas. La nuit sans étoiles le prit aux premières maisons du bourg. Rue d'Enloba le mendiant fou vociférait contre les chants qui lui parvenaient du couvent. L'office du soir finissait. Était-il si tard que cela ? Le cloître embaumait l'eau, la terre et le cyprès. Jaufré longea la galerie, d'ombre en ombre, l'œil aux aguets. Avant que les frères ne sortent, il devait trouver un endroit où attendre sans être vu. Il savait où. À pas menus il franchit le seuil de l'église, se glissa le plus loin possible des moines et des lueurs du chœur, derrière le dernier pilier où étaient quelques vieilles planches dressées contre le mur du fond. Il s'accroupit là, dans le noir.

Dernière litanie, prière, fin d'office. Il se pelotonna, risqua le bout du nez au bord de son abri. Il vit sortir Gui et Benoît, les professeurs inséparables, Alexis avec Vitalis, le vieux paillard au grand savoir qui avait du mal à marcher et s'agrippait, le front penché, à l'épaule du moinillon. François, le beau prêcheur, s'arrêta sur le seuil pour respirer la nuit, ses longs bras déployés, sans se préoccuper de ceux qui le bousculaient alentour. Sylvère, l'administrateur, resta un moment à parler à voix basse avec le prieur. Encore des listes de chiffres, des soustractions, des commentaires ânonnés comme des malheurs. Enfin une génuflexion, et trois signes de croix hâtifs. Sylvère s'éloigna, sortit. Le cœur de Jaufré s'emballa.

Dans la pénombre du lieu saint n'étaient plus que lui et son père, fantôme lointain, indécis. Il le vit qui s'agenouillait devant le cierge de l'autel. Il pensa soudain : « Je l'espionne. » Il en éprouva une honte qui le salit de pied en cap. Il se tourna vers le portail grand ouvert sur la brise fraîche. Partir, à l'instant. Mais par où ? Des moines bavardaient encore, dehors, assis sous un cyprès. Il entendait leurs chuchotis.

Aymar se releva dans l'ombre, alluma une lampe à huile, s'éloigna au-delà du chœur, ne fut plus qu'un spectre mouvant cerné de fragiles lueurs. Il allait comme chaque soir se retirer, paisible et seul, dans son appartement privé. Il ne se passerait rien de particulier, voilà ce que se dit son fils. Doutes, élucubrations, soupçons, emballements ? Fumées, sornettes ridicules.

La porte grinça pesamment, là-bas, au fin fond des ténèbres, ne se rabattit qu'à moitié. Elle n'avait jamais bien fermé. Jaufré sortit de son abri. « À quoi bon partir maintenant ? pensa-t-il. Me voilà tranquille. » Il s'avança sans bruit jusqu'à la sainte table. « Que fais-tu donc ? Qu'espères-tu ? Sois raisonnable, se dit-il. Il n'y a plus rien à voir. Va-t'en. » Et tout aussitôt : « Un coup d'œil. Je jette un coup d'œil et je pars. » Encore trois pas hésitants. Il s'arrêta. La honte, encore. Il sentit un regard peser, impitoyable, sur sa tête, une réprobation de fantômes alentour. L'effroi le prit. Il frissonna. Il se vit comme un avorton écrasé par l'ongle de Dieu. S'en retourner, prendre la fuite ? Il n'eut pas le temps d'y penser. Il demeura pétrifié, voyant un trait bref de lumière traverser l'entrebâillement. Quelqu'un, il en était certain, venait à l'instant de sortir de l'appartement du prieur. À droite il entendit des ferrures gémir. « Je mourrai demain, se dit-il, de déshonneur, d'indignité, de turpitude impardonnable, mais pour l'heure, il faut que je sache. »

Il marcha droit, prit un grand souffle, écarta d'un rien le battant. Grincement sec, cœur affolé. Il risqua un œil, une oreille. La porte de la cave aux rats était ouverte. Elle découvrait non pas un obscur escalier mais un couloir voûté, banal. Dans ce couloir était Aymar, sa lampe à hauteur de visage. Il était au seuil d'une chambre, d'une cellule ou d'un cachot. Il parlait à quelqu'un, dedans. Il entendit une voix d'homme répondre à ses mots chuchotés. Un ermite, un moine reclus, un prisonnier ? Qui était là ? Et depuis quand ? Combien d'années ?

Jaufré recula, ébahi, buta du dos contre l'autel, courut en aveugle dehors, trébucha, près du puits, contre un seau renversé, franchit le portail du couvent, se retrouva, à bout de souffle, en haut de la rue d'Enloba.

Son esprit n'était plus que brouillard bourdonnant. Le long des façades obscures il grimpa jusqu'au Mercadal. Tout sur la grande place était simple, tranquille, la tour massive de l'Évêque qui cachait la lune à demi, le portail ouvert de l'église, le vieux chariot abandonné, les lueurs de vie, alentour, entre les volets des lucarnes. Sous l'enseigne de l'atelier un chien lui aboya dessus. Il le chassa d'un coup de pied. Il entra. Anthelme était là. Il jouait du luth sous la lampe. À peine leva-t-il le front quand Jaufré s'avança vers lui.

— Écoute ce son, lui dit-il.

Il pinça encore les cordes. Extasié, les doigts en l'air, il tendit longuement l'oreille.

— J'ai modifié le vernis. L'important, ce n'est pas le bois, c'est le vernis. Il change tout.

Jaufré s'assit, le dos courbé, s'accouda à la longue table, et cachant ses mains qui tremblaient :

— Maître Anthelme, dit-il, j'ai découvert des choses.

L'autre lui désigna son luth, hocha la tête, l'œil content.

— Moi aussi, Jaufré, moi aussi.

— Que savez-vous vraiment d'Aymar ?

— Que cherches-tu ?

— Je ne sais pas. Une lumière qui me fuit, une vérité qui me manque.

Le vieux se remit à jouer et l'oreille tendue aux notes qui s'envolaient sous le plafond :

— L'unique vérité qui vaille, c'est la musique qui la dit. Je t'ai appris à la chercher, à l'écouter, à la chérir. Vis avec elle, vis pour elle, oublie tout ce qui n'est pas elle. C'est la seule, Jaufré, la seule qui ne trompe pas ses amants.

— Un homme habite le couvent à l'insu de tous, sauf d'Aymar. Je les ai entendus parler après l'office, tout à l'heure. Et savez-vous où ils étaient ? De l'autre côté d'un mensonge. La porte de la cave aux rats.

— Oublie cela, Jaufré, oublie. Que t'importe, tu es poète. Reprends ta route, va chanter, et si tu chantes comme il faut, les gens se sentiront aimés, les femmes se sentiront belles et les hommes intimidés. Jardinier de l'Éden intime ! Que peux-tu espérer de mieux ?

— Qui est ce reclus ? Qu'a-t-il fait ? Anthelme, le connaissez-vous ?

— Pourquoi poses-tu des questions qui n'ont que des réponses mortes ? Demande plutôt, par exemple, que puis-je apprendre des oiseaux, que puis-je faire pour que rie telle fille mélancolique, pour que s'émeuve tel brigand, pour que ma voix, même enrouée, sonne plus juste dans les cœurs ?

— J'ai besoin de savoir ce que nous cache Aymar. Ce ne peut pas être bien grave.

— Besoin ? Non, tu en as envie. L'envie, misère, c'est le diable ! Il te tente, je le vois bien. Sais-tu à quel signe sinistre on reconnaît ce malveillant ?

Il resta les sourcils haussés à l'interroger du regard et la mine soudain terrible :

— Le diable ne sait pas chanter !

Il cligna d'un œil, se leva, s'en fut trottinant au buffet. Il en sortit deux gobelets et une fiole au ventre rouge.

— Mon vin de noix, dit-il. Buvons. Tu en as besoin. Moi aussi.

Et tandis que Jaufré humait, les yeux demi-clos, son breuvage :

— Veux-tu un conte ? Réponds oui.

Ils rirent ensemble, ils burent, puis :

— Je le tiens de mon bon ami Al-Sarraj, luthier à Séville. Écoute et profite, mon fils. Ali, gendre de Mahomet (béni soit-il, disent les sages), voulut entendre, un jour tout bleu, le secret de la Création que le Prophète avait appris de la bouche de l'Éternel. Mahomet le prit par l'épaule (il l'aimait d'amour sans question) et se penchant à son oreille il murmura quoi ? On ne sait, mais on vit le corps du jeune homme s'illuminer du crâne aux pieds. Ali s'en alla par les villes avec sa lumière partout. Il rayonnait, heureux, léger. Il dit aux gens : « Écoutez-moi ! » Il voulut expliquer ce qu'il avait appris. On le regarda sans comprendre. Alors peu à peu la Parole alourdit son cœur, son esprit. Car il en est ainsi, mon fils. La Vérité se fait pesante quand on est seul à la porter. Enfin un soir, perdu sous le ciel sans chemin, il s'assit au bord d'un ruisseau, loin des villages ensommeillés. Il dit à l'eau : « Veux-tu savoir ? » L'eau était fraîche, elle était simple, elle ne savait pas dire non. Alors Ali, penché sur elle, murmura un chant, rien de plus. Elle l'écouta, elle s'en trouva, elle aussi, toute réveillée. Elle dit aussitôt à la terre : « Ma sœur, ma sœur, quelle beauté ! » La terre, la voluptueuse, se laissa toute pénétrer. Mais pouvait-elle porter seule la Parole de l'Éternel ? Pas plus qu'Ali, pas plus que l'eau. « Roseau, dit-elle, ma verdure, ô mon enfant, ô ma fierté ! » Le roseau entendit, s'éleva, frissonna. Bonté divine ! Il se pencha vers la main d'un berger passant. « Donne ton souffle, que je parle ! » Et naquit une flûte neuve, et vint au monde une chanson.

Anthelme se tut un moment, emplit à nouveau sa timbale puis il prit les mains de Jaufré et dit encore, gravement :

— Dans la musique, mon garçon, est l'écho de la Vérité qui fut donnée par l'Éternel à son bon ami basané. Je ne veux pas en savoir d'autre. Je ne te dirai rien de plus, sauf que je te la tiens au chaud, car il se pourrait bien qu'un jour il ne te reste qu'elle au monde pour te garder chez les vivants.

Il but, rangea sa fiole rouge et sans autre mot ni regard il accrocha son luth au clou, et chantonnant s'en fut au lit.

6

Alexis, ce beau matin-là, régnait gaillardement en maître sur la cuisine du couvent tout endimanchée de farine. Au seuil de la porte béante Jaufré s'arrêta un instant, le temps de découvrir son frère, manches troussées jusqu'aux biceps, poudré des sandales aux cheveux parmi les rayons de soleil tombés de la lucarne haute.

— Jaufré, dit-il. Entre, mon beau !

Il se remit à s'affairer, roulant et déroulant la pâte, la fessant et la retournant avec l'entrain paillard d'un amant affamé. Une brume l'environnait, heureuse, odorante, légère. Le four, près de l'âtre, ronflait. Il vint y jeter un coup d'œil. Sa face rougeoya d'un coup. Jaufré grogna, s'impatienta.

— Viens donc, il faut que je te parle.

— Et moi que je cuise mon pain. Aide-moi, nous aurons tôt fait. Va donc jeter du bois au feu. D'abord du sec pétant, puis de la grosse bûche. Je veux qu'il gronde, il va trop doux.

L'autre obéit à contrecœur. Il dit en s'écartant des flammes soudain bondissantes, emballées :

— La cave aux rats, tu te souviens ? Cette porte, chez notre père, interdite, toujours fermée.

Alexis suspendit son ballet de mains blanches. Il demanda, soudain raidi :

— L'as-tu ouverte ? Qu'as-tu vu ?

— Je ne peux rien te dire ici. Viens me rejoindre à la cabane.

Alexis fit oui de la tête et se remit à son travail, mais sa fougue s'était éteinte, il paraissait soudain fébrile, maladroit. « C'est étrange, pensa son frère, le voilà tout désaccordé. Ses gestes ne chantent plus juste. » Il tourna les talons et quitta le couvent. Il croisa François, dans la rue. Le frère claironna, dc loin, dès qu'il le vit :

— Alors, toujours privé de Dieu ?

— Non, beau moine, lui dit Jaufré, tout est bien, je l'ai retrouvé. Sais-tu où Il était caché ?

— Dis-moi, garçon.

— Dans la musique !

Ils se tapèrent dans la main, se croisèrent sans s'arrêter et chacun en riant poursuivit son chemin. « Êtes-vous content, maître Anthelme ? » chantonna Jaufré dans son cœur. Il descendit vers la rivière, salua plaisamment quelques femmes rieuses qu'il ne connaissait pas, longea le bord jusqu'aux roseaux où était sa hutte d'enfance que le temps avait épargnée. Il s'enfonça dedans, s'assit dans sa pénombre et écouta le vent.

Lui revint le conte d'Ali, la Parole de l'Éternel, sa Vérité, un air de flûte, impossible à dire en mots secs, à capturer, à mettre en cage. « Un souffle, pensa-t-il, un élan amoureux, un bonheur impalpable et pourtant infini, sans pourquoi ni comment. Servir cela, rien que cela. Ne fonder sa vie sur rien d'autre que sur un chant trouvé, donné, sans jamais savoir où il va, ce qu'il devient, ce qu'il émeut, là-bas, derrière les visages.

C'est vraiment mon chemin, celui que j'ai choisi. » Il s'en émerveilla, dit encore, au-dedans : « Je ne le perdrai pas, mon maître, c'est promis. » Lui apparut le vieux visage de ce professeur de bonté. « Anthelme. Que me cache-t-il ? De quoi veut-il me détourner ? Il ne dit rien. Il sait beaucoup sur Thomette et le père Aymar. Mais pourquoi n'est-il pas plus simple ? Pourquoi fait-il le mystérieux ? Probablement pour des broutilles. Craint-il que j'en sois malheureux ? Je peux tout entendre, que diable ! Me prend-il pour un oisillon ? » Il se laissa tant harceler par ses broussailles de questions qu'il n'entendit pas Alexis approcher le long de la rive. Il vit tout à coup sa figure apparaître entre les feuillages qui servaient de rideau d'entrée. Le moinillon avait couru, il en avait le souffle rauque. Il n'était pas débarbouillé.

— Me voilà tranquille, dit-il. Frère François (béni soit-il) surveille la cuisson du pain.

Il s'assit, se serra, frileux, contre l'épaule de Jaufré.

— Dis maintenant. La cave aux rats.

— Il n'y a pas de cave, Alexis. Il y a un couloir, un cachot, et là, dans ce cachot, quelqu'un.

L'autre, effaré, le regarda, les sourcils en toit de maison. Il voulut rire. Il balbutia :

— Un prisonnier ? De qui ? Pourquoi ? Chez le prieur ? C'est impossible. Comment sais-tu ? Qui te l'a dit ?

Jaufré hésita un moment, puis soudain sortit le cahier, le posa aux pieds d'Alexis, garda dessus son poing fermé.

— Là-dedans sont des folies graves. J'ignore qui en est l'auteur. À coup sûr quelqu'un du couvent. Si le cœur t'en dit, tu peux lire. Mais avant d'y plonger, promets de tout garder pour toi. Tu n'en dis rien au père Aymar.

Son frère se ratatina, enfonça les mains dans ses manches. Il bafouilla :

— Je me tairai. Mais lire, non, je ne peux pas. Jaufré ricana.

— Tu as peur ? Tu as raison. Écoute donc.

Il ouvrit le cahier. Il lut. Murmure sec, impitoyable. Vint le dernier feuillet, à lui seul adressé. Il le parcourut à la hâte en marmonnant, presque inaudible, les détails de peu d'intérêt. Enfin, haussant soudain le ton :

— L'oratoire. La porte à droite. « On t'avait cent fois prévenu qu'après elle était une cave infestée d'énormes rats noirs. Ce n'est pas vrai. C'est un mensonge. Là est caché je ne sais qui ou je ne sais quoi qui m'effraie. »

Il se tourna vers Alexis. Le moinillon, obstinément, le menton sur ses genoux joints, contemplait le bout de ses pieds. Jaufré lui tapota l'épaule.

— Ce soir, dit-il, après l'office, je retournerai à l'affût. J'y resterai jusqu'à savoir qui est ce reclus qu'on nous cache. Veux-tu venir avec moi ?

— Oh non, Jaufré, non, Dieu m'en garde ! Je t'attendrai sous les cyprès.

— Tu crains si fort le père Aymar ?

— Imagine qu'il nous surprenne. J'en mourrai de honte et de peur.

Jaufré resta pensif. Il dit enfin :

— Qui sait ? Peut-être n'est-il pas vraiment le maître fouettard que tu crois.

Coup d'œil pointu du moinillon.

— Comment le vois-tu ?

— Bienfaisant. Capable de tenir un mourant dans ses bras, un mauvais, un teigneux, un loup, et de le présenter à Dieu comme le plus précieux des hommes. Je l'ai vu, moi, faire cela.

— Allons, il est impitoyable.

— C'est vrai, frérot, mais pour lui seul. Pour moi il ne le fut jamais.

— Parce qu'il t'aime.

— Oui, sans doute. Je crois ne l'avoir jamais craint. S'il me surprend, nous parlerons.

— Tu me diras, Jaufré ?

— Bien sûr.

Silence, rêverie commune. Enfin Alexis demanda :

— Ces mots de malheur contre Dieu, contre les clercs, contre l'Église, ne sais-tu vraiment pas dans quel crâne ils sont nés ? N'as-tu pas un soupçon ? Une idée ?

— Pas la moindre.

Son frère demeura le souffle suspendu, puis à grand-peine il dit :

— Jaufré, si cet homme venait vers toi, s'il t'avouait tout net : « C'est moi » ?

— Je lui dirais qu'il perd son temps dans ce couvent, dans cette vie. Je lui conseillerais de fuir, de s'abandonner aux chemins. Et qui sait ? S'il voulait de moi, nous partirions peut-être ensemble.

Lui vint dans l'œil un éclat vif.

— Mon amie de l'auberge, hier, m'a posé la même question. Je lui ai demandé : « Et toi, que ferais-tu ? »

— Qu'a-t-elle répondu, dis-moi ?

— Qu'elle bercerait le pauvre moine, qu'elle le caresserait, qu'elle le consolerait.

Alexis redressa la tête. Des larmes émerveillaient ses yeux. Il murmura :

— Seigneur Jésus !

Il resta un moment à contempler dans l'air un rêve inaccessible. Il soupira. Il dit enfin :

— Il me faut ranger la cuisine.

Ils s'en furent le long de l'eau.

Ils se hâtèrent sans un mot jusqu'à la porte du couvent, puis tandis qu'Alexis courait à son ménage, Jaufré se sentit harponné, de l'autre côté de la rue, par un appel du mendiant fou. Il fut en trois pas devant lui, s'accroupit devant sa figure.

— Eh bien, dit-il, que me veux-tu ?

L'homme se détourna de son caillou serré sur ses poils de poitrine, examina de haut en bas, d'un air de seigneur offensé, l'intrus qui cachait son soleil et lui cracha dessus une bouillie de mots d'où il ressortait à peu près que lui, le fils du grand Aymar, ce pet de la femme du diable déguisé en joli garçon, était un répugnant fleuron de la cohorte des démons qui gardaient son fils prisonnier, là, en face, au château des morts. Jaufré lui répondit :

— Tu te trompes, bonhomme, je ne suis pas de ce couvent.

Et soudain, pensant au reclus :

— Ton garçon est enfermé là ?

L'autre partit en hurlements et vociférations si rudes que Jaufré estima déraisonnable de l'interroger plus avant. Il lui offrit un sou de cuivre. Le mendiant renifla sa morve et cracha dans la main tendue. Une vieille en passant lança :

— Laissez ce fils de Dieu tranquille. N'a-t-il pas eu assez de mal ? Allons, pauvret, repose-toi, je te porterai de la soupe, tout à l'heure, après l'angélus.

Jaufré s'en alla tête basse en grognant comme un chien grondé.

Il trouva Thomette au jardin, le panier débordant de pommes, de poireaux, de raves, de choux. Il lui porta dedans sa charge. Elle soupira qu'il était bon. Il lui demanda :

— Le mendiant, le fou qui parle à un caillou, a-t-il jamais eu un garçon parmi les moines du couvent ?

— Doux Jésus, répondit Thomette en époussetant ses jupons, certes non. Drôle de question.

— Pourtant il le dit.

— Le pauvre homme !

Elle se signa, vida son panier sur la table. Jaufré s'assit devant le feu.

— Thomette, parle-moi de lui.

— De qui, mon enfant ?

— De mon père.

— Je t'ai déjà tout dit cent fois.

— L'as-tu connu avant Anthelme ?

Elle se redressa vivement et tout à coup, l'œil alerté :

— Que t'a raconté ce brigand ?

— Rien, justement.

— À la bonne heure.

Elle se rengorgea, toute fière.

— Anthelme a voulu m'épouser, mais je servais déjà ton père, et toi tu venais d'arriver. Il n'a pas eu de chance avec moi, voilà tout.

— Dis-moi, qui a voulu que mon nom soit Jaufré ?

— Le père Aymar, évidemment. Faut-il te le redire encore ? Grand Dieu, tu n'es plus un enfant ! C'était le saint du jour où Dieu t'a secouru.

— Dans la neige du plein hiver.

— Tout juste, mon petit. Oh, je me souviens bien, des aiguilles de givre pendaient au bord du toit. Tu étais bleu de froid.

— Saint Jaufré se fête en novembre, exactement le huit du mois.

Il prit dans ses bras la nourrice. Il murmura contre sa joue :

— Juste après la Toussaint, Thomette, le givre au bord du toit, n'est-ce pas un peu tôt ?

Elle le repoussa des deux mains, sans bonté, en rude matrone.

— Hé, voyez-moi cet effronté avec ses questions hypocrites ! Prétends-tu savoir mieux que moi, ou veux-tu dire que je mens ?

— Ne sois pas sotte, allons, ma bonne, cela me surprend, voilà tout.

— Si tu ne me crois pas, interroge ton père. Il ne va pas tarder, il déjeune avec nous.

Elle s'en revint à son ouvrage sans plus un regard pour ce fils dont la présence paraissait embarrasser l'air autour d'elle. Il l'observa. Cette bougresse craignait quelque nouvel assaut. Il pensa : « La voilà fermée. » Il s'en amusa, mais à peine. Il sentit son cœur trébucher. Il dit :

— Pardonne-moi. Pourquoi te fâches-tu ? Automne, hiver, quelle importance ?

Elle ricana.

— Me fâcher, moi ? Hé, que crois-tu, j'en ai vu d'autres ! Les hommes, fils, père ou mari se saoulent tous de même vent. Ils s'en vont sans souci de rien, et quand par hasard ils reviennent, c'est pour quoi ? Pour tout dévaster à grands coups de méchancetés !

— Embrasse-moi.

Elle s'apaisa, fit encore un peu la revêche mais se laissa baiser la joue.

Ils virent tous deux arriver le père Aymar par le jardin. Toujours la même enjambée longue, toujours le même rituel depuis la nuit des temps d'enfance. Il décrotta soigneusement les semelles de ses savates au bord de la pierre du seuil, il courba ses hautes épaules pour entrer dans les odeurs chaudes de la salle aux recoins ombreux. Il ne fit qu'un pas au-dedans, il ouvrit à peine les bras, attendit que Thomette accoure. Elle le défit de son manteau. Il se posa devant le feu et tendit ses mains à la flamme.

« Mêmes gestes, mêmes silences qu'au temps passé, pensa Jaufré, immuables, simples, parfaits. » Parfums de fumée, de repas. Il éprouva comme autrefois l'incomparable sentiment d'être là comme au paradis, à l'abri de toute surprise, de tout désaccord, de tout mal. « Aucun de mes deux bienfaiteurs, pensa-t-il, ne saura jamais quelles délicieuses bontés ils m'ont faites sans le savoir. »

— Jaufré, mon fils, dit le prieur, je devrais te réprimander. J'ai vu Alexis tout à l'heure. Tu le distrais de ses devoirs. Depuis ton retour parmi nous, ses yeux ont changé de couleur.

— Mon père, je n'en ai rien vu. Est-ce une faute ?

— Ils brillent trop.

— Vraiment ? C'est signe de bonheur.

— Sottises, répondit Aymar. Le bonheur est un marécage dont tout moine doit se garder. Ton frère a fait vœu de servir. Il ne doit avoir à l'esprit que d'obéir, quoi qu'il en coûte. Or, je le vois qui perd son temps à courir après des mirages. Il ne te quitte plus. Que lui racontes-tu ? Les aventures des rois mages ?

Un éclat malicieux traversa son regard. « Il n'a pas oublié », pensa Jaufré. Il rit. Au vieux temps, un soir de décembre, son père lui avait conté sur ce même banc, près de l'âtre, la naissance de l'Enfant-Dieu dans la crèche de Bethléem. Il l'avait écouté, immobile, l'œil fixe, le souffle à peine en vie. Mais plus captivants que Jésus lui avaient paru ces trois princes aux noms si fiers, si beaux en bouche, Gaspard, Melchior et Balthazar. Il avait voulu tout savoir de leur vie après qu'ils avaient quitté l'étable. Son père avait jugé sa demande excessive, l'évangile ne disait rien de leur chevauchée de retour. Jaufré l'avait donc inventée, et tout au long de cet hiver, pour les yeux béats de son frère, il avait tricoté l'époustouflant récit des tribulations des rois mages le long de chemins si nouveaux et si contraires aux Livres saints qu'Aymar avait bientôt exigé du conteur une immédiate conclusion. Les deux complices avaient pourtant poursuivi leur parlote épique jusqu'aux premiers jours du printemps, mais soigneusement à l'abri des regards soupçonneux du père. « Cela, il ne l'a jamais su », songea Jaufré, le rire aux yeux.

— Alexis vous estime infiniment, dit-il. Certes, il ne vous ressemble pas, il est malingre, affectueux, mais s'il s'exalte volontiers, la foi qui l'habite est solide. Ne vous inquiétez pas pour lui, c'est un homme tout simple et droit.

— Mon maître, vous voilà servi. À table, Jaufré, dit Thomette.

La soupière fumante au milieu de la table embaumait la maison.

— Ton frère est un être secret, il répugne à se confesser, la vie l'effraie, dit le prieur. Ses longs silences, ses tristesses m'ont souvent donné du souci.

Il prit place, il trancha le pain, fit un clin d'œil à son garçon et s'exclama, presque joyeux :

— Allons, tout bien considéré, tu lui fais peut-être du bien.

Ils déjeunèrent lentement, recueillis comme à la prière. Quand Thomette servit au maître de maison son habituel vin aux herbes, « le prisonnier, pensa Jaufré, le reclus de la cave aux rats ». Il observa le père Aymar, sa mine, ses gestes précis. « Le questionner ? Non, impossible. Il me regardera, tranquille, et je ne pourrai plus parler. »

— Vous souvenez-vous, lui dit-il, quand je vous aidais au jardin et que vous m'invitiez chez vous à boire un bol de vos tisanes ?

Le prieur approuva, rieur.

— C'était au temps lointain où je t'imaginais en futur père du couvent.

— Votre appartement m'effrayait. Le grand buffet, le plafond haut, les murs blancs et nus, la pénombre, tout m'y semblait si imposant que je n'osais ouvrir le bec. Et cette cave maléfique !

Aymar le regarda. Il sourit vaguement. Affectueux ? Songeur ? Sur ses gardes, peut-être. Jaufré se leva, enjoué, et tandis qu'il aidait Thomette à ranger la nappe et le pain :

— Les rats, dit-on, portent la peste. Je craignais autrefois qu'ils grignotent la porte et envahissent le couvent. Dites, les avez-vous chassés ?

Le prieur se tut un moment puis s'en vint à la cheminée et lui dit, contemplant les flammes :

— Tu étais un enfant de bonne compagnie mais fantasque, imaginatif. Tu n'avais peur de rien, mon fils, sauf des horrifiques trouvailles dont tu peuplais tes inventions. Tout est comme autrefois, tant chez toi que chez moi. Que Dieu nous garde en amitié.

Il se dressa.

— Thomette, mon manteau.

Il s'en alla sans autre mot.

— Il y a longtemps, dit-elle, que je ne vous ai vu.

— Depuis hier matin.

— Oui, c'est loin.

Il l'avait trouvée au ruisseau où elle lessivait des jupons, à genoux, les manches troussées. Ses cheveux fuyaient sous sa coiffe. En hâte elle les remit en ordre, elle leva le front, lui sourit. Il s'assit près d'elle, hésita, puis il dit :

— J'ai trouvé ton nom.

Elle interrompit son ouvrage, se planta toute droite et rougit vivement. Elle l'interrogea du regard, tout à coup tendue, lumineuse. « Comme elle est belle », se dit-il. Il murmura :

— Veux-tu savoir ?

Il se tut, attendit un signe d'impatience, mais non, elle resta sans bouger.

— Delphine, lui dit-il.

— Delphine.

Ses yeux brillèrent, elle se raidit, tout auréolée de fierté. Ses lèvres redirent le mot sans qu'aucun son ne les franchisse. Elle s'anima soudain. Elle dit :

— Baptise-moi vraiment, Jaufré. Je veux ton souffle dans ma bouche, que mon nom me rentre partout, qu'il fasse son nid là-dedans.

Elle lissa sa gorge, son ventre. Elle venait de le tutoyer, elle ne l'avait jamais osé. Il en eut envie de chanter n'importe quel air de passage. Tous deux à genoux, face à face, elle tendit vers lui son visage, ferma les yeux et attendit. Il prit ses mains, baisa ses lèvres, prononça le nom à voix basse. Il lui parut que son murmure s'accordait à celui de l'eau, de la brise dans les feuillages. Elle le goûta un long moment, le respira, ouvrit les yeux. Elle demanda :

— Pourquoi Delphine ?

Il rit, haussa les épaules. Il répondit :

— Je ne sais pas. Ce nom-là m'est tombé du ciel, droit dans la bouche, tout à l'heure, quand je t'ai vue au bout du pré, comme si quelqu'un, de là-haut, s'était penché pour me le dire.

— Peut-être ma mère.

— Peut-être.

Un même silence les prit, un même rêve de perdus enfin retrouvés, par miracle. Ils restèrent longtemps ensemble évadés des soucis des jours, pareils à deux enfants cachés dans leur lit, sous le même drap, puis Jaufré dit, comme pour lui :

— Je crois que nos vrais père et mère sont ceux qui nous ont poussés là, dans cette vie, sur cette terre, au temps où nous étions encore des êtres sans forme, aériens. Je m'imagine au bord du ciel, prêt à partir pour l'aventure. « Va, mon enfant, te voilà grand, un ventre de femme t'attend, il te faut naître, prendre corps, faire ton métier de vivant, va, ne crains pas, nous t'aiderons, nous serons toujours dans tes songes. » Et j'ai quitté mes vrais parents pour d'autres qui faisaient l'amour et croyaient être seuls au monde alors que j'étais déjà là, à me glisser dans leur plaisir, entre leurs corps déshabillés, au plus intime de leur peau.

— Tu crois que ma mère n'est pas celle à qui j'ai fait un gros ventre ?

— Celle-là t'a donné de sa chair à manger. Elle a fait ton corps comme il est, elle t'a portée là, dans sa peau, mais qui t'a donné ta lumière ?

— C'est l'autre, là-haut ?

— J'imagine.

— Et son nom, tu crois, est Delphine ?

Jaufré rit, la prit contre lui. Elle se blottit. Il la berça.

— Je ne sais pas, dit-il, je rêve. Parfois je sens, ou il me semble que les choses se font ainsi, que ma vie est beaucoup plus vaste que cette carcasse de viande où je ne sais quoi se débat. Alors, quand je tarde à dormir, la nuit, je pense à cette femme perchée dans un arbre du ciel. Je vois son habit, son visage, son front lisse, ses cheveux gris, elle sourit quand je la regarde comme pour dire : « Va, mon fils. » Elle est heureuse que je t'aime.

— Elle te l'a dit ?

— Non, mais je sais. Elle te connaît du temps d'avant.

— D'avant le matin, dans l'auberge, où je suis sortie de la cave, où tu as brûlé ton manteau ?

— D'avant même notre naissance.

Cela lui plut. Elle s'éclaira, parut chercher un souvenir. Elle dit enfin :

— Comment savoir ?

— Ne te soucie pas d'être sûre. Imagine, ressens, décide. Décide que tu m'as connu avant même d'avoir un corps, décide que notre rencontre n'a pas été de pur hasard. Pourquoi me suis-je dit : « C'est elle » quand je t'ai vue, ce matin-là ?

— Tu t'es dit cela ? Doux Jésus ! Moi aussi, Jaufré, moi aussi !

Elle rit, les yeux mouillés de larmes. Il les essuya sur sa joue, d'un bout de doigt, d'une caresse.

— Tu veux vraiment que je te dise ? Tu es un monde, terre et ciel. Sens cela. Imagine-le. Dans ce monde, tu es chez toi, tu es libre de le peupler comme ton cœur veut qu'il le soit. Écoute-le, lui ne ment pas. Il sait ce que ta tête ignore. Il te dit que ta mère est là, quelque part au-dessus de toi, que tu es ici en voyage, et que tu la retrouveras, et que vous parlerez ensemble de ce que tu auras appris.

— Tu crois qu'elle est au paradis ?

— Mais non, elle est là, toute proche, elle voit les arbres, le ruisseau, elle se tient juste au bord du temps. Décide qu'il en est ainsi, dis-lui que tu m'as retrouvé, elle n'en sera pas étonnée, elle te fera oui de la tête. Elle sait déjà, ma bonne amie.

Il n'osa pas dire « Delphine ». Elle s'en aperçut, s'embruma. Il se sentit embarrassé. Ce nom lui paraissait soudain intimidant, impossible à dire tranquille, sans y penser, le cœur léger. Il la prit dans ses bras, la serra contre lui. Il la nomma à voix menue, la bouche dans sa chevelure, puis :

— J'aimerais te caresser.

Il l'entendit sur sa poitrine qui le suppliait tendrement, comme font parfois les enfants.

— Partons, Jaufré, partons d'ici, emmène-moi loin, tu veux bien ?

— Oui, Delphine, je veux, nous partirons bientôt.

Elle se défit de son étreinte, joyeuse tout à coup, rassérénée, alerte. Elle lui dit :

— Va-t'en maintenant. Il faut que je pense à ma mère, à notre rencontre d'avant.

Elle se remit à sa lessive. Il s'en alla, vaguement ivre, par le sentier du bord de l'eau.

Le clocher du couvent lui apparut au loin, parmi les maisons basses, semblable à un géant sinistre et goguenard. « Nous avons rendez-vous ce soir, et il me nargue », se dit-il. Cela l'amusa. Il se vit, héros intrépide errant dans des foules de rats le long de couloirs ténébreux, environné de bruits de voix, auscultant les portes, les murs et ne découvrant rien qui vaille. « Dès demain, pensa-t-il soudain, ma bonne amie quitte l'auberge et je l'emmène visiter les musiques des beaux châteaux. Nous partons. Vive les chemins ! »

Il franchit, en rêvant à des villes lointaines, le portail venteux du couvent. Il s'en fut à la bibliothèque. À cette heure Alexis devait y travailler auprès du vieux frère copiste. Il le trouva courbé derrière une bougie, finissant d'emplir un feuillet, la langue tirée, la main lente, sous l'œil fixe de Vitalis debout derrière son dos rond.

— La marge, gronda le bonhomme, l'index pointé sur le défaut. Mille millions de cancrelats, ne vois-tu pas qu'elle n'est pas droite ?

Alexis releva le front.

— Jaufré ! dit-il, illuminé, dans un soupir de délivrance.

Et le vieillard, toujours grognon :

— Tu tombes bien, poétaillon. Apprends à cette andouille maigre, puisque moi je n'y parviens pas, que les gribouillis biscornus rebutent les enlumineurs, et sans images, pas de livre ! Toi, tu savais écrire droit, mais tu m'as lâché, tronche d'ail ! Tu m'as laissé seul avec lui. Oh, il est doux, une vraie chèvre ! Mais il n'écrira jamais mieux, pauvre de lui, que mes vieux doigts. Toi, tu aurais fait un copiste digne de mon maître Bernard. Bernard le Borgne, de Saint-Loup ! Lui savait même dessiner les images des livres d'heures. Celles des marges, évidemment, les nonnes qui montrent leur cul, les singes perchés sur les croix, bref les paillardises d'usage qui peuvent faire croire en Dieu, à la rigueur, si l'on y tient.

À l'entendre, Alexis s'était pris de fou rire. Il essuya ses yeux et son feuillet mouillé, tandis que Jaufré, l'air béat, buvait avidement les paroles fumantes de l'intarissable vieillard. Vitalis, les voyant ainsi :

— Quoi, mes fils ? Pourquoi ces yeux ronds ? C'est tout de même Dieu qui nous a fait des couilles. Je ne suis pas son paroissien, mais force m'est de constater que nous sommes selon ses vœux.

Et soudain, les sourcils froncés :

— Que viens-tu faire ici, Jaufré ? Encore me voler de mon parchemin neuf ?

La question le surprit. Il venait voir son frère, poussé par le désir de parler avec lui de sa bonne amie, rien de plus. Une idée alluma son œil. Il palpa le cahier au chaud de sa tunique, le sortit et le lui tendit.

— S'il vous plaît, Vitalis, lisez, et dites-moi. Je vous fais entière confiance. Je sais que vous n'êtes pas homme à livrer le moindre hérétique à notre évêque rôtisseur. Qui est l'auteur, à votre avis, de ce sacré coup de colère ? Peut-être, vous qui avez l'œil, reconnaîtrez-vous l'écriture de l'un des moines du couvent.

Le vieux se planta sous la lampe, plongea le nez dans les feuillets, ronchonna, ricana beaucoup, hocha la tête et dit enfin :

— Voyez-moi ce lion péteux ! Il rugit, il râle, il enrage, mais en vérité il se plaint. Il ne fait rien d'autre, le bougre ! C'est un geignard. Et ses tirades ! Naïves, ronflantes, ampoulées à se pisser sur les orteils. Sont-elles pas belles, mes larmes ? Et mon malheur, sonne-t-il bien ? Ce phraseur ne vaut pas le prix d'un feuillet de parchemin vierge.

Et se débarrassant sèchement du cahier qui glissa sur la longue table jusqu'à bousculer la bougie :

— Je n'aime pas les pleurnicheurs. Si je n'étais pas pacifique, je leur ferais des cours pratiques de fouet ferré, de vraie douleur, à ces regarde-moi-je-meurs. Qu'ils se bavent sur la chemise en jouant les scandalisés, à qui cela fait-il du bien ? Il aurait pu, ce garçon-là, agrémenter sa belle rogne de pieds de nez, de fables grasses, de tord-boyaux ravigotants. Mais non, la trompe, le tambour, je pars tout seul en guerre sainte ! Et plus grave, il écrit, ce sinistre jobastre. Peu s'en faut qu'il ne signe. Allons, ces choses-là se pensent, elles se disent à voix de fourmi, entre amis, dans la cave à vin. Elles ne se publient pas, que diable ! Détruis cette chose, Jaufré.

— Son auteur, Vitalis, l'avez-vous reconnu ?

L'autre sourit jusqu'aux oreilles, il haussa ses sourcils neigeux.

— Évidemment ! Mort de mes os, il me donne assez de souci !

Se tournant vers Alexis, affalé le front sur la table et les deux mains sur l'occiput :

— Tu aurais pu au moins tricher, imiter l'écriture en lame de couteau de frère Gui, ce trou du cul, ou celle d'Aymar, pourquoi pas ? Même lui t'aurait démasqué.

Il se pencha sur son échine, postillonna, rugit, le poing haut, fulmina :

— Sais-tu qu'un pareil tas de phrases pouvait te mener au bûcher ? Tu m'aurais laissé seul, sans apprenti, tout nu ! Te rends-tu compte de cela ? Quand donc as-tu écrit ces foutreries morveuses ?

— Après que Jaufré est parti.

Vitalis soupira, tapota son épaule.

— Allons, du calme, je t'absous. C'est un ouvrage de jeunesse. Assez bien torché, je l'avoue.

— Vous avez dit tout le contraire. Vous m'avez traité de geignard.

— Tu le fus, tu l'es, peu importe. Ne m'échauffe pas les roustons. Tu t'es débarrassé de Dieu, des clercs, de l'Église, du pape, mort de mes os, c'est l'essentiel. Te voilà libre, au moins de cœur. Dès demain matin, mon garçon, je te fous le nez dans Platon.

Jaufré, pétrifié, la mâchoire pendante, avait contemplé l'un et l'autre comme s'il découvrait Lucifer en bouffon dansant dans une étuve arabe avec le père Aymar tout nu. Tandis qu'Alexis, le nez bas, glissait en hâte au bout du banc, espérant fuir avant que son frère de lait n'ait retrouvé sa tête :

— Misère de nous, mon frérot, mon pauvre loupiot, c'était toi ? lui dit-il, encore incrédule.

L'autre, penaud, lui vint devant, leva le front, l'air éperdu, puis vaillamment, à voix tremblante :

— Quand tu m'as laissé seul ici, j'étais trop mal, Jaufré, trop mal. J'ai écrit ce qui m'est venu faute de pouvoir te le dire. À toi seul je pouvais parler.

— Moi, bien sûr, grogna Vitalis en rangeant des feuillets épars, je n'étais rien. Un ectoplasme.

Alexis haussa les épaules, tant malheureux qu'exaspéré. Il renifla, il lui lança :

— Mon maître, je n'ai pas osé.

— Quand nous nous sommes retrouvés, foutu couillon, lui dit Jaufré, moi je t'ai montré mes chansons. Pourquoi ne m'as-tu pas fait lire, tout bonnement, ces choses-là que tu t'étais chantées sans moi ?

— Je ne sais pas, j'avais envie de t'intriguer, de te surprendre. Ton retour dans ma pauvre vie était une si belle fête ! Je savais que tu monterais dans la charpente du clocher, ton nid, ton refuge introuvable à l'époque où tu écrivais dix ou vingt poèmes par jour. J'ai donc déposé mon cahier en évidence sur la poutre où tu empilais tes feuillets. Quand tu l'as découvert, j'étais caché tout près, à quelques coudées de ta tête.

— Impossible, je t'aurais vu !

— J'étais sous le plancher où tu étais assis. Tes remuements de pieds m'ont couvert de poussière. Je ne pouvais plus respirer. Je n'ai pas douté un instant que tu devinerais ma feinte, que tu saurais que c'était moi qui te confiais mon secret. Mais non, tu as cherché ailleurs.

— Comment pouvais-je imaginer ? Tu me paraissais si fragile, si attaché au père Aymar.

— Et toi, tu me sembles si fort, si intrépide, aventureux. Es-tu vraiment ce que je crois ?

Ils se contemplèrent un moment, tous deux complices, émus, aimants. Enfin Jaufré, riant tout doux :

— Et tu m'as laissé patauger comme un bigleux dans la gadoue !

— Je t'ai parfois un peu menti. Je t'observais. Tu m'amusais. Mais je t'ai tendu quelques perches. Quand je t'ai adressé ce mot, à propos de la cave aux rats, j'ai pensé : « Là, il va comprendre. » Sur ces moments de notre enfance, qui d'autre pouvait tant savoir ?

— Tu as espionné notre père ?

— Non. Un soir, au fond de l'église (je finissais de balayer), la porte était restée presque à demi ouverte. Elle a toujours traîné du bas. J'ai voulu aller la fermer, et j'ai vu son ombre passer. J'ai entendu, sans le vouloir, deux voix chuchoter dans le noir. C'est vrai, Jaufré, je suis craintif. J'ai en moi comme des torrents qui débordent à la moindre alerte. Avec toi je peux tout oser, mais seul je me tais, je m'enferme. Bien sûr, j'aurais pu, j'aurais dû te donner mon cahier à lire, simplement, sans cachotterie. Mais comment dire ?

En vérité, j'avais peur de ton jugement. J'ai mis mon vrai cœur là-dedans.

— Je sais. Tes mots m'ont envahi. Tu es admirable, frérot. Tu m'as dit droit, en pleine face, ce que je n'osais pas penser. Tu es plus courageux que moi.

Alexis en resta pantois.

— Vrai, Jaufré ? Tu le crois vraiment ?

— Seigneur, protégez-les, soupira Vitalis qui s'affairait obscurément à recoudre tant bien que mal bride et semelle de savate.

Les deux le regardèrent, ils rirent, ils s'exclamèrent :

— Que vous arrive-t-il ?

— Vous priez Dieu, mon maître ?

— À tout hasard, pauvres enfants, après tout, on ne sait jamais. S'il est quelqu'un pour vous entendre, qu'il reste un moment près de vous. Il a peut-être un peu d'amour dont il ne fait rien, dans sa poche. Bah, je rêvasse. Allez-vous-en.

Le soir venu, après l'office, quand l'église se fut vidée, Jaufré dans son abri de planches derrière le dernier pilier vit l'ombre d'Alexis se glisser, le dos courbe, au seuil lunaire du portail. Il l'appela, à voix feutrée. Le moinillon le rejoignit, se pelotonna contre lui. Il dit :

— Tu vois, je suis venu.

L'autre d'un geste le fit taire. Aymar était encore là, agenouillé devant l'autel. Ils attendirent un long moment que son grand corps enfin se dresse et s'éloigne avec sa bougie jusqu'à n'être plus dans le noir qu'une vague lueur mouvante. Ils le suivirent à pas menus.

La porte grinça bruyamment, là-bas, au fin fond de l'église. Le bruit fit frémir Alexis, il se serra contre son frère. Alors Jaufré le repoussa, laissa le moinillon derrière, s'en fut risquer un œil par l'entrebâillement.

Il ne vit rien dans l'oratoire que le cierge perpétuel devant la croix à l'ombre longue, puis perçut un ferraillement du côté de la cave aux rats. Il écouta, le souffle éteint. Il entendit la voix tranquille de son père, une autre qui lui répondait, un bruit de battant refermé. Alexis, derrière son dos, tira sa manche, murmura :

— Qu'a-t-il dit, Jaufré, qu'a-t-il dit ?

— « Bonsoir Fauruc. »

— Fauruc ? Qui est-ce ?

— Apparemment, son prisonnier.

Ils s'en furent le long du mur, trottinant à pas de chats noirs.

7

La nuit était tiède, paisible. Le couvent dormait alentour. Le cloître sentait le fenouil, qui foisonnait autour du puits. Ils se posèrent là, au pied de la margelle, le cœur encore galopant.

— Fauruc, dit Alexis, cherchant des souvenirs au-dessus de sa tête, c'est le nom d'un château. En haut de la forêt de Lestang, sur le roc.

— Il est abandonné, les broussailles le mangent, répondit son frère, songeur. Je le connais, j'y suis allé un jour que je voulais mourir.

— Malheur de Dieu, Jaufré, tu as voulu mourir ? Mais quand ? Pourquoi ? Sans rien me dire !

— C'était avant que je m'en aille. Je pensais ne jamais pouvoir franchir le pas de la maison. La peur me retenait dedans et toi tu me poussais dehors, toi et cette folie bizarre qui donne envie de dévorer un chemin tout neuf chaque jour.

— Moi, je te poussais ? Tu divagues ! dit le moinillon débordant de protestations stupéfaites.

— Tu étais mon seul allié. Tu m'admirais. J'avais envie d'être le héros de tes rêves. Penser à toi à cet instant m'a sans doute donné la force de m'en aller du bon côté.

Alexis, ébahi, bégaya quelques mots mêlés de rire en petits brins, puis demeura les yeux perdus comme dans un palais de conte. Un grillon, tout près, grésilla. Jaufré contempla les étoiles, le clocher noir. Il dit, pensif :

— Ils sont trois, au moins, à savoir.

— À savoir quoi ?

— Qui est Fauruc. Thomette, Anthelme et Vitalis. Un jour ou l'autre, forcément, ils ont entendu ce nom-là. Ils connaissaient le père Aymar avant même notre naissance. Vitalis savait-il où nous allions, ce soir ?

— Je ne lui ai jamais parlé de ce que j'avais découvert. Toi seul l'as su, par ce feuillet.

Fébrile, empressé, maladroit, il fouilla le fond de sa manche, sortit le parchemin froissé.

— Il a voltigé sous la table quand il a ouvert le cahier. Il ne s'en est pas aperçu.

Chacun, d'un long moment, resta le regard fixe à contempler la nuit, puis Jaufré, remuant la tête :

— Le père Aymar, un prisonnier, à trois pas de son oratoire, sans que personne en sache rien, lui si bon, si juste. Impossible !

— C'est peut-être un ermite, un reclus volontaire, un de ces fous de Dieu qui se veulent du mal.

— Mais pourquoi donc le cache-t-il ? Pourquoi le tient-il enfermé comme un brigand aux oubliettes ? À Toulouse, porte du Taur, tout le monde connaît le coin de mur aveugle où vit un de ces pauvres saints. On lui donne à manger au travers d'un guichet. On n'a jamais vu que sa main. Il bénit ceux qui viennent à lui, il confesse même des gens.

Un cri bref traversa la nuit, un gémissement, des mots sourds. À l'étage où dormaient les moines quelqu'un faisait un cauchemar. Le grillon se tut, apeuré, puis reprit son grésillement. Un autre, au loin, lui répondit. Alexis enfin murmura, tant incrédule qu'enfantin :

— Tu ne te serais pas tué, tout de même, Jaufré, pas toi.

Son frère eut un rire contrit.

— J'étais monté sur le rempart, au-dessous étaient la muraille, le rocher à pic, le torrent. Je voyais la cime des arbres, quelques oiseaux plus bas que moi. Tu m'es venu en tête. Alors je me suis dit : « Il me prend pour un aigle. Si je me laisse aller, je vais le décevoir. Je n'aimerais pas ça. » Et puis : « Quelle est l'envie qui fait jouir mon sang ? » Je me suis répondu : « Être un grand troubadour, et qu'il me voie célèbre. »

— C'était de moi que tu parlais ?

Jaufré le regarda du coin de l'œil.

— Et de qui d'autre, grande buse ?

Encore un cri vague à l'étage. Il ricana. Il marmonna :

— Quel morveux j'étais, nom de Dieu, quel chiot bâtard, quel niais ! Je suis parti le lendemain. Quand tu m'as dit adieu, frérot, tu tremblais de froid. Moi, de peur.

Alexis se dressa debout, et tout à coup virevoltant, les bras ouverts, extasié :

— Regardez-moi, les gens, dit-il, Je suis tout de même quelqu'un de sacrément considérable !

Sa voix sonna fort dans la nuit. Il rit, il dit encore au ciel :

— Je suis un vivant assez beau pour que l'on désire me plaire. Hé, les étoiles, entendez-vous ? Quel cadeau Tu me fais, Seigneur ! Mon pauvre cœur est trop petit pour contenir cette merveille, il me déborde de partout ! Mon Dieu, j'ignore où Tu habites, aux cieux, dans nos vies, nulle part, mais comme le dit Vitalis, à Toi l'absent qui fait du bien, que Tu m'entendes ou non, merci.

Et trottant déjà vers l'église :

— Je vais le lui dire dedans.

Jaufré s'en retourna sans hâte, le long des maisons endormies. Au seuil de l'atelier d'Anthelme un chat se frotta contre lui. Il ouvrit à demi la porte et se glissa dedans sans bruit, certain de n'y trouver que silence et sommeil, mais non, au milieu de la table une chandelle brûlait droit.

Alentour, dans la salle, l'ombre, et là, au cœur de la maison, pour l'accueillir, cette lumière, signe d'affection de son maître, façon de dire : « Je t'attends, et n'oublie jamais, mon garçon (c'était autrefois la sentence dont il était le plus friand), même dans la nuit la plus sombre est toujours quelqu'un qui te voit, qui t'espère et veille sur toi. » Le vieux ronflait tout doux, là-bas, sous l'escalier, derrière son rideau. Jaufré se déchaussa, grimpa dans la soupente, se coucha dans le noir.

Fauruc. Les yeux ouverts, il se redit ce nom. Il revit le roc, la muraille, la tour au toit crevé, là-haut, sous le ciel bas. Avait-il voulu mourir là ? Sans doute y avait-il pensé. Sortir ainsi du monde, par défi enragé, quel pied de nez à ses démons qui voulaient le garder en laisse sous le regard du grand Aymar ! En vérité, sur ce rempart, il avait éprouvé sa force contre sa peur des lendemains. Il s'était convaincu que sa mère invisible ne le lâcherait pas. Pourquoi donc avait-il gonflé son petit frère d'importance ? « Que lui ai-je dit ? pensa-t-il. Que je voulais être à ses yeux le plus grand troubadour du monde et que j'avais choisi de vivre pour qu'il soit fier de son Jaufré. » Il rit au-dedans. Il s'émut. Ce n'était qu'un demi-mensonge. Il était bien vrai qu'Alexis était depuis toujours chez lui dans ses soucis et ses bonheurs, vrai que sa rieuse innocence faisait le beau temps dans son cœur. Il n'avait fait qu'exagérer. Il voulait le voir fier et fort, lui qui se croyait minuscule.

Fauruc. Le maître du château, depuis plus de vingt ans prisonnier de son père. Pour quel crime secret ? « Anthelme, dites-moi, de quelle nuit des temps viennent Thomette, Aymar, si bons, si simples, si limpides ? Qui sont ces gens, en vérité ? » Il les vit grimacer dans son demi-sommeil, ricaner, méchants, haillonneux sur le chemin pentu qui grimpait aux murailles. Il se tourna, se retourna, chassa ces images grotesques. Alors Fauruc sortit des brumes, il lui vint soudain à l'esprit, semblable à un ogre géant, barbe, cheveux et regard noirs, l'épée au poing, sur son rempart. Comment, vraiment, était-il fait ? Sa face s'effaça, changea, devint une autre et se défit encore. Il l'oublia. Il s'endormit.

Il entendit une musique aussi lointaine que la vie d'avant sa traversée nocturne. Il entrebâilla ses paupières. Il faisait grand jour sous son toit. Il se leva et descendit, aussi douloureux de partout que s'il avait passé la nuit à combattre contre des diables.

Anthelme, courbé sur le banc, écoutait résonner son luth. Il était de mauvaise humeur.

— Tu n'as pas cessé de ruer comme un âne en rut, lui dit-il. Tu m'as empêché de dormir. Qu'as-tu fait hier soir de si grave ?

Jaufré s'en fut au pot à eau, se débarbouilla la figure puis, examinant le vieil homme, l'œil aigu, il lâcha :

— Fauruc.

— Quoi ? Le château mort ? dit Anthelme.

— Je parle de l'homme. Vivant.

Le luthier haussa les épaules. Une note désaccordée prit un moment son attention. Il dit enfin, distraitement :

— Je n'ai connu qu'un seul Fauruc, et il a quitté ce bas monde depuis un gros fagot d'années, vingt pour le moins, peut-être plus.

— Il est prisonnier chez mon père.

Le bonhomme posa son luth sur le banc, à côté de lui, puis levant le front, effaré :

— Voyons, Jaufré, c'est impossible. Quelle ânerie me dis-tu là ?

— Je les ai entendus parler.

Anthelme demeura longuement ahuri à caresser sa calvitie. Jaufré s'assit à son côté, puis à voix sourde, sèche, rude :

— Dans l'oratoire du prieur, la porte à droite de la croix. Derrière elle, un cachot. Dans ce cachot, Fauruc. Quel crime a donc commis cet homme pour être tenu enfermé ? Maître Anthelme, le savez-vous ?

D'un geste devant sa figure le luthier chassa ces questions.

— Je ne dirai rien, mon garçon. Demande à Thomette, à Aymar.

Il soupira impatiemment.

— Moi, je t'ai donné la musique, le seul chemin dans notre nuit qui soit digne d'être suivi. J'espérais qu'elle te suffirait et que tu l'aimerais assez pour ne vouloir regarder qu'elle. Elle te sauvera, je le sais. Je prie pour qu'elle te soit fidèle. Quant au reste, pardonne-moi. Je peux te raconter ma vie, si par bonté elle t'intéresse, mais certes pas celle d'autrui. À chacun ses mots, ses silences, ses cachotteries, ses oublis.

— Ce que vous ne voulez pas dire, maître Anthelme, je le saurai.

— Laisse les morts en paix, Jaufré.

— D'accord. Parlez-moi des vivants, de vous, de votre jeune temps, de vos grandes et belles amours, des gens que vous avez connus.

Et la mine enjoué soudain :

— Je vous écoute, apprenez-moi. Hé, ne suis-je pas votre élève ?

Le vieil homme sourit, modeste.

— Allons, Jaufré, plus que cela.

Il dit ces mots d'un souffle ému, s'en alla tisonner les braises.

— Avez-vous donc été amoureux de Thomette au point de vouloir l'épouser ?

— Bien sûr que oui, tu le sais bien. Nous avions tous les deux seize ans. Elle était servante là-haut.

— Où, là-haut ? Chez Fauruc ?

— Tout juste.

Comme Jaufré restait pantois :

— Et pourquoi pas ? Quand on est pauvre, on prend le travail où il est. Elle était la femme de chambre de l'épouse du châtelain, la jeune dame Anne-Marie. Thomette, tous les soirs, dès sa maîtresse au lit, descendait au bord du torrent. C'était là que je l'attendais. Elle était jolie, en ces temps, toute pimpante, délurée. Nous étions des amants de conte, des presque enfants illuminés, beaux, intrépides, inaccessibles au doute qui abîme tout. Puis j'ai dû partir pour Toulouse, l'ouvrage manquait à Pamiers. J'ai appris d'un luthier lombard ce métier qui m'a pris la vie. Deux ans d'absence. Je reviens. Malheur, j'aurais mieux fait de me casser la jambe. Je la trouve grosse d'enfant. Son homme l'avait plantée là et le château s'était vidé.

— Que s'était-il passé ?

— Ce n'est pas mon histoire.

— Pourtant elle vous touche de près.

Maître Anthelme se tut, boudeur.

— Allons, ne soyez pas fâché, lui dit Jaufré. Continuez. Thomette, vous l'aimiez toujours ?

— Hé, que crois-tu ? Évidemment ! Elle n'était pas encore grise et lourde du cul comme elle est. Je lui ai dit : « Ton ventre rond, j'en fais un cadeau de mariage. » Mais Aymar l'avait engagée. Il venait d'être intronisé prieur de son foutu couvent.

— Que faisait-il avant cela ?

Anthelme ricana.

— Sacré renard, dit-il. Tu veux savoir ? Demande-lui.

— Ce n'est pas votre histoire, d'accord, pardonnez-moi. Voilà donc la belle Thomette servante chez le père Aymar. En quoi cela l'empêchait-il d'aller nicher sous votre couette ?

— Il l'a interdit, l'escogriffe, il voulait qu'elle soit tout à lui ! Jaufré, mon beau, éteins ton œil, je vois trop bien ce que tu penses. Des paillardises entre eux ? Des amours d'enfroqué ? Je n'ai jamais connu personne aussi serré du cul qu'Aymar. Autre chose de plus solide qu'un braquemart les unissait.

— Quoi donc, Anthelme ? Dites-moi.

— Je suis allé chercher Thomette, un matin, à votre maison. Son Alexis venait de naître, il pleurnichait dans son berceau. Je lui ai dit si joliment tout le bien que je lui voulais qu'elle m'en a pleuré dans le cou toutes les larmes de son corps. Elle m'aurait suivi, j'en suis sûr, sans même prendre dans l'armoire une chemise de rechange. Mais il a fallu que son maître vienne se planter là, tout noir, dans l'encadrement de la porte. Il m'a ordonné froidement de la laisser cuire sa soupe et de ne la revoir jamais. J'ai voulu protester. Qu'avais-je fait de mal ? J'avais à peine ouvert la bouche qu'il me menaçait, le bandit, de m'envoyer pèleriner à Saint-Jacques-de-Compostelle si je lui désobéissais. Il avait ce pouvoir. Un prieur, imagine ! J'ai vu qu'il n'attendait qu'un mot, un mot de trop, mal embouché, pour me ferrer comme un poisson. Thomette s'est cachée derrière ses épaules. Alors je suis parti.

— Mais pourquoi vous détestait-il ? Que diable lui aviez-vous fait ?

— Rien de rien, Jaufré, Dieu me garde !

— Thomette, l'avez-vous revue ?

— Quand je la rencontre au marché nous bavardons en vieux voisins. Nous ne parlons pas de nos vies. L'un pour l'autre, nous sommes morts.

— Elle aime Aymar. Il l'aime aussi. Ils sont comme deux époux chastes.

— Sans doute, mais en ce temps-là ton père la tenait en bride. Il n'avait pas le cœur en paix. Elle aussi, elle allait mal. Que s'était-il passé entre eux ? Peu importe, c'est leur secret.

— Thomette ne vous a rien dit ? Vous étiez tout de même proches !

Le bonhomme haussa les épaules, resta un moment le front bas, puis :

— Va chercher le vin de noix, j'en ai besoin, j'ai mal au crâne.

Et tandis que Jaufré emplissait les godets :

— Tu sais que j'ai passé, après ces mauvais jours, un fagot d'années à Séville. Auprès d'un homme sans souci nommé Hassan El-Firdoussi j'y ai découvert la prière, la vraie, celle qui ne dit rien, ne pleure sur rien, ne veut rien.

— Celle que vous m'avez apprise ? Celle qui ne fait que chanter ?

— Celle qu'on ne peut mettre en cage et qui lave tous les chagrins.

Il soupira, sourit un peu.

— Seigneur Jésus, parler de moi me rend miteux comme un vieux linge. Je n'ai rien dit qui ne soit vrai, et j'ai pourtant le sentiment de n'avoir cessé de mentir. Va-t'en, mon garçon, tu m'embrouilles.

D'un geste large il le chassa et se donna tout à son luth.

Dès le seuil de la bibliothèque, Jaufré eut peine à reconnaître son Alexis des jours passés. Allure alerte, gestes vifs, figure haute. Il rayonnait. Vitalis, de son écritoire, ne cessait de lui jeter des coups d'œil aux sourcils froissés. Une bouffée de poudre grise s'échappa comme d'un soufflet du considérable registre que le moinillon refermait avec une vigueur battante. Comme Jaufré venait à lui :

— Je n'y comprends rien ! lança-t-il à voix d'annonceur d'ambassade. L'histoire de notre couvent ne parle pas de ce Fauruc.

— Je l'avais prévenu, bougonna Vitalis sans lever les yeux de son livre. Ce qu'il cherche n'est nulle part.

Alexis lui vint sous le nez.

— Sauf sous clef, dans quelques caboches !

Et le moine, sans s'émouvoir :

— Jaufré, que lui arrive-t-il ? Dis-moi, toi qui le connais bien. A-t-il baisoté, cette nuit ? S'est-il saoulé d'alcool de figue, en catimini ? Il m'inquiète.

— Je lui ai raconté notre belle soirée, dit Alexis. Depuis, silence. Regarde-le. Bouche cousue, muet comme le roi des carpes.

Jaufré s'approcha du bonhomme, le prit par l'épaule et lui dit :

— Allons, Vitalis, aidez-nous. Soyez juste, vous le devez. C'est vous qui nous avez donné ce désir de savoir, d'apprendre, de creuser sous les apparences, de traquer partout l'illusion, bref de flairer en bons chasseurs les parfums de la vérité, comme vous disiez autrefois. Ne nous laissez pas seuls, que diable !

Le vieux soupira, excédé, parut un instant hésiter, déposa brusquement sa plume, s'en alla s'asseoir sur le banc au bord du feu qui sommeillait, et d'un geste attirant les garçons à ses pieds :

— Sacrés démons, dit-il, je vous hais à jamais, et plus encore s'il est vrai que je vous ai farci l'esprit de ces balivernes fumeuses que tu viens de me rappeler, poétaillon de cour de ferme ! Parlons, puisque vous le voulez, quoique cela me semble aussi peu profitable que de pisser au pied d'un arbre pour imiter le bruit des vagues contre les récifs océans. Si j'avais votre âge, mes bougres, tout en sachant ce que je sais, je décamperais comme un loup devant une meute chrétienne. Je me réfugierais dans un lit de putain, dans celui de Dieu ou du diable (ils sont probablement jumeaux), dans un luth ou dans un tambour, n'importe où pourvu que la vie m'y chante une chanson nouvelle. Mais je vois bien, pauvres petits, que le passé vous tient la jambe, et vous voilà bien empêtrés.

— Qu'avez-vous contre le passé ? lui demanda le moinillon. Hé, mon maître, il vous tient aussi ! Vous ne cessez de nous vanter vos Mathusalem philosophes d'avant le grand-père du Christ !

— Quelle mauvaise foi, mon fils !

Vitalis suffoqua si fort qu'il en eut des mots plein les yeux et des postillons balbutiants au bord de sa barbe tremblante.

— Ceux-là sont des vivants sans âge ! Ils sèment le blé de la vie dans les champs du temps, mille dieux ! Note cette phrase, mon âne, elle sonne bien, médite-la. Je parlais, moi, du passé mort où n'habitent que des fantômes, de ce désert où rien ne pousse, où l'on ne moissonne jamais que des scorpions et des cailloux. Laissez-le donc aux vieux squelettes ! Mais autant parler de la Vierge à des braquemarts impatients. Je vois bien, vous n'écoutez pas.

— Comment cela ? Bien sûr que si ! lui dit Jaufré. Soyez tranquille, nous serons prudents, c'est promis. Donc vous avez connu Fauruc, et sans doute le père Aymar quand il n'était qu'un jeune moine.

Et Alexis, allègrement :

— Peut-être même au temps où il était novice, ou enfant de chœur, pourquoi pas ?

— Aymar ? répondit Vitalis.

Il s'apaisa, content peut-être de réveiller quelques lumières dans son grenier à souvenirs.

— Savez-vous, mes enfants, où je l'ai rencontré ?

Il se pencha sur leur figure, et comme l'on confie un secret malicieux :

— Au palais du Latran, à Rome, chez monseigneur Jean du Bouchard, cardinal auprès du Saint-Siège.

— Diable, dit Alexis dans un souffle ébahi.

— Diable ? Non, c'était un brave homme. Il avait une bibliothèque à faire bavouiller d'envie le roi des rats bénédictins. Il m'a permis de découvrir les œuvres des vieux maîtres grecs, moi qui n'étais qu'un fils de serf. Faraud, râblé, mal dégrossi, j'étais ainsi en ce temps-là. Le frère Aymar, lui, portait beau. Impressionnant, déjà, à quinze ou seize ans d'âge. Vieille famille de notaires, belles manières, beau parler, piété simple mais rigoureuse. Nous étions pourtant bons amis. Il aimait que je lui raconte notre pauvre vie, au village, comment un père de couvent m'avait sauvé, m'avait nourri, m'avait appris, jour après jour, le peu de choses qu'il savait, lire en suivant du doigt les lignes, écrire droit, compter les nombres jusqu'à l'infini des milliards. Monseigneur du Bouchard, un soir, avait fait étape chez nous. Il s'en revenait de Madrid. Je lui ai récité par cœur l'évangile de saint Matthieu. Je lui ai dit que mon désir était d'enfermer là-dedans (il cogna son front de l'index) tout le savoir d'un cardinal. Je ne pouvais rêver plus haut. Le lendemain matin, mes fils, je partais pour Rome avec lui. Il m'avait engagé, moi, Vitalis le simple, comme serviteur-étudiant. Il prêchait la bonté de Dieu dans une école en marbre rose aux apprentis théologiens. Aymar était de ses élèves, comme moi. Nous logions chez lui. Le soir, il écoutait mes récits de misère avec une telle ferveur que j'en avais les larmes aux yeux. Il ignorait la pauvreté. Elle avait été ma marraine. Nous étions faits pour nous aimer.

Il se tut tout à coup, comme découragé de conter plus avant. Les garçons s'entre-regardèrent.

— Et puis, dit Alexis, vous avez quitté Rome.

— Êtes-vous revenus ensemble ? demanda prudemment Jaufré.

— Après quatre ans, oui, à Toulouse, au couvent des hospitaliers. Ton père était taillé pour faire un bel évêque, et probablement mieux, en profitant du vent. Moi, j'avais perdu Dieu en route, mais il n'en a jamais rien su. Je ne voulais pas le fâcher, il était mon seul frère au monde. Nous nous sommes pourtant séparés quelque temps. Je me suis fait moine copiste. Lui, il a suivi son chemin.

— Où est-il allé ? dit Jaufré. Et Fauruc, quand l'a-t-il connu ?

Vitalis remua, s'impatienta, rogna, chassa d'un geste ces questions qui lui barbouillaient la figure.

— Fauruc ! dit-il. Cornes du Christ, il est plus que mort, oublié, perdu entre son cimetière et le fin fond de l'univers. Il dort sans rêve, sans colique, sans remords, sans même savoir s'il fut un saint ou un pendard. Allez-vous-en, vous m'agacez.

— Il est là, dit Jaufré. Là, derrière ce mur.

Le bonhomme haussa les épaules et lâcha un vague juron. Alexis alors se dressa, le poing brandi devant sa face, et se hissant soudain sur la pointe des pieds :

— Vous me décevez, Vitalis, et gravement, je vous le dis. Ce Fauruc est vivant. Comment faut-il le dire, en quel patois de cul du monde pour qu'enfin vous nous entendiez ? Il crève de rats, de vermine, d'abandon. Il a mal partout. Il est depuis plus de vingt ans prisonnier de ce piquet triste qui se croit grand parce qu'il est haut, oui, je parle du père Aymar, votre compagnon de chambrée, et vous restez comme un bigleux à taper à côté des mouches ? Dites-nous ce que vous savez, et vivement, sans simagrée, sinon je ne lis pas Platon. Je vous laisse seul avec lui et sa tribu de Grecs bizarres qui vous racornissent l'esprit !

Il hurla, la figure pourpre, ces derniers mots et resta sot, éberlué par ce torrent d'imprécations imprévisibles qui venait de sortir de lui. Jaufré regarda Vitalis, la bouche et les yeux débordants d'un rire muet, incrédule. Le vieil homme lui dit, à peu près impassible :

— Il est ivre, vraiment. J'ai bien vu, tout à l'heure. Il a dû s'empiffrer de mauvaise eau-de-vie. Et puis il a grandi d'un coup. As-tu remarqué ? Un vrai coq. Un coq tout étonné d'avoir pondu cul sec un clocher de village.

— Pardonnez-lui, risqua Jaufré, il regrette, voyez, il est tout déconfit.

— Lui pardonner ? De quoi, mon fils ? D'avoir enfin dans les roustons le feu qui fait les hommes rares ?

Il se tourna vers Alexis et l'empoignant par les épaules :

— Tu veux vraiment savoir qui est ce prisonnier qui croupit, paraît-il, à quelques enjambées de la chambre d'Aymar ? Eh bien, va le lui demander. Qu'avez-vous à me regarder comme des puceaux chez les filles ? Allez donc, mes bâtards, mes brigands, mes bourriques !

— Où ? dit le moinillon.

Et Jaufré, effaré :

— Nous deux ? Dans sa prison ?

— Avez-vous oublié le chemin ? C'est tout simple. Au fond de l'église, la porte. Aymar doit être à son jardin à cette heure de la journée. Profitez-en. Vous avez peur ? Il y a de quoi, je vous l'accorde. Mais s'il faut que tout vienne au jour, vive Dieu et ses diableries, autant que ce soit aujourd'hui !

Il revint à son écritoire. Ses mains tremblaient. Il s'irrita, planta dans l'encrier sa plume et s'en retourna sur le banc. Il resta là muet, la barbe dans le col. Les deux s'en allèrent sans bruit.

Dehors, des frères galopaient le long des galeries du cloître et disparaissaient sous le porche, sac à l'épaule, robe au vent, pressés d'aller à leur ouvrage de mendiants pour l'amour de Dieu et de laboureurs d'âmes simples parmi les étals du marché. Jaufré et son frère attendirent, dans l'ombre étroite d'un cyprès, que les derniers s'en soient allés, puis ils vinrent au seuil de l'église, l'œil à l'affût, le dos courbé, à pas de voleurs circonspects.

— Le père est peut-être chez lui. Et s'il nous surprend, qu'est-ce qu'on fait ? dit Alexis, tout misérable. Hé, attends-moi !

Il grelottait. Jaufré s'enfonça dans la nef. Apparemment, elle était vide. Son frère lui tira la manche et lui souffla dans les cheveux :

— J'ai peur de perdre mon cahier, prends-le, je ne sais où le mettre.

Un cierge au loin brûlait sous la croix de l'autel. Ils s'avancèrent dans l'allée, fascinés par cette lumière suspendue au fond de la nuit. Un craquement de bois quelque part sous la voûte résonna sèchement, leur empoigna le cœur, les retint un instant. Ils s'approchèrent encore. La flamme du cierge bougea. Jaufré pensa : « Elle nous fait signe. » Elle était presque proche. Il sourit au-dedans, et tout à coup pétrifié s'arrêta, un cri dans la gorge. Alexis lui buta dessus et s'agrippa à ses épaules.

Un homme était couché devant la sainte table, à trois pas de leurs pieds, immense, immobile, effrayant comme un dieu obscur tombé là, entre la lueur droite, simple, et leur visage stupéfait. Son front reposait sur les dalles, ses bras semblaient crucifiés. C'était Aymar. Ils reculèrent sans pouvoir le quitter des yeux. Chacun chercha la main de l'autre. Ils l'entendirent qui priait, ou peut-être qui soupirait.

— Jaufré, Alexis, est-ce vous ?

La voix de leur père était calme. Dans le silence elle sonna haut, elle emplit la vague pénombre. Il se redressa, se signa, murmura un « Ainsi soit-il », puis épousseta son habit et se tourna vers les garçons. Il n'avait pas l'air mécontent de les voir là, tout rabougris, pâlots, serrés l'un contre l'autre.

— Belle surprise, mes enfants, dit-il en haussant le menton comme il le faisait d'ordinaire, tant pour bénir que pour gronder. Êtes-vous venus prier Dieu ?

Comme les autres balançaient entre silence et bafouillages, il leur dit encore, moqueur, désignant les hauteurs ombreuses :

— Ou bien se peut-il que mon fils ait invité son compagnon dans son vieux perchoir à chansons ?

Son regard tranquille tomba sur le cahier du moinillon que Jaufré, le cœur emballé, tenait serré sur sa poitrine.

— Qu'y a-t-il là-dedans ? Des poèmes ?

Son fils ouvrit la bouche et demeura muet, voyant Alexis s'avancer, la poitrine vaste soudain comme s'il s'offrait au martyre. Il se planta devant Aymar et répondit à voix sonnante :

— Ni vers ni musique, mon père. C'est moi tout seul, sans aide aucune, qui ai rédigé chaque phrase inscrite sur ces feuillets-là. J'ai voulu dire au Dieu des hommes, aux clercs de notre Église aussi ce que mon âme m'inspirait. J'aimerais avoir votre avis sur ces pensées, que je crois justes.

Il arracha d'un coup l'objet de la poitrine de son frère qui tentait de le retenir et fièrement le lui tendit.

— Notre Jaufré, à ce qu'il semble, aimerait le lire avant moi, répondit Aymar, amusé. J'en prendrai plus tard connaissance. J'ignorais que tu écrivais. J'en suis content, cela t'accoutume à bien dire, et tu n'en prêcheras que mieux. Que Dieu vous garde, mes enfants.

Il sourit vaguement. Il était déjà loin. Il tourna les talons et s'enfonça sans bruit sous la voûte crépusculaire. Comme son grand corps s'effaçait derrière les derniers piliers :

— Jaufré, dit Alexis d'un souffle à demi mort, retiens-moi, je sens que je tombe.

L'autre empoigna son col et le tira dehors.

Dans le cloître ils reprirent vie, s'emplirent de soleil, de vent, de vols d'oiseaux, de parfums d'herbe.

— Je l'ai fait, j'ai osé, jubila Alexis encore tremblo tant. Je me suis accroché au ciel, et droit dans le nez, j'ai tout dit. Je n'ai pas eu peur de mourir. N'ai-je pas été magnifique ? Dis-moi, je t'ai surpris, pas vrai ?

— Tudieu, je t'aimais mieux peureux, gronda Jaufré. Allons, mon âne.

Il l'entraîna vers le portail. De l'autre côté de la rue le mendiant fou les houspilla et se dressa sur les genoux en se cognant du poing la tête. Le moinillon lui vint devant, s'accroupit et lui prit les mains. Il les baisa l'une après l'autre puis il se releva, radieux, lui rit en pleine figure et tandis que le pauvre bougre, ébahi, reniflait sa morve, il courut rejoindre Jaufré.

— Quand tu es parti, lui dit-il, comme je me sentais perdu, je suis parfois venu m'asseoir aussi près de lui que possible. C'est à le regarder parler à son caillou que l'idée m'est venue d'écrire. J'ai pensé : « C'est son compagnon. Il est muet mais il l'écoute. Surtout il ne le juge en rien. Et moi, à qui puis-je parler ? À qui puis-je tout avouer sans risquer des regards mauvais ? À mes feuillets de parchemin, à la bougie qui me regarde, à ma plume, elle connaît le ciel, et pourtant elle veut bien écrire fidèlement ce qui me plaît ! » Suis-je l'ami de ce brave homme ? Non, il déteste mon habit. Mais je sais, moi, qu'il est le mien. Où allons-nous ?

— Je réfléchis.

— À l'auberge, si tu veux bien. Il est temps que tu me présentes ta fée d'amour, ta bonne amie. N'a-t-elle pas dit, l'autre jour, quand tu lui as lu mon ouvrage, que si elle rencontrait son misérable auteur elle le prendrait contre son sein, le bercerait aimablement, lui ferait mille bonnes choses ? J'aimerais beaucoup, je l'avoue, mais je parle aussi pour ton bien. Elle a promis cela, n'est-ce pas ? Il serait bon que tu t'assures, avant de lui ouvrir ton lit, qu'elle est fille à tenir parole.

Jaufré partit d'un rire sec, se découvrit fugacement plus jaloux qu'il n'imaginait, saisit Alexis aux cheveux. Il lui fit rebrousser chemin.

— Allons voir Thomette d'abord.

Le moinillon lui échappa. Il s'étonna.

— Pourquoi Thomette ?

— Quitte à lui chatouiller les orteils à l'ortie, elle nous crachera ce qu'elle sait. Elle a travaillé chez Fauruc jusqu'à ce que le diable y vienne.

— Le diable Aymar ?

— Tais-toi, bourrique !

Jaufré leva le poing, fit mine de l'abattre. L'autre l'évita d'une feinte et s'enfuit, soudain débridé. Il faillit buter contre un âne chargé de paniers débordants, tourna sur un pied dans la rue qui descendait à la rivière, franchit le mur du Mercadal, courut jusqu'au bosquet de saules, s'arrêta là, l'haleine rauque, vit que Jaufré le poursuivait et se remit à galoper sur le sentier du bord de l'eau. Son frère enfin le rejoignit, lui bondit dessus en grondant des insultes de garnement. Ils roulèrent dans un buisson, tout débraillés, puis s'apaisèrent. Ils reprirent souffle en riant.

— Que vois-je là ? dit Alexis, désignant, faussement surpris, l'auberge parmi les feuillages.

Jaufré se releva.

— D'accord, tu as gagné. Tu as l'air d'un épouvantail. Ôte ces pailles de ta robe, coiffe-toi, ne me fais pas honte. Sa beauté va t'époustoufler, mais reste sobre, tiens-toi droit, ne t'extasie pas devant elle et garde la bouche fermée.

Il s'en fut d'un bon pas. Le moinillon suivit.

Comme ils parvenaient dans la cour, une vingtaine de soldats mêlés de quelques colporteurs sortaient à grand bruit de la salle. Ils attendirent auprès du chêne que la troupe s'en soit allée et guettèrent la porte ouverte, espérant que l'amie, là-bas, les verrait et viendrait à eux. Par la lucarne, ils l'aperçurent qui se hâtait parmi les bancs, embarrassée de cruches vides.

La mère aubergiste sortit vider dans l'herbe un seau d'eau sale. Ce fut elle, le nez froncé, qui les vit sous l'arbre, indécis, parmi des volailles errantes. Elle ne leur jeta qu'un coup d'œil, rentra, cria des ordres secs. Alors Jaufré vint sur le seuil. La matrone, troussant ses manches, lui lança :

— Elle a du travail !

La servante leva la tête. Son regard s'éclaira d'un coup. Elle courut poser ses cruchons.

— Ne vous souciez pas, ma mère, lui dit-elle, il tombe bien, il va m'aider.

Elle s'avança, vit Alexis à l'abri derrière son frère.

— La vieille n'a pas eu sa soupe, dit l'aubergiste. N'oublie pas. Cette maison pue la vinasse à m'en faire roter le cœur. Voyez-moi cette foutrerie !

Le moinillon sortit de l'ombre et poussant Jaufré de côté, fringant, déjà tout affairé :

— Je m'en occupe, bonne mère. La serpillière, le balai, un grand baquet d'eau, s'il vous plaît ! Voyez ma robe, je suis moine, je suis au service de Dieu, donc de vous, qui êtes sa fille. Hé, jeunes gens, vous m'encombrez. Sortez donc, allez au jardin chercher des raves et du persil.

Jaufré prit la main de la fille. Ce fut elle qui l'entraîna. La porte claqua derrière eux. Au milieu de la cour déserte elle se planta sous son regard. Elle le contempla fièrement. Elle lui dit :

— Comment je m'appelle ?

Il répondit :

— Delphine.

Il caressa sa joue, il hésita, il dit encore :

— C'est ton nom et pourtant je n'en suis pas content. Il y en a un autre, derrière.

— Celui-là me convient, j'aime que tu le dises.

Et fronçant les sourcils :

— Tu as l'air soucieux.

Elle l'amena au potager. Tandis qu'elle emplissait son tablier de fèves, il lui conta ces bouts de vie qu'il avait arrachés à Vitalis, Anthelme, il lui parla du château mort et de ce Fauruc prisonnier dont on ne voulait rien lui dire. Là était un mystère noir.

— Tout cela m'agace, dit-il. Le père Aymar est un saint homme, il ne peut avoir mal agi, mais il me cache quelque chose. J'ignore quoi. Comment savoir ?

Sa compagne lui répondit :

— Il faut demander à la vieille.

Elle s'était redressée. Son air disait : « C'est simple. » Au bord d'un nuage passant le soleil se pencha sur elle. Elle en fut tout illuminée, Jaufré aussi de la voir belle comme une sainte délurée. Il lui demanda :

— Quelle vieille ?

— L'oubliée du grenier, l'aïeule, celle que je nourris, qui bave, qui tremble, qui a peur de tout. Personne ne connaît son âge, elle ne peut plus quitter son lit. Ce n'est même plus une femme, elle est comme une enfant fripée, elle pue, elle est ma seule amie dans cette maison de rapiats. Sa fille ne veut plus la voir. Elle me raconte sa jeunesse, ses amours, ses secrets, ses morts pendant que je nettoie ses croûtes ou que je lui gratte le dos. Elle sait tout de la vie d'ici.

— Crois-tu qu'elle voudra me parler ?

— Elle m'a dit qu'elle priait pour nous. Ce que je sais de toi, elle sait.

— Va, je te suis. Allons la voir.

— La soupe d'abord, mon Jaufré.

Ils s'en revinrent dans l'auberge. Tout était lavé à grande eau. Alexis et la grosse mère buvaient ensemble du vin chaud, devant le feu, en bons amis.

8

— Elle va se croire l'Enfant-Dieu visité par les rois du monde, ricana la mère aubergiste, hochant le front, les poings aux hanches, tandis qu'ils grimpaient au grenier, précautionneux comme des Mages.

La servante allait la première, portant un bol fumant au parfum jardinier. Derrière elle venait Jaufré avec un grand baquet d'eau chaude et sur le bras un torchon blanc. Alexis, lui, tenait comme un saint sacrement une coupelle de feuillage où étaient des mûres sauvages qu'il s'en était allé cueillir sur les ronciers qui poussaient dru le long du muret de la cour.

La fille souleva la trappe. Là-haut régnait une lumière de volets croisés en été. Une odeur d'antique poussière mêlée de souvenirs de foin leur fit palpiter les narines. Jaufré dès l'entrée s'arrêta. Tandis que son amie, sous la pente du toit, s'approchait des haillons pendus autour d'une couche indistincte, il contempla ces vastes combles encore jonchés çà et là de vieilles traînées fourragères. La charpente mal dégrossie, le plancher branlant, fatigué, le rouet brisé dans un coin et l'armure décarcassée sous des fils de soleil tombés par quelques fêlures de tuiles, toutes choses semblaient dormir comme des épaves échouées sur un rivage indifférent.

— Avance donc, sacré bon sang, dit Alexis, poussant son frère.

Et la fille, tenant ouvert le vague rideau de chiffons :

— Grand-mère, regardez qui vient, c'est notre ami, notre Jaufré, le jeune homme au manteau brûlé !

— Et moi je suis saint Alexis, dit le moinillon. Dieu vous garde. J'ai pillé des ronces pour vous. Voyez ces mûres, comme elles luisent !

Jaufré, craintif, intimidé par ce lieu oublié du monde, s'avança, balbutia un salut maigrelet. La vieille n'y répondit pas mais examina sa figure avec une attention de chat. Elle avait des yeux à percer les plus rudes nuits de la vie, trop flamboyants pour être tendres et vifs à effrayer la mort. Son visage fripé comme une outre au désert, ses bras, son torse de momie étaient environnés de cheveux blancs, brumeux, qui faisaient à son corps menu une sorte d'habit de neige.

— Bel oiseau, ma fille, dit-elle. Il est comme je le voyais. Tu aurais pu cacher son nom, je l'aurais reconnu sans peine.

Jaufré lui demanda :

— À quoi donc, vieille mère ?

Elle haussa les épaules.

— Vous avez le même air, toi et ta bonne amie. Vous êtes tous les deux tombés du même ciel.

Elle s'assit en geignant sur son amas de paille et plongea le nez dans son bol. Tous trois à genoux autour d'elle la regardèrent déjeuner, puis :

— Frotte-moi le dos, ma fille. Ensuite tu me coifferas. J'ai la tête pleine de poux, d'abeilles mortes, d'araignées. Quand viennent des hommes en visite, il convient de s'enjoliver.

Elle eut un éclat d'œil, un rire cahotant.

— Laissez-moi vous laver, ma mère, dit Alexis. Je ferai doux. Flairez donc cette eau de lavande, elle va vous parfumer la vie.

Le moinillon la dénuda. Elle ferma les yeux à demi, se laissa soigner, ronronna, voluptueuse, le dos droit. Jaufré pensa : « C'est une reine. »

— Mes cheveux, maintenant, ma fille. Laisse-lui la place, petit. Elle seule sait comment faire pour ressusciter le plaisir dans cette carcasse bancale qui me sert encore de corps.

Delphine s'assit derrière elle, se mit à démêler la cascade de brume, les mains enfouies dedans, à gestes longs et lents. La vieille gémit d'aise.

— Grand-mère, dites-moi.

— Va, ma fille, c'est bien. Oh, je reviens au monde.

— Vous souvenez-vous du château, au temps où il était vivant ?

— Je ne l'ai connu que de loin. J'étais du peuple, et lui du ciel.

— Et son maître, dites, grand-mère ?

— Bernard de Fauruc ? Un bel homme. Sombre, hautain, guère bavard, mais Sainte Vierge, quelle allure ! Tunique de soie, bottes rouges, manteau de loup, même en été. Tire un peu mes cheveux, ma fille, tire encore, tout doux, plus fort. Poigne et douceur plaisent aux femmes. Aucun des amants de ma vie ne m'a jamais tenue ainsi. Toi, coquine, tu me devines.

Et revenant au beau seigneur :

— Il a connu des peines noires.

— Racontez-nous.

— Attends, attends.

Elle s'abandonna longuement, le regard vague, à ses délices, enfin gémit et soupira.

— Grand-mère, vous voilà coiffée comme une fée porte-bonheur. Êtes-vous bien ?

— Merci, ma fille.

— Maintenant, dites, ce Fauruc ?

La vieille contempla les trois agenouillés. Ils étaient, autour de sa couche, attentifs comme des enfants espérant du lait de paroles. Les voir ainsi la réjouit. Elle prit son temps. Enfin elle dit :

— C'était un vivant magnifique, arrogant, droit comme un cyprès. Même à l'office du dimanche, le front haut, jamais à genoux, toujours à regarder le prêtre la bouche arquée, l'air goguenard. Beaucoup l'admiraient pour cela. Ce que nous, les gens des ruelles, ne pouvions nous autoriser, il l'osait, lui. Il était noble !

Elle resta un moment à errer dans ses songes, se ranima soudain, puis les yeux pétillants :

— Je me souviens qu'un jour de Pâques le curé de Saint-Antonin, en pleine messe, devant tous (j'étais là, avec ma famille), l'a accusé d'avoir logé trois jours et nuits dans son château des hérétiques de passage. Peut-être vrai, peut-être pas, le fait est que le lendemain (c'était juste à l'heure de prime), vive Dieu ! Bernard de Fauruc a franchi à cheval le portail de l'église, il s'est avancé jusqu'au chœur et debout sur ses étriers, le fouet en pogne, sans un mot, il a fait des habits du prêtre un menu hachis de misère. L'autre s'est retrouvé tout nu, le corps en sang, aux pieds des anges, pelé de la tête aux orteils !

Elle rit, espiègle, à petits coups, puis revint à sa rêverie. Delphine prit sa main abandonnée près d'elle et la réchauffa dans la sienne. La vieille sourit vaguement. Elle dit encore, en confidence :

— Il faisait peur à quelques-uns. Mais nous, les femmes des lavoirs, des corvées de bois, des lits durs, quand nos hommes écrasaient nos ventres sans rien savoir de nos envies et nous fourraient leur gros jésus dans la marmite d'entrejambe, c'était de lui que nous rêvions. Car lui, vois-tu, ma toute belle (nous en parlions souvent au puits entre ménagères jeunettes), il aimait dame Anne-Marie, son épouse, sa bonne amie. Quand ils venaient ensemble en ville, il avait des gestes furtifs qui semblaient dire : « Êtes-vous là ? » Il baisait sa main sans raison. Ils avaient des mots et des rires pareils à des brins de soleil entre deux giboulées de mars. On sentait bien qu'ils avaient hâte de retourner à leur abri et de se dévêtir l'un l'autre, et de se caresser partout. Les hommes ne voient pas ces choses. Les femmes ne voient quc cela.

— Grand-mère, dit le moinillon, pardon, mais je vous trouve injuste. Nous savons aussi désirer autrement qu'à coups d'aiguillon.

Son frère le fit taire d'une poussée d'épaule, se radoucit et demanda :

— Que leur est-il donc arrivé ?

— Ton ami, fille, s'impatiente, dit la vieille, l'œil aiguisé. Est-il inquiet ou trop gourmand ? Il mangerait les mots, s'il pouvait, dans ma bouche. Quelle bonne oreille j'ai là !

Delphine caressa son front, sa chevelure.

— Dites, grand-mère, dites-nous, j'aime aussi ces aventureux qui ne s'agenouillent jamais que par amour, l'un devant l'autre.

— Approchez donc vos belles têtes et serrez-vous bien, mes agneaux, car leur joli temps s'est gâté. C'était juste avant la Toussaint. Un soir, à la nuit noire, un voyageur perdu s'en est venu cogner au portail du château. Sachez que pour ces hautes gens l'hospitalité était sainte. Ils n'ont jamais laissé un égaré dehors. Fauruc l'a donc reçu. Il était en souci, son épouse s'était blessée en courant le bois toute seule. Elle a pourtant quitté sa chambre malgré la fièvre qu'elle avait pour saluer ce grand pendard que le malheur leur envoyait. L'homme, à la voir, s'est effrayé. C'est ce que plus tard il a dit devant les juges inquisiteurs. Il leur a raconté que ce mauvais jour-là une louve dans la forêt lui était venue droit dessus, une louve au pelage noir, aux yeux humains, inoubliables et tout pareils, exactement, à ceux de dame Anne-Marie. La bête avait bondi sur lui comme une furie affamée. À peine avait-il eu le temps de voir ses crocs, sa gueule rouge, ses griffes proches de son cou et son regard de femme-monstre. Ils avaient roulé dans les ronces, il avait senti son haleine gronder à deux doigts de sa peau. Grâce au Ciel ou à Dieu sait qui (allez savoir avec ces gens !) il lui avait brisé la patte qui s'agrippait à son habit. L'animal avait pris la fuite en hurlant, la queue sous le ventre. Il claudiquait de l'avant-train, l'homme a bien dit cela aux juges. Or, dame Anne-Marie avait un bras cassé. Hasard malchanceux ? Diablerie ? Que voulez-vous que je vous dise, moi, pauvre femme que je suis ?

L'homme en présence de Fauruc n'a pas soufflé mot des soupçons qui menaient sabbat sous son crâne. Il a dîné, devant le feu, de pain, de viande et de vin vieux, puis on l'a conduit dans sa chambre. A-t-il veillé, tremblant d'angoisse, ou sommeillé comme un simplet dans le giron du père Dieu ? On l'ignore, mais au matin il est parti sans un merci, sans même un adieu à ses hôtes. Il a couru au Mercadal, il a traversé le marché et droit à la tour de l'Évêque. Devant Barthélemy Gélis, le bigleux tonsuré qui tenait le registre au tribunal d'inquisition (je l'ai connu, il a volé le pucelage de ma fille), ce coureur des bois, ce pendard, la main sur les saints évangiles, a formellement accusé la belle dame Anne-Marie d'être une louve déguisée, une démone, une sorcière. Fauruc était haï des clercs, il avait l'échine trop raide. L'occasion de l'écrabouiller était belle comme une oie grasse tombée du ciel dans leur panier. Ils sont allés chercher la prétendue diablesse avec la troupe du prévôt. Ils l'ont amenée dans la tour, sous le plancher du bas étage. Ils l'ont rudement questionnée. Voyez-vous ce que je veux dire ?

Alexis risqua :

— Torturée ?

— Tout juste, moine. Jusqu'à l'os. Mais elle ne leur a rien cédé. À ce qu'on a exigé d'elle, aveux, détails infects, prières sataniques, elle n'a répondu que crachats et sauvagerie de femelle qui se voit arracher la vie. Ses juges se sont contentés de laisser luire leur regard. Ils ont pris sa rage pour preuve que le diable était dans sa peau. Était-il d'abord dans la leur, ce grand cornu de nos malheurs ? Ils semblaient si bien le connaître ! Le beau Fauruc, lui (Dieu le garde !), a combattu tous ces jours-là comme un roi des ours amoureux. Avec quel cœur, quelle fureur, quel acharnement sans espoir il a défendu sa compagne ! Devant les trois inquisiteurs, il a traîné son forestier, ses bûcherons, ses charbonniers, il les a fait s'agenouiller, jurer qu'ils n'avaient jamais vu dame Anne-Marie, son épouse, ni dans leur forêt ni ailleurs, avoir des bontés maternelles envers le moindre louveteau. Il a même brisé tout net l'écritoire du gros Gélis d'un coup de poing sur son registre et assommé les trois péteux pourtant armés jusqu'aux sourcils qui voulaient le jeter dehors. Colères, plaidoiries, menaces, rien n'y a fait. La pauvre femme a été condamnée au feu. Elle a brûlé un jour de brume sur la place Saint-Antonin.

La vieille fit un pauvre geste et laissa retomber sa main. Un moment, le regard lointain, elle parut contempler les flammes de ce brasier jamais éteint, puis elle dit, soudain fatiguée :

— Sa servante, peut-être, aurait pu la sauver.

Jaufré se dressa à demi, la tête haute, l'œil mauvais.

— De qui parlez-vous ? De Thomette ?

— Non, bien sûr, gémit Alexis, les mains aux joues, les larmes aux yeux.

— Elle était avec sa maîtresse, ce jour-là, à courir le bois. Elles avaient cueilli des airelles, puis l'une avait guetté un faon aperçu dans une clairière, et l'autre s'en était allée. Elles s'étaient assez éloignées pour se perdre un moment de vue. Thomette s'était inquiétée, elle avait appelé sa dame, elle l'avait entendue crier. Quand enfin elle l'avait rejointe, elle l'avait trouvée affalée contre un roc, au bord d'un ruisseau, le bras sanglant, toute dolente. C'est ce que les deux femmes ont dit. Mais quand les juges inquisiteurs ont demandé à la servante : « Avait-elle la bave aux lèvres, sentait-elle le poil de loup, et râlait-elle entre ses dents, et son regard était-il rouge ? », elle leur a répondu que oui, sans parler, en hochant la tête. Qu'est-ce que j'aurais fait à sa place ? Elle était jeunette, elle servait depuis l'âge des petits doigts. Elle avait seize ans, guère plus. Ces grands clercs qui la regardaient, elle ne pouvait pas les fâcher. Elle n'était rien, ils pouvaient tout, la jeter peut-être au cachot et l'oublier là pour toujours, sans plus personne à regarder. Ce qu'ils avaient envie d'entendre, elle l'a dit en pleurant de peur.

— Mais ce voyageur de malheur était tout proche du château, gronda Jaufré, exaspéré. Il faisait encore grand jour. Il a forcément aperçu ses murs, sa tour, entre les arbres. Par quel chemin de balivernes n'est-il parvenu au portail qu'au bout du soir, à la nuit noire ?

— Il a dit qu'après sa bataille avec cette bête d'enfer un vertige l'avait saisi, que des corbeaux étaient venus tournoyer autour de sa tête, qu'il avait couru dans le bois sans plus voir ni terre ni ciel et puis qu'enfin, au crépuscule, exténué, désespérant de franchir la nuit sans malheur, il était tombé à genoux et avait prié le Seigneur. Il avait ainsi, par miracle, retrouvé vigueur et bon sens. Un sentier lui était venu, enfin le château, sous la lune.

— Et Fauruc, demanda Delphine, dites-nous, qu'est-il devenu ?

— Ce que je sais et peux te dire, ma fille, c'est qu'il n'a cessé, tout au long de ces maudits jours, de brailler qu'il se vengerait si l'on brûlait sa bonne dame. Face aux grands clercs du tribunal, sur la place, au seuil de l'église, devant les gens assemblés là, plus de cent fois il a juré d'assassiner le malfaisant qui prononcerait la sentence. Il l'aurait fait, assurément. Le soir même du brûlement, comme il campait devant la tour où s'étaient retirés les juges, son fouet et son épée aux poings, vingt hommes d'armes du prévôt lui sont tombés sur la cuirasse. Il n'en fallait pas moins pour mater l'animal. Ils ont raconté à leurs femmes qu'ils l'avaient salement traîné jusqu'à la prison communale et l'avaient enfermé avec trois vieux malfrats oubliés là depuis longtemps. Il n'y est resté que cinq jours. Un geôlier l'a vu s'en aller, poignets et chevilles enferrés, en pleine nuit, avec un moine qui le tirait par un licou. Où l'a-t-il conduit ? On l'ignore. On ne l'a revu nulle part.

— Cet homme, demanda Jaufré, ce juge qu'il voulait tuer, grand-mère, savez-vous son nom ?

Il entendit ces mots qui sortaient de sa bouche comme si les disait quelqu'un d'autre que lui, un inconnu glacial, précis, imperturbable, à l'affût derrière ses yeux. La vieille répondit, et sa voix lui parut venue d'une brume de bout du monde :

— Son nom ? Qui ne le connaît pas ? Tu veux l'entendre ? Le voici : Aymar de Lasserre, prieur du couvent des frères prêcheurs. Il était jeune inquisiteur, en ces jours de feux sans lumière (mais notre temps est-il meilleur ?). Après dame Anne-Marie, il n'a plus fait brûler personne, il s'est changé en saint docteur. Tant mieux pour nous, pauvres pécheurs ! Car deux ans durant, doux Jésus, quelle fricassée d'hérétiques !

Ce brave homme charrie, dans son capuchon noir, au moins quarante morts en cendres. La paix sur eux, sur nous aussi.

Alexis se dressa, les deux poings à son col comme si l'étouffaient les mots qu'il ne pouvait articuler et qui faisaient trembler sa bouche. Effaré, grelottant, il regarda son frère, gémit quelques mots inaudibles puis tendit le poing à la vieille, poussa un hurlement de douleur enragée et soudain tourna les talons. Il courut jusqu'à l'escalier, dégringola à grand chahut, bouscula la mère aubergiste que l'on entendit protester contre ses façons de chien fou. La porte en bas claqua si fort que la poussière du grenier en fut un instant réveillée.

Jaufré resta pétrifié. Il sentit sur sa joue le souffle de Delphine qui murmurait :

— Allons-nous-en.

Elle recouvrit la vieille femme jusqu'au menton, baisa son front. L'autre lui attrapa le bras.

— Quelle mouche a piqué le moine ? As-tu vu comme il s'est fâché ? Seigneur, qu'ai-je dit ? Qu'ai-je fait ? Je ne voulais pas qu'il s'en aille !

— Il était en peine, grand-mère, il avait à faire au couvent, il ne pouvait s'attarder.

— Ses mains sont si tendres, ma fille. Pourquoi sa tête a mal tourné ?

— C'est que son père l'appelait !

— Toi aussi, ma fille, ma vie, tu vas me laisser toute seule ?

— Grand-mère, la saison fraîchit, mon homme n'a rien à se mettre, me faut lui coudre un habit neuf.

— Ma fille, il fait encore doux, il peut attendre que je meure. Chante un peu pour moi, s'il te plaît.

Delphine caressa sa joue, se mit à fredonner tout doux une musique de comptine. Alors Jaufré leva le front, les sourcils hauts et les yeux grands comme s'il voyait un fantôme. Il avait entendu cet air mille et une fois de Thomette, au temps où la vie était simple comme la soupe sur le feu. De retrouver sa chansonnette, là, dans le gouffre où il était, serra son cœur à l'étouffer. Il se revit soudain riant sur les genoux de sa nourrice, quand il attendait qu'elle en dise le dernier mot tout rond, tout sot, en posant le doigt sur son nez. Il ne put tenir ses sanglots, enfouit dans ses mains sa figure, se dressa debout, titubant.

— Adieu, grand-mère, dit Delphine.

Sans plus de souci de la vieille qui partait en pleurnicheries comme une enfant abandonnée, elle prit son homme par l'épaule. Il se défit brusquement d'elle, descendit seul et s'en alla. Elle en resta désemparée puis se reprit, soudain rageuse. Elle le poursuivit dans la cour, laissa aller sa coiffe au vent, s'échevela, le rejoignit, se planta raide devant lui dans l'ombre mouvante du chêne, saisit à deux poings ses cheveux et lui rugit en pleine face :

— Ne t'apitoie pas sur ton sort, fils de rien, je te l'interdis. Mon homme n'est serf de personne, ni d'un seigneur ni d'un malheur. Accroche-toi à ton orgueil si rien d'autre ne peut t'aider. Redresse-toi. Regarde-moi.

Il lui obéit, étonné. Dans la lumière de ses yeux il vit une force intraitable qu'il n'avait jamais devinée. Elle s'adoucit, elle dit encore :

— S'il faut que je meure pour toi, je le veux bien. Mais fièrement.

Et tête basse, dans un souffle :

— Maintenant, si tu veux, va-t'en.

Il se détourna et partit. Elle le regarda s'éloigner dans le vent vif, droite sous l'arbre. Comme il retrouvait le chemin, elle lui cria :

— Rappelle-toi, nous sommes nés du même ciel !

Il ricana. « Oui, se dit-il, de la même nuit sans étoiles. » Il sentit son cœur déserté. L'envie le prit de fuir le monde, de n'être plus que sable au vent.

Le soleil bleu eut bientôt fait de lui désembrumer l'esprit. Comme il allait le long de l'eau, le pas franc, le sang réchauffé. « D'abord consoler Alexis, se dit-il. Cette vieille est folle, son histoire de cornecul a réduit sa vie en bouillie. Il ne s'en relèvera pas. Je vais le retrouver défait, sanglotant comme un nourrisson dans la barbe de Vitalis. Allons, frérot, debout, que diable ! Cette corneille de malheur nous a sans doute berlurés. Cette vieillarde a radoté, cette toupie, cette momie, nous a goinfrés de racontars. Imagine donc, si tu peux, le père Aymar inquisiteur, le nez derrière un crucifix, regardant brûler des visages, éclater des ventres, des yeux ! Quelle fable de vieille carne ! Fauruc ? Non, je ne l'oublie pas. Oui, Alexis, oui, petit frère, le fauve amoureux est bien là, prisonnier du grand homme triste qui ne nous a jamais servi que des soupes de sacristie. Eh bien quoi ? Nous lui parlerons. Il nous dira. Thomette aussi. Qu'elle veuille ou non, elle avouera ses cachotteries de friponne, nous y veillerons, sacredieu ! Et Anthelme ? Il n'a pas tout dit. Et Vitalis ? Ce mécréant garde des secrets sous sa langue. Quand nous viendra la vérité, nous la regarderons de face, et nous la verrons comme elle est, forcément moins abominable qu'elle nous apparaît aujourd'hui, je te le promets, Alexis. Ne perds pas courage, surtout. Tu en as, je sais, à revendre sous ton air de pauvre poulet. Eh bien, nous ferons ce qu'il faut. »

Il se surprit la tête haute à parler ainsi au frérot, au vent, aux arbres, aux maisons basses qu'il rencontrait sur son chemin. Il sentit son cœur ravivé. À tenter de donner des forces au moinillon, son frère aimé, il s'était amplement nourri. « Delphine, se dit-il, a dû faire de même. Elle s'est sans doute réchauffée au bien qu'elle a voulu me faire. Dieu veuille qu'il en soit ainsi. L'amour donne vie à qui aime. »

Un chant lui vint, fringant, furieux. Il l'accompagna jusqu'au pont où étaient des gens nonchalants, des chariots débordants, des ânes. Irait-il chez Anthelme ? Non. « Plus tard, se dit-il. J'ai le temps. Et le vieux me jouera du luth, l'oreille tendue à ses cordes. La musique qui lave tout effacera ma plaie ouverte une nuit, une heure, un instant. La note juste ne ment pas. Qui m'a dit cela ? Cardenal. Mais me rendra-t-elle jamais cette évidence d'être aimé que mon maître appelait la foi ? Cardenal, encore : “Mon fils, il faut que ta route ait du cœur. Ton rêve, ton étoile, ne les oublie jamais ! Alors tu pourras côtoyer les plus pervers des précipices, tu ne tomberas pas dedans.” Comme j'aimais son air content quand il me répondait ainsi ! Se savoir aimé. Je l'étais. J'en étais sûr sans ombre aucune encore jusqu'à ces jours-ci. Ma liberté d'aller, mes élans sans souci étaient là, dans ce sentiment que quelqu'un protégeait ma vie, que mon père était roi du monde et qu'il me gardait de tout mal. Voilà que tout cela s'effondre. Que me reste-t-il ? Presque rien. Un rêve naïf, ridicule, trop beau pour moi. Atteindre un jour la musique du cœur du monde. C'est étrange, quand je chansonne, quand j'entends les notes accourir avec l'envie de vivre ensemble, je sens comme une bienveillance, comme si Dieu était d'accord. Mais si le malheur vient quand même ? Mon maître, que me disiez-vous ? "Alors chante, souffre mais chante. Jusqu'à ton dernier souffle, chante. Contre l'horreur de ce bas monde nous n'avons rien à opposer qu'un chant même pas murmuré, qu'une allégresse sans raison." » Comme il parvenait sur la place : « Allons, qu'importe tout cela. Me faut retrouver Alexis. »

En haut de la rue d'Enloba, il croisa quelques maritornes qui houspillaient un homme enfui parmi des promeneurs surpris. Il se mit à courir aussi, parvint à hauteur du couvent. Le mendiant fou, quand il le vit, sortit de la parlote informe qu'il serinait à son caillou, rampa vers lui et l'insulta avec un entrain si féroce que Jaufré s'arrêta, les poings à la ceinture, furibond, la bouche tordue. Il lui lança :

— Quoi ? Que veux-tu ? Me maudire ? C'est déjà fait. M'expédier en enfer ? J'y suis. Je n'habite pas ce couvent, m'entends-tu bien, foutue crapule ? Je suis Jaufré de nulle part !

Alors l'autre, soudain craintif, baisa le sol, se redressa, désigna le portail béant et râla :

— Mon garçon s'inquiète !

— Ton garçon, pauvre homme ? Qui est-ce ?

Le fou aussitôt s'embarqua en explications volubiles mais si confuses que Jaufré n'en comprit pas le moindre mot. Il haussa les épaules et tourna les talons. Comme il pénétrait dans le cloître, « il sait donc parler », se dit-il, pensant au gueux imprévisible qui maintenant, derrière lui, se confiait à son caillou comme à l'oreille d'une femme. Il l'imagina un instant émergeant enfin de sa nuit, enfantin, lumineux, joyeux, simple comme un soleil de Pâques, et découvrant un monde neuf. Il s'en émut, vit frère Gui avec Benoît son bon ami qui se partageaient un bol d'eau en bavardant au bord du puits. Il vint à eux, leur demanda :

— Avez-vous vu frère Alexis ?

— Où pourrait-il être, grand Dieu ? répondit Benoît, excédé comme si la question posée était d'une futilité prodigieusement accablante.

Il fit voleter sa main gauche.

— À ses fourneaux, évidemment.

« Ces sodomites me haïssent avec une étrange ferveur, pensa Jaufré. Leurs yeux font peur. Ils rêvent d'être un jour des juges inquisiteurs. On leur a sans doute conté chez les jacobins de Toulouse les vieux exploits du père Aymar, et c'est pour ses flambées de gens, pour ses meurtres qu'ils le vénèrent. » Il se détourna sans un mot, s'en alla droit à la cuisine sans souci des plants de fenouil du jardinet autour du puits.

Il découvrit le lieu désert et d'une froideur désolée. Le feu n'était pas allumé. Sur la table étaient alignées des boules de pâte grisâtres pétries depuis la veille au soir. L'air alentour lui parut mort. « Allons, je m'inquiète pour rien », se dit-il, le cœur effondré. Il courut à la bibliothèque. Le blondinet et son Benoît le suivirent d'un œil content en ricanant des moqueries tandis qu'il traversait en hâte les ombres de la galerie.

Avant même le seuil il appela son frère. Il poussa la porte, essoufflé, s'arrêta, scruta la pénombre. Le vieux Vitalis était seul. Dans la lueur de la bougie, la langue dehors, le dos courbe, il ornait une majuscule d'arabesques colorées. Il lança, sans lever le front :

— Alexis ?

— Non, gronda Jaufré.

— Il se laisse aller, cet emplâtre, marmonna l'autre, le nez bas. Il n'a pas écrit une ligne depuis son cahier d'hérésies.

Il soupira, se redressa, planta dans l'encrier sa plume, considéra son visiteur de pied en cap et dit encore :

— Tu m'as l'air flapi, mon garçon. Ou tu viens de braquemarder avec une sacrée diablesse, ou tu as oublié ton sang dans un souci plus grand que toi. Tu es pâle comme un Noël.

Jaufré s'assit face à sa barbe, s'accouda sur la table et dit :

— Faut-il que je vide mon sac ? Je vous préviens, j'y cache un diable.

Le vieillard l'observa, l'œil aigu. Il risqua :

— Tu es donc allé le chercher, et ce bougre-là t'a farci de mille misères puantes. Alexis était avec toi ?

— Il sait aussi. Hélas pour lui.

— Qu'avez-vous découvert, dis-moi ?

— Que pourrais-je bien vous apprendre que vous ne sachiez mieux que nous ?

— Qu'importe, Jaufré, va toujours.

— Le père Aymar inquisiteur. Saint patron des arracheurs d'ongles et autres bourreaux de malheur. Des dizaines de pauvres gens condamnés à brûler vifs devant les anges du portail de l'église Saint-Antonin. Le procès en sorcellerie fait à l'épouse de Fauruc. Où étiez-vous en ce temps-là ?

Vitalis repoussa devant lui ses feuillets, puis torchant ses doigts tachés d'encre :

— C'est tout ? Tu n'as rien oublié ?

Lui si prompt à tonitruer au moindre nuage passant semblait d'un calme d'archevêque. Ses vieilles mains pourtant tremblaient. Jaufré s'en aperçut à peine. Il bafouilla, scandalisé :

— Hé quoi, n'est-ce pas suffisant ?

— Qui t'a dit tout cela ? Fauruc ?

— Une aïeule, dans un grenier, une momie, une sorcière oubliée même de la mort.

— Alexis a donc entendu, puis il s'en est allé tout seul, les yeux par terre, je suppose.

— Il a braillé, il s'est enfui comme un loup à la queue brûlée. J'espérais le trouver ici.

— Pauvre petit, dit Vitalis.

Il s'en fut tisonner dans l'âtre puis s'assit sur le petit banc devant les lueurs ravivées. Il paraissait soudain si vieux que Jaufré lui vint à côté, posa la main sur son épaule et murmura :

— Il reviendra.

Le moine demeura perdu à regarder danser les flammes. Il eut de la peine à parler. Il dit enfin :

— C'est un enfant. Toi, Jaufré, tu as la musique, elle te fait des ailes d'oiseau. Tu peux partir, le ciel est vaste. Lui, s'il tombe à l'eau, il se noie. Le père Aymar était son roi.

— Allons, il n'est pas si fragile.

— Il a besoin d'aimer. Il est tout comme moi.

— Vous êtes ainsi, Vitalis ?

— Mais non, mon garçon, je divague.

Il chassa devant lui une mouche invisible, et laissant à nouveau aller le menton contre sa poitrine :

— Il est sûrement chez Thomette. Va le chercher, amène-le dans la cabane de roseaux, celle que vous avez bâtie dans les herbes du bord de l'eau, au temps où vous étiez jolis. Berce-le, tu ne peux rien d'autre. Chante-lui ce que tu voudras mais ne le lâche pas d'un doigt, tiens-le serré fort contre toi.

Jaufré se leva vivement. Le vieux le retint par la manche, le fit s'abaisser jusqu'à lui et dit encore, l'œil aux flammes :

— Je veux que tu saches ceci : le jour où Aymar fut nommé juge inquisiteur de Pamiers, j'étais avec lui dans la salle. Au soir de la cérémonie il m'a demandé de siéger au tribunal des rôtisseurs, à sa droite, en costume neuf. Je n'ai même pas refusé. Je suis parti seul par les rues. J'ai erré trois jours et deux nuits. Je me suis fait moine mendiant. Dans mon cœur, plus mendiant que moine. Je sais ce que souffre Alexis. J'étais aussi perdu qu'il peut l'être aujourd'hui. J'ai voulu me tuer. Va-t'en.

Il le repoussa rudement.

Dans le cloître, ni vent ni moine. Jaufré s'en fut au coin du mur où était une porte étroite. Il l'entrebâilla, méfiant. Une brise fraîche lui vint du jardin de simples d'Aymar. Il aperçut au loin, comme il le redoutait, le grand corps du prieur courbé sur ses plants de sauge fleurie. Son cœur aussitôt s'emballa. Le voir, lui parler (que lui dire ?), passer même au large de lui, franchir sous son regard l'espace ? Trop de chagrin, haine trop vive, il ne pourrait faire trois pas.

Là-bas, derrière l'éboulis, était la maison de Thomette. Elle était rentrée du marché. Il la vit qui chassait un chien, le bâton haut, sur le chemin. Il fit, pour la rejoindre, le grand tour par la rue. Courir lui raviva les sangs. Il perdit en route son souffle et parvint sans voix sur le seuil où la nourrice l'attendait. Elle l'avait aperçu de loin.

— Je connais mon Jaufré, lui dit-elle, rieuse. Quand il galope ainsi vers sa bonne maman, c'est que son ventre crie famine. Entre donc, j'ai du lait au miel.

— Je cherche Alexis. L'as-tu vu ?

— Il est au couvent, à cette heure. Il doit sortir son pain du four.

— Non, Thomette, il n'est nulle part.

Il entra, se laissa tomber sur le banc qui longeait la table. La nourrice trotta au feu et, touillant le lait dans son pot :

— Il reviendra bien assez tôt.

Jaufré s'en fut à la lucarne, ne vit sous le ciel qu'un vieil homme, le dos courbé sous son fagot.

— Il m'inquiète, ce bougre d'âne.

— Hé, qu'importe, gronda Thomette, il travaille chez Vitalis, ou lorgne le cul des pucelles au marché de Saint-Antonin.

Elle lui tendit un bol fumant.

— Bois chaud, mon Jaufré. Dieu te garde.

Elle le regarda savourer à petites gorgées prudentes, les mains croisées sous ses seins lourds, les yeux pétillants sous sa coiffe. Il la détesta tout à coup. Il leva le front. Il lui dit :

— Tu n'aimes pas ton fils, n'est-ce pas ?

Elle eut un rire bref, elle haussa les épaules.

— Alexis ? Oh, je le supporte. Dieu me l'a donné. C'est ainsi.

— Anthelme, lui, l'aurait aimé.

Elle rougit, s'offusqua. Elle bredouilla :

— Anthelme ? Misère de mes os, que vient-il faire là ?

— N'étiez-vous pas de bons amis ? Je sais qu'il t'aurait épousée malgré ton marmot de rencontre. Aymar n'a pas voulu. Pourquoi ?

Elle glapit, la bouche mauvaise :

— Qui t'a chanté cette chanson ? Ton luthier, ce vieux fripouillard qui m'a laissée seule deux ans sous prétexte d'apprendre à vivre chez un tenancier de bordel ?

— Un maître lombard, à Toulouse. Apprenti dans son atelier. Tout ce temps, il ne fut rien d'autre. Il lui fallait bien un métier. Tu en avais un.

— Oh, si triste.

— Servante au château de Fauruc. Le procès, le bûcher, Aymar. Pourquoi l'as-tu choisi, Thomette ?

Il pensa soudain : « Le château », resta un instant bouche bée, privé de souffle, les yeux grands. « Le rempart, l'à-pic, Alexis. » Il le vit droit sur un créneau, les bras ouverts, prêt à l'envol. La nourrice, en larmes, cria :

— Ton père m'a sauvé la vie !

Il prit à deux mains sa figure. Il dit :

— Tu mens.

Il s'en alla.

Il oublia le chemin droit, le sentier tracé dans le bois, courut de roncier en rocaille, franchit le torrent hors du gué, aperçut un pan de muraille dressé contre le ciel pâli, fit halte, appela :

— Alexis !

Des oiseaux fuirent dans les branches quelque part au-dessus de lui. La forêt enfin s'éclaircit. Il parvint au bas du rocher planté sur l'étroite vallée, leva le front et l'aperçut, là-haut, sur le mur éboulé. Le vent du soir poussait son habit vers le vide. Jaufré le vit ouvrir les bras. Il l'entendit rire. Il hurla.

9

Un large chemin cavalier parmi les buis et les ronciers menait au portail du château. Jaufré le gravit un moment, s'impatienta, l'abandonna. Trop sinueux. Interminable. Il prit la montagne de front, s'agrippant aux herbes, aux arbustes, aux éperons de rocs, aux parois déchirées. Il s'acharna des pieds, des poings et des genoux, s'éreinta jusqu'à ne plus voir, le souffle en feu, que brume rouge, poussé, tiré, hissé par des mots de prière obstinés, enragés, sans cesse martelés avec son sang aux tempes : « Du bon côté, du bon côté, Alexis, par pitié, tombe du bon côté. » Il parvint au pied du rempart, appela encore son frère, s'égosilla, ne le vit plus perché sur le créneau fendu. Il rejoignit l'allée. L'arche béante du portail était à cent pas devant lui. Il courut, la franchit, fit halte. Ses jambes ne le portaient plus. Il s'effondra contre un chariot décarcassé parmi les herbes.

Alexis était là, au milieu de la cour, qui s'en venait vers lui parmi la folle avoine. Jaufré voulut parler, il n'en eut pas la force. Il resta affalé. Il lui tendit le poing. Le petit moine lui lança :

— Tout de même, je m'inquiétais. Je me suis dit : « S'il tarde encore, la nuit va me tomber dessus et je resterai là, tout seul, dans ces vieux murs, avec les bruits des bêtes. » Il y en a partout par ici.

— Putain de chien galeux, bandit, râla Jaufré, approche donc, que je t'étripe.

À grand-peine il se releva, débordant d'insultes confuses, s'avança, rageur, titubant, tomba dans les bras de son frère comme un ivrogne à bout de vin.

— Quand je t'ai vu perché sur ce bord de vieux mur, dit-il enfin, les larmes aux yeux, j'ai pensé : « Il va s'envoler vers le cimetière des anges. »

Alexis eut un air de reproche enfantin.

— Qu'as-tu fait tout ce temps ? dit-il. Tu savais bien pourtant que je viendrais ici.

— Il suffisait d'un rien, d'une pierre éboulée.

— Je guettais ta venue, on voit loin, de là-haut. Et je voulais savoir si j'avais le vertige.

— Non, crapule, tu hésitais. La vie et la mort t'appelaient et tu écoutais l'une et l'autre.

Son frère s'étonna, s'illumina soudain.

— Oh, c'est vrai, lui dit-il, tu as connu cela la veille de ton grand départ, tout grelottant dans le brouillard, avec ton luth en bandoulière. Tu m'as fait un bonheur de prince, l'autre nuit (tu te souviens ? au bord du puits), mais, canaille, tu m'as menti. Ce n'est pas pour l'amour de moi que tu as penché vers la vie.

— Et pour quoi donc ?

— Tu le sais bien. Parce qu'elle était la plus forte. Elle tenait à toi, elle t'aimait. Elle t'a fouetté, piqué au cul pour que tu ailles où elle voulait. Oh, je commence à la connaître. Elle me tient aussi, je le sens. Elle m'enrage, elle me crie dessus, elle me donne envie d'écraser le père Aymar et son couvent dans une poigne de géant.

— La tienne ?

— Et pourquoi pas la mienne ? Ne te moque pas, s'il te plaît.

Il lui prit le bras, l'entraîna.

— Viens visiter notre maison. Elle est humide, mais vivable. J'ai fait du feu en t'attendant.

La porte de la salle était rongée par l'eau qui croupissait au creux de la pierre du seuil. Au-dedans, la flambée dans la cheminée haute avait à demi réveillé les fêlures du plafond peint, la vieille pénombre moisie, les tapisseries effondrées et le voile épais de poussière sur le banc et la longue table où était encore un bol vide parmi des restes de pain noir. Devant l'âtre Alexis avait tiré un coffre hâtivement épousseté. Ils s'assirent. Jaufré contempla l'alentour. À sa droite, contre le mur orné de couleurs écaillées, était un envol d'escalier qui se perdait dans un noir d'encre.

— Il est cassé, dit Alexis. Je l'ai quand même escaladé. À l'étage sont quelques chambres. Je ne suis pas monté plus haut.

Il lui désigna une porte à côté de la cheminée.

— Le logement des domestiques était dans la petite cour avec les réserves de grain.

Son regard un moment erra parmi les ombres. Il lui dit encore, à voix basse :

— L'homme qui a vendu dame Anne-Marie a dû dîner là où nous sommes, devant un feu de bienvenue pareil à celui qui nous chauffe. Imagine. Elle est descendue toute pâle, le bras bandé tenu serré sur sa poitrine, avec Thomette qui l'aidait. Fauruc lui est venu devant, il l'a menée devant ce diable.

Il se tut, demeura songeur, puis :

— Jaufré, il faut les venger, faire quelque chose de mal, de scandaleux, d'inoubliable.

— Quoi donc, dis-moi ?

— Je ne sais pas. Je souffre mais je suis tout neuf. Suis-je encore frère prêcheur ? Le père Aymar n'est plus que cendres, il me cachait un grand pays, le mien, simple, sans foi ni loi. L'espérance n'y pousse pas. Il est sans Dieu, sans importance.

— Tu ne sais pas faire le mal.

— Je dois réfléchir à cela.

Il remit une bûche au feu, il soupira et dit encore :

— Nous sommes bien ici, n'est-ce pas ?

Jaufré le poussa de l'épaule.

— Sais-tu qui nous loge, frérot ? Grégoire, évêque de Pamiers. Dès le lendemain du procès, au nom de sa mère l'Église, il a confisqué le château. C'est Anthelme qui me l'a dit. Et les paysans des hameaux qui s'échinent sur son domaine lui paient des charretées d'impôts chaque premier jour de l'année.

— Jaufré, je veux quitter ce monde. Je veux vivre à l'écart de ces lois, de ces gens.

Un bruit de galop sourd, puissant, traversa le devant de porte, s'éloigna un moment, revint. Ils se dressèrent. Ils écoutèrent.

— Des loups, tu crois ? dit Alexis.

Jaufré prit dans l'âtre une branche, courut dehors, le feu au poing. Des lueurs rougeoyantes, au loin, s'alanguissaient et les hauts remparts alentour s'habillaient déjà de ténèbres. Alexis désigna le portail de la cour.

— Regarde, lui dit-il, un cerf. Vois comme il est beau, c'est un roi. Il est déjà venu peu de temps avant toi.

Immobile sous l'arc ombreux, les bois amplement déployés, majestueux, fantomatique, l'animal semblait défier ces deux hommes au pas de la porte qui n'osaient s'approcher de lui. Ils risquèrent un pas dans la nuit. L'ombre superbe disparut. Ils s'en retournèrent dedans. Jaufré aiguillonna le feu et s'affala contre Alexis sur la pierre chaude de l'âtre.

— Demain, dit-il, quoi qu'il arrive, il nous faut délivrer Fauruc.

Son frère se pelotonna douillettement sous son manteau et se laissa ensommeiller par la danse vive des flammes. Il dit enfin :

— Dans la réserve il y a du blé pour un hiver et des fruits sauvages partout. Va chercher notre bonne amie et vivons ici tous les trois.

Jaufré, somnolent, marmonna :

— Delphine ? Non, elle serait mal. Elle n'est pas fille de château, ni de village, ni d'auberge.

Il pensa : « Elle est comme moi. Elle poursuit un rêve, une étoile, sans savoir quel chemin y va. » Il voulut le dire à son frère mais il dormait, abandonné, la tête couchée sur l'épaule.

Le froid les réveilla. Le feu était éteint. Jaufré se dressa à grand-peine. Il était de partout rompu. Il remua le moinillon, du bout du pied. L'autre grogna, se hissa debout et bâilla en fourrageant dans sa tignasse. Un petit jour brumeux, revêche, éclairait vaguement le seuil et quelques dalles de la salle. Des meubles qu'ils n'avaient pas vus, la veille au soir, leur apparurent, ruinés, souillés, déshonorés. Des rats fuyaient le long des murs. Jaufré pensa : « Pauvre richesse. » Il en ricana au-dedans. Il sortit au pas de la porte. Dans la cour des lambeaux de brume s'effilochaient au ras du sol. Alexis lui vint à côté.

— Il nous faut partir, dit son frère. Le pauvre Vitalis doit s'inquiéter de nous.

Et le moine :

— Delphine aussi.

Ils se ravivèrent les sangs à se barbouiller la figure d'une poignée d'herbe mouillée et, tout rabougris par le froid, franchirent le seuil du portail.

Comme ils abordaient le chemin qui dévalait parmi les rocs, chacun soudain arrêta l'autre. Ils avaient vu bouger une forme, une bête dans les profondeurs du brouillard. Leur attente ne dura guère. À quelques pas d'eux le grand cerf émergea des nuées passantes parmi les buissons du maquis. Il fit halte aussi, flaira l'air, les examina de son haut, puis il se détourna sans hâte et descendit au petit trot vers les ombres de la vallée, flânant de-ci de-là, se frottant aux arbustes, reniflant des cailloux.

— Vois, ce n'est pas un animal, dit Alexis. Il faut le suivre. C'est un esprit de la forêt. Il nous veut du bien, je le sens.

Jaufré rit, bouscula son frère, s'en fut parmi les épineux, cria plaisamment à la bête :

— Hé, l'esprit, as-tu entendu ? Je t'écoute, parle tout net, cela nous changera des mensonges d'Aymar. Es-tu ce que dit ce benêt ou juste un bestiau de campagne, un rien tout aussi rien que nous ? Eh bien quoi, sois bon, réponds-moi !

Le cerf, effarouché, bondit hors de portée, s'arrêta, brouta quelques herbes, observa encore ces hommes qui avaient repris leur chemin, le pas fringant, la voix sonore dans le silence du matin.

— Tu ne devrais pas te moquer, dit Alexis, c'est imprudent. Ces êtres du monde invisible sont extrêmement ombrageux. Ils peuvent te changer en poule d'un regard entre les deux yeux.

— Allons, frérot, sois raisonnable, tu ne crois pas à ces folies.

— Non, bien sûr, mais sait-on jamais ? Regarde, il prend le chemin bas.

Ils étaient parvenus au seuil de la forêt. Le cerf disparut sous les arbres. Alexis le suivit. Il appela son frère.

— Nous serons plus vite rendus par le torrent sec, dit Jaufré. Vitalis nous attend, que diable !

— Non, non, allons où veut l'esprit.

— Ne fais pas l'âne, c'est un cerf. Un cerf qui broute, un cerf qui pète, un cerf de chair et d'os. Un cerf.

— Allons, Jaufré, fais-moi plaisir. Ces magies ne sont rien qui vaille, je te l'accorde volontiers, mais j'aime jouer avec elles.

Et comme l'autre renâclait :

— Foutu mécréant, que crains-tu ? Ce chemin est plus long que l'autre mais viens donc, nous avons le temps.

Il lui prit le bras, l'entraîna.

— Je sais où il va, dit Jaufré. À la clairière des Martoux, chez Colomer, le bûcheron. C'est au retour d'une visite à son grand frère moribond que le père Aymar m'a trouvé.

— Thomette me l'a raconté, à moi aussi, dit Alexis.

Il allait devant d'un bon pas. Il s'arrêta. Il dit encore :

— Tu admets donc, tête de mule, que ce cerf n'est pas un vrai cerf.

Il repartit fier comme un coq.

Ils marchèrent sans plus parler jusqu'au mur de bûches entassées au bord de la vaste éclaircie où demeurait le bûcheron. Un chien leur vint dessus. Son aboiement féroce fit fuir une nuée d'oiseaux. Colomer, qui taillait une canne de buis, assis au seuil de sa cabane, le rappela d'un sifflement, sans autrement se déranger. L'homme puait comme un vieux mort. Il était borgne, hirsute, ignoble. Alexis le bénit, la main papillonnante, de trois signes de croix et Jaufré, l'estimant stupide, le salua d'un « Dieu vous garde » d'une trop bruyante bonté. Comme l'autre tendait une oreille de sourd :

— Je suis le fils du père Aymar, le prieur du couvent des frères. Je crois que vous étiez amis. C'était il y a bientôt vingt ans.

Le bonhomme fit oui d'un coup de tête sec mais son œil resta méfiant.

— Il est venu un jour soigner votre parent. Souvenez-vous, c'était l'hiver, et vous l'avez raccompagné. Il y avait des loups qui rôdaient.

Colomer approuva, grogna deux fois du nez.

— La campagne était blanche, c'était avant Noël. La plaine de Lestang, le ciel gris, les corbeaux, une vieille charrue abandonnée, au loin.

Alexis, dans son dos, à voix basse :

— Regarde !

Jaufré se retourna. Le grand cerf était là, au bord de la clairière. Sa tête par-dessus les bûches, immobile, les contemplait. Le chien, la queue haute, aboya un salut à son visiteur. Le bûcheron n'y prit pas garde. Jaufré, apparemment, le préoccupait plus que cet hôte impromptu. Alexis se pencha sur lui :

— Qui est-ce ? lui dit-il en désignant la bête.

Colomer en resta stupidement béat. Il haussa les épaules. Il dit enfin :

— Un cerf.

— Il n'est guère sauvage.

— C'est un ami, répondit l'autre.

Sa figure s'épanouit.

— Il vient de temps en temps me tenir compagnie. Il nettoie mes fagots, il effeuille, il écorce, il aime bien cela. Les animaux du bois sont de bon voisinage quand on ne les tourmente pas.

— Bref, dit Jaufré, ce jour d'hiver, avez-vous vu, Aymar et vous, un enfant perdu dans la neige, vêtu de riens, tout grelottant ?

L'homme resta longtemps l'œil fixe dans son brouillard de souvenirs, appliqué comme un écolier, inquiet de ne rien voir éclore.

— Un enfant ? dit-il. Quel enfant ? Et quelle neige ? Et quels corbeaux ? Il faisait gris mais sec, mon frère se mourait de sa colique verte. J'ai raccompagné le prieur, c'est vrai, jusqu'aux murets des champs. Nous n'avons croisé qu'un chariot qui faisait route vers Toulouse. Le père m'a baisé le front, il m'a dit qu'il me bénissait et chacun s'en est retourné, lui au couvent, moi sous mes arbres.

Jaufré se redressa et resta là planté, la mine si désemparée que le bûcheron s'inquiéta. Il se tourna vers Alexis, demanda :

— Qu'ai-je dit de mal ?

— Rien, brave homme, soyez tranquille, lui répondit le moinillon. Cependant, entre nous soit dit, il serait bon pour l'air du monde que vous preniez le temps, au moins une fois l'an, de vous débarbouiller le cuir. La paix sur vous. Dites au cerf que frère Alexis le salue.

Il entraîna son compagnon.

Comme ils allaient par le sous-bois :

— J'ai froid, je gèle, dit Jaufré. Il me semble que rien, jamais, ne pourra réchauffer mes os. Je me sens tout déshabillé, nu comme un mort dévalisé, ou comme ce fils de la neige qui n'a même pas existé.

Le moinillon ôta son manteau et le lui posa sur le dos. Il dit, trottant à son côté :

— Tu es aimé de la musique et d'une amie tombée du ciel. Ne les oublie pas, mon Jaufré, ils te feront une vie neuve.

— J'ai eu un père et une mère. Peut-être vivent-ils toujours. Peut-être me connaissent-ils. À qui Aymar m'a-t-il volé ?

— Ce Colomer est une buse. Quinze ou vingt années sont passées. Te souviens-tu, toi, de ces jours ? Il ne t'a même pas menti, il a radoté, voilà tout. As-tu vu son œil de mulet ? Sa pauvre mémoire est trouée comme un chapeau d'épouvantail. Marche moins vite, tu m'essouffles.

— J'ai su ce qu'il allait me dire dès que j'ai vu ton foutu cerf prendre le chemin des Martoux.

— Un hasard, mon beau, rien de plus.

— Non, un signe.

— Mort de mes yeux ! Tu m'as traité de pet-en-l'air, tout à l'heure, quand je jouais avec ces sornettes païennes. Tu avais raison. J'avais tort.

— Peut-être pas. Comment savoir ?

Ils étaient parvenus à la sortie du bois. Devant eux les champs, le vent triste, des fumées, au loin, sur les toits. Jaufré fit halte. Il dit :

— Regarde. J'ai cru que j'étais né ici. Enfant de Dieu et de l'hiver.

Alexis répondit (sa voix tremblait un peu) :

— Assez, Jaufré. Tu me fais honte. Reviens-moi, par pitié. Dis, pour qui te prends-tu ? Pour un fils de prince offensé ? Enfant de Dieu et de l'hiver ! Hélas pour toi, pauvre petit, tu n'es rien que le frère aîné d'un moine nommé Alexis. Je suis sorti, moi, d'une femme qui m'a porté comme un fardeau. Elle ne voulait pas me voir naître, elle me l'a dit tout cru le jour de ton départ. Mais je suis quand même venu parce qu'un trouveur de chansons et ce paillard de Vitalis m'attendaient devant un couvent pour jouer au jeu de la vie, vaille que vaille, en ce bas monde. Joue donc. Cesse de rechigner. Ton sort te paraît pitoyable ? Le mien me surprend tous les jours. Il est vrai que je suis idiot, que je me sais sans intérêt, que je ne me suis jamais pris pour l'enfant chéri d'un prieur. Tu tombes de plus haut que moi. Ne t'en va pas, écoute-moi. Vitalis et toi, je vous aime comme l'oiseau aime le ciel. Je me sens chez moi dans vos cœurs. Vous êtes chez vous dans le mien. C'est une petite lumière, elle n'éclaire pas loin devant, mais ce presque rien me suffit pour que je sois content de vivre, malgré le mauvais temps qu'il fait.

— Moi, je regrette d'être né. Quel farceur, quel pendard sinistre m'a enfermé dans cette peau ?

— Aime-moi, Jaufré, aime-nous, aime ceux dont les yeux s'allument quand ils pensent à toi. Tu verras, ton malheur s'oubliera tout seul.

L'autre, railleur, grogna :

— Amen.

Et il s'en alla, le pas long. Alexis, derrière, brailla :

— Ne te moque pas, attends-moi !

Jaufré entendit un sanglot. Il soupira. Il attendit. Le moinillon lui prit la main.

— Pardonne-moi, dit-il, je te console mal. Je suis maladroit, je le sais. Il me faudrait de la noblesse, du grand souffle pour t'émouvoir, mais voilà, je vole trop bas.

Son frère lui jeta un coup d'œil attendri. Il lui répondit, amusé :

— Tu n'as pas le sens du tragique.

— Non, pas du tout.

— Moi, si, hélas.

— J'aime bien cet « hélas », mon beau. Il porte l'espoir de revivre. Dans cet « hélas » je sens un rayon de soleil. Tu n'es pas dupe du Jaufré qui s'imagine valeureux, digne de l'attention du monde. Pourquoi diable ricanes-tu ?

— Je pense à une vieille histoire qui amusait beaucoup maître Anthelme, autrefois. Je crois qu'il l'avait entendue d'un Arabe, en Andalousie.

Alexis rit d'avance.

— Raconte-moi, dit-il.

— Un pauvre homme, un mendiant, se réveille un matin sous le mur du palais royal où il avait osé dormir. Les gardes sont là, qui l'entourent, qui le remuent à coups de pied. Ils lui disent : « Debout, brigand ! » L'autre répond : « Brigand ? Oh non, je suis de plus haute nature. » Les gardes s'étonnent. Ils s'exclament : « Que veux-tu dire ? Parle clair. Serais-tu par hasard un noble en visite chez les pouilleux ? » (Dans ce pays, parfois, les princes aimaient jouer aux gens de peu.) L'homme s'obstine. « Un peu plus haut. – Je vois, dit un sergent (il rit, sa panse tremble, il désigne aux autres le gueux), c'est Sa Majesté en personne ! N'est-il pas vrai ? – Un peu plus haut », murmure l'autre, imperturbable. « Sacrilège ! disent les gardes. Au-dessus de Sa Majesté, il n'y a que Dieu. L'ignores-tu ? – Je suis un peu plus haut que Dieu. – Mais plus haut que Dieu, il n'y a rien ! » Le mendiant, tranquille, répond : « En vérité, je suis ce rien. »

Alexis s'arrêta au milieu du chemin, ouvrit les bras et dit aux nuages errants :

— Parole du saint Évangile des hommes libres sous le ciel ! Viens que je t'embrasse, Jaufré. Aucun malheur, même le nôtre, aucun prieur, aucun mensonge, aucun drame ni tragédie n'approcheront jamais la hauteur de ce rien !

— Nous n'y sommes pas, dit Jaufré.

— Moi, répondit le moinillon, à cette heure, je m'y sens presque. Oh, j'en retomberai, mais je sais maintenant où mon étoile veut que j'aille. N'être rien, quelle volupté ! Il faut que je voie Vitalis.

Il partit en courant, fit halte, s'en revint.

— Va faire l'amour à Delphine. C'est un ordre. Je te bénis. Garde mon manteau.

— Non, j'ai chaud.

Son frère eut un éclat content.

— Allons, lui dit-il, tout est bien. Je t'ai quand même consolé.

Jaufré le regarda un moment s'éloigner, puis s'en fut sans hâte à l'auberge.

Il aperçut Delphine, au loin, sur le chemin. Elle s'en revenait du marché. Elle ne vint pas à sa rencontre. Elle laissa tomber à ses pieds son panier empli de verdures et l'attendit là, toute droite. Il la prit aux épaules. Elle lui dit :

— Alexis ?

Il répondit :

— Il va. Je le quitte à l'instant. Il était en visite au château de Fauruc.

D'un soupir soulagé elle dit merci au vent, se blottit contre sa poitrine. Il l'étreignit, il la berça, il murmura dans ses cheveux :

— Tu t'inquiétais de lui ? Pourquoi ?

— J'ai vu sur la place un vieux clerc du couvent des frères prêcheurs, il errait comme un égaré, il disait son nom aux passants, leur demandait s'ils l'avaient vu. Il semblait craindre pour sa vie.

— C'était Vitalis, dit Jaufré, le moine copiste. Son père. Alexis, à cette heure, a dû le retrouver. Moi, j'ai perdu le mien.

Il dit ces derniers mots avec une amertume qu'il regretta. Elle l'asséchait. Il ajouta :

— Mais peu importe.

Il se chargea de son panier, elle prit l'anse près de sa main, et tandis qu'ils entraient dans la cour de l'auberge, tranquillement, à voix légère, comme s'il contait des broutilles, il lui répéta les paroles de Colomer, le bûcheron. Ils firent halte sous le chêne.

— C'est bien, lui dit-elle.

Elle se tut, parut réfléchir, dit encore :

— J'ignore pourquoi, mais c'est bien.

La matrone passa la tête à la lucarne et lui cria :

— Le chaudron bout, la vieille attend ! Ce n'est tout de même pas moi qui vais lui porter sa becquée ! Allons, presse-toi donc, bougresse ! Où te crois-tu ? Dans un bordel ?

— Quitte cette maison, Delphine, dit Jaufré.

Comme ils entraient dans la salle :

— Je voudrais, mais je ne peux pas. Que ferait grand-mère sans moi ?

— Alexis s'occupera d'elle. Il t'aime, il le fera pour toi, pour nous, par bonté naturelle. Je pense parfois qu'il est saint, tant il n'est rien, tant il est simple.

Elle répandit ses provisions sur la table, troussa ses manches.

— Veux-tu bien m'aider ? lui dit-elle. Tranche le chou, lave les raves et pèle aussi quelques oignons.

Et réveillant les braises à coups de tisonnier :

— Je n'ai nulle part où aller.

— Tu serviras chez maître Anthelme.

Il la sentit tout espérante. Elle murmura :

— Me voudra-t-il ?

— Il t'accueillera de bon cœur. Quand il me regarde parfois, c'est toi qu'il cherche, je le sais. Ma musique est née sous son toit. Le meilleur de moi est chez lui.

Elle lui fit face, et bravement :

— Ton lit aussi.

— Il te fait peur ?

— Je n'ai jamais touché un homme. Aucun homme ne m'a touchée. Ma peau ne sait rien de ton corps. Je suis ignorante, Jaufré.

Elle resta longtemps sans parler. Elle s'affaira autour du feu, émietta du pain dans la soupe puis la blanchit d'un jet de lait. À la fin, sans le regarder :

— Si tu veux de moi, je viendrai. Dieu veuille que tu m'aimes bien.

Elle dit cela d'un air si simple, si démuni, si fier aussi qu'il se sentit monter des larmes. Elle vit ses yeux s'illuminer. Elle en fut surprise. Elle sourit.

— Prends l'écuelle et le torchon et le pain aussi, lui dit-elle. Le pot de soupe, je le porte. Prends garde aux marches, je te suis.

Il voulut dire les paroles qui lui débordaient du regard, serments, merveilles, folies tendres, mais rien ne lui parut plus beau que cet amour intimidé caché dans des mots de ménage. Ils montèrent ensemble au grenier.

La vieille était toute dolente. Elle les accueillit aigrement.

— Et le petit moine, dit-elle, où est-il ? Qu'en avez-vous fait ? Il était si joyeux, si tendre !

— Il viendra demain, dit Jaufré. Vous l'aurez tout à vous, grand-mère.

Elle s'assit en grinçant, elle souffla sur sa soupe, elle rit un peu, songeuse. Elle dit :

— Il me fait penser à Délie, ma presque fille, ma jolie du temps où elle était jeunette. Il pourrait être son garçon s'il avait vécu, le pauvret. Fluette, maligne, rieuse, amoureuse, pour son malheur. Pauvre petite ! Elle a brûlé pour avoir couvé dans son lit, deux ans durant, un hérétique qui lui faisait chanter matin en pleine nuit. « Il me fait tant jouir, me disait la coquine, que j'en ris parfois toute seule, à l'église, dans mon missel ! » Délie, on l'appelait ainsi entre filles, par affection. Quel était son vrai nom ? Je ne m'en souviens pas.

— Belle, maligne, délurée, c'était peut-être bien Delphine, dit Jaufré.

Son amie lui jeta un coup d'œil amusé puis baissa le front, rougissante. Elle lui dit :

— Me crois-tu maligne ?

Il répondit :

— Tu l'es. C'est bien.

Il lui sourit, il eut un élan de tendresse. Il pensa : « Par pitié, ne meurs pas avant moi. » Il sentit soudain son cœur battre comme une vieille porte au vent, imaginant cette Délie au visage simple, avenant, le bûcher pour crime d'amour, Aymar la regardant hurler, immobile, impassible avec sa croix au poing. Et son garçon, où était-il tandis que sa mère brûlait ? Dans un coin de cave peut-être, pelotonné là, dans le noir, ou cherchant du secours sur des chemins déserts. Il était mort, tant mieux pour lui.

— Delphine Tille, dit la vieille, c'était son vrai nom, en effet. Je me le rappelle maintenant. Gratte-moi les côtes, ma fille. Et toi, le trouveur de musiques, chante pour la vieillarde une chanson d'amour. Il fait si froid dans cette turne !

Il hésita, ne sut que dire, jeta un œil à son amie. Elle l'encouragea d'un sourire. Alors il s'installa, à genoux, près du lit, ferma les yeux. Un air lui vint. Il le laissa aller, sans paroles, à mi-voix, puis il s'émut et s'enhardit, chanta comme on parle à l'aimée, au fond de soi, quand on est seul, chanta enfin comme l'on cherche, dans un désert désespérant, une étoile perdue, un signe, une source, un être vivant.

La vieille remua, grinça. Elle dit enfin :

— Tais-toi, brigand. Que veux-tu ? Me faire pleurer ?

Jaufré sursauta, demanda comme s'il s'éveillait d'un songe :

— Quoi, grand-mère, vous n'aimez pas ?

— Tu me barbouilles de nuages à remuer ces vieux malheurs. Va-t'en, et toi aussi, ma fille ! Vous faites peine à mes oiseaux !

Elle s'enfouit sous sa couverture. Elle gémit :

— Ma pauvre Délie !

Delphine lui baisa le front, lui murmura un adieu que la vieille ne comprit pas, puis rejoignit Jaufré. Il la prit par l'épaule. Il la sentit fébrile, ardente, tourmentée. Il eut envie soudain de lui faire l'amour, tout de suite, en hâte furieuse.

Ils descendirent l'escalier sans se démêler l'un de l'autre. Il était vermoulu pourtant, et trop étroit pour quatre pieds. Delphine dit à la matrone, en lui passant devant, qu'elle quittait son service, et si Dieu voulait pour toujours. L'autre, les poings brandis, la traita de putain et Jaufré de voleur de filles. Le chien leur aboya au train jusqu'à la sortie de la cour. Comme ils retrouvaient le vent vif, sur le chemin du bord de l'eau :

— J'ai chanté pour toi, dit Jaufré.

Elle répondit :

— Et pour Délie.

— Non, cette femme ne m'est rien. Aucune pensée, aucun mot ne me sont venus à l'esprit, aucun visage, sauf le tien.

Ils allèrent un moment en silence tranquille, puis elle se mit à fredonner.

— Tu vois, tu chantes, lui dit-il. Comme moi. Tu ne peux pas dire. L'amour vrai ne sait pas parler.

Elle s'arrêta. Elle s'écria :

— Oh, Seigneur, ton manteau brûlé ! Il est resté dans ma cabane !

Elle s'en retourna le chercher.

Anthelme n'était pas chez lui. Sur la table gisaient son luth, un pot à eau, du pain, une écuelle sale. Des copeaux épars remuèrent de-ci de-là sur le plancher quand Jaufré ouvrit le volet à la brise de la ruelle. Delphine se mit au ménage avec un entrain gazouillant de jeune fille de maison, tandis que son ami grimpait mettre de l'ordre dans sa chambre et parfumer son lit de thym. Il entendit d'en haut son vieux maître arriver et saluer gaiement sa nouvelle servante sans guère s'étonner de la trouver chez lui.

— Vous êtes donc la bonne amie de ce diable de voyageur qui sème des soucis partout, lui dit-il. Bienvenue chez nous.

Et se plantant au pied des marches, tandis que Jaufré descendait :

— Mon garçon, puisque te voici, demande donc à notre hôtesse de nous servir du vin de noix. J'ai le gosier en peau de chèvre.

Dès qu'ils furent servis :

— Assieds-toi, lui dit-il. Sais-tu d'où je viens, fils de rien ? De raccompagner Vitalis. Le pauvre n'avait plus sa tête. Nous avons trouvé Alexis en conversation fraternelle avec le mendiant au caillou, au bas de la rue d'Enloba. J'ai croisé, sous le porche, Aymar. Il était d'humeur ordinaire, noble et faux, bienveillant, tout froid. Chez les renards il serait roi. Il m'a demandé des nouvelles d'un certain apprenti luthier qui m'a paru te ressembler. Ignore-t-il que tu sais tout de son passé catastrophique ? Peut-être oui, peut-être non. Encore un gobelet, petite.

Il but d'un trait, puis :

— Malheureux ! Sais-tu bien quels démons tu as tirés d'enfer avec tes maudites façons de cavalier d'apocalypse ? Ton frère s'est planté en tête de mettre le feu au couvent et de s'en aller sur les routes porter des livres à Dieu sait qui.

Jaufré rit, haussa les épaules.

— Allons, il ne le fera pas.

— N'avez-vous pas faim ? dit Delphine.

— Je grignoterais volontiers, lui répondit le vieux, tout à coup radouci. L'armoire est pleine de mangeaille.

Il la regarda s'éloigner, hocha la tête en connaisseur et dit encore :

— Elle est parfaite.

Ils déjeunèrent abondamment. Comme ils s'alanguissaient devant le feu ronflant :

— Tu fais mal à nos vies, mon garçon, dit Anthelme.

— Je veux savoir, c'est tout.

L'autre resta pensif puis répondit, grognon :

— Hé, tout compte fait, sacré nom, il se peut que tu aies raison. Je m'effraie mais c'est de mon âge. À vingt ans, moi, j'aurais tué. Toi, tu n'es même pas un loup. Tu écris des vers, tu les chantes. Je suis fier de t'avoir donné le désir de parler d'amour dans ce monde aussi fréquentable qu'un repaire de brigands fous.

Il soupira. Il dit encore :

— Quel drôle de siècle, vraiment, où sont nés sous le même ciel et quasiment à la même heure le bourreau et le troubadour, l'inquisition, le vide d'âme, et le chant des cœurs accordés. Allons, Jaufré, par sacrée chance tu es tombé du bon côté.

Delphine, de loin, demanda :

— Où dois-je suspendre le luth ?

— Au mur du fond, ma toute belle !

— J'ai le sentiment, dit Jaufré, de n'avoir pas choisi ma vie. Je n'aurais su faire autre chose que cheminer vers des chansons. Et c'est un chariot de rencontre qui m'a ramené, endormi, à la maison où j'ai grandi.

Delphine, au pied de l'escalier :

— Je vais lessiver notre chambre.

— Va, ma jolie, dit maître Anthelme.

Et à Jaufré qui, d'un coin d'œil, la regardait grimper, pimpante :

— Je crois que tu n'es revenu que pour elle, pour elle seule. Elle t'appelait sans le savoir, tu la cherchais sans la connaître. Tu as bonne oreille, petit.

— Elle n'est pas seulement mon amie, dit Jaufré. Elle est aussi (mais elle l'ignore) celle qui connaît mon chemin. Elle me mène où je dois aller. Elle m'a conduit à cette vieille qui m'a tout appris du passé de mon misérable grand homme.

Ils restèrent longtemps muets. Ce fut Anthelme qui parla. Il remua, hocha la tête. Il dit enfin :

— La foutue carne et son grenier à souvenirs ! Elle a tout craché comme il faut, sauf sur notre pauvre Thomette.

— Qu'a-t-elle oublié, dites-moi ?

— Elle aurait pu sauver ces gens dont elle me disait tant de bien. Veux-tu vraiment la vérité ?

Jaufré ne lui répondit pas. Alors Anthelme, à voix sinistre :

— Ce jour où elles étaient ensemble à cueillir des fruits de forêt, pas un seul instant ta nourrice n'a quitté dame Anne-Marie. Elle n'a pas aperçu le moindre voyageur, et sa maîtresse s'est blessée tout bêtement comme elle l'a dit, en tombant contre un mauvais roc. Dès le lendemain du bûcher, épouvantée par son mensonge, elle a couru se confesser. Elle était, au fond, brave fille. C'est Aymar qui l'a entendue. Ils se sont trouvés seuls ensemble dans l'église Saint-Antonin. L'a-t-il menacée de l'enfer si elle révélait son secret ? Je l'ignore, mais je suppose que par prudence de grand clerc, par crainte qu'elle aille pleurer dans d'autres manteaux que le sien, il n'a pas voulu la lâcher. Il l'a donc prise à son service. Espérait-il tout oublier, cacher à lui-même sa faute ? Je ne crois pas. À mon avis, orgueilleux comme je le sais, il a voulu expier seul, se punir à l'abri du monde, s'enfermer lui-même en prison. Il a donc renoncé à tout, à l'évêché promis, à l'amitié du pape qui voulait l'attirer chez lui où se nouent les intrigues nobles. Il est devenu prieur de couvent. Il m'a confisqué ma chérie et s'est donné aux pauvres gens. Thomette m'a dit tout cela avant mon départ pour l'Espagne. Je ne sais rien d'autre, Jaufré, et je ne veux plus en parler. Laisse-moi avec ton amie, j'ai envie de jouer pour elle, de faire musique à son cœur, elle qui, je le sais, par simple bonté d'âme me dira que je suis l'artiste le plus émouvant de sa vie.

Jaufré descendit au couvent. Il trouva le cloître désert mais le père Aymar et ses frères allaient leur train dans la maison. Il se hâta, l'œil aux aguets, le long de l'allée de cyprès qui menait à la bibliothèque. Il était inquiet d'Alexis et de son humeur batailleuse. Il le trouva assis dans un coin de la salle, tristement occupé à regarder ses pieds, loin du vieux moine à son lutrin.

— C'est toi, Jaufré ? dit Vitalis. Va-t'en au diable, mon garçon, il y fait bien meilleur qu'ici.

Il semblait calme. Il était las. Il dit encore, à voix de tombe :

— Nous ne sommes plus fréquentables. Ton frère a perdu son cahier.

10

Jaufré, hagard, les mains aux joues, s'en vint jusqu'à la cheminée, se laissa tomber sur le banc et se tint lui aussi muet, n'osant regarder ni son frère ni Vitalis sous la bougie qui tentait de tailler des plumes, bien qu'il n'en ait aucun besoin, en maugréant entre ses dents contre ses vieux doigts impatients et la malfaisance du Ciel. Dans l'étourdissante tempête qui lui tourneboulait l'esprit il se redit des mots, des phrases qu'il avait lus dans le cahier. « L'acharnement à chercher Dieu, le désespoir de découvrir que le manteau dont on l'habille ne dissimule que néant, l'effroi de se retrouver seul avec ce rien inadmissible, tout cela, se dit-il, n'est que perte de foi et souffrance du doute. Impardonnable ? Certes non. Tous les saints du calendrier ont connu ces sortes d'épreuves. Mais la diatribe du frérot contre les clercs et leurs mensonges, leur compassion de charognards, leur cruauté de voleurs d'âmes, voilà qui est autrement grave, voilà qui pue fort le bûcher. »

— Il est tombé de ma ceinture quand Vitalis m'a embrassé, j'en suis certain, dit Alexis. Il m'a secoué les épaules à m'en décrocher le poumon.

Jaufré gémit, désemparé :

— Essayez de vous rappeler. Où vous trouviez-vous ? Dans la rue ? Sous le porche ? Dans le couvent ?

— Devant cette putain de porte, à trois pas dans la galerie, près des cyprès, dit le vieux moine.

Et s'exaspérant tout à coup :

— Mille millions de dieux sans cul, ces plumes sont d'une oie perverse. Elles se fendent où je ne veux pas par pur plaisir de m'enrager.

Il les fit s'envoler çà et là dans la salle d'un revers de main furibond.

— L'avez-vous bien cherché tout le long de l'allée ? Le mendiant te l'a pris, peut-être.

Aucun des deux ne répondit. « Ils ont tout remué, bien sûr », pensa Jaufré. Silence long, puis Vitalis :

— Je crois qu'il vous faut fuir, petits, loin d'ici, en terre étrangère. La seule question qui demeure est de savoir si je vous suis.

Jaufré s'émut, les yeux perdus parmi les flammes ronronnantes. « Mon frère, Vitalis, Delphine, belle famille », se dit-il. Il se vit avec eux chantant dans un village de rencontre devant des visages contents. « Une mule, un chariot bâché, et devant nous, vaille que vaille, les inépuisables chemins des pèlerins perpétuels. Il y a pire destin au monde. »

Il voulut alléger l'esprit du moinillon qui reniflait, lui dire ces images neuves, ces fiers soleils qui lui venaient. Il se tourna vers lui, le vit qui se dressait, les yeux exorbités, sentit un courant frais, aperçut à la porte le corps obscur du père Aymar contre le soleil du dehors.

Sa main droite tenait le cahier d'Alexis sur le côté de sa poitrine. Il s'arrêta devant la table, dans la lueur de la bougie. Derrière lui son ombre maigre s'étendit presque jusqu'au mur. Vitalis lui vint sous le nez, se hissa sur le bout des pieds et les pouces dans la ceinture, la barbe haute, bravement :

— Bien le bonsoir, frère prieur. Je vois que tu as retrouvé mon vieux livre de râleries. Où était-il ? Sous un cyprès ? Je perds tout, la faute au grand âge. Ton air me dit que tu l'as lu. Tu aurais pu t'en abstenir. Il est de nos beaux jours à Rome, au temps où tu aimais la vie. Pauvre chose, et de mauvaise encre qui ne méritait que le puits. Mieux eût valu que tu l'y jettes, tout à l'heure, en passant devant. Mais puisque tu me le rapportes, que Dieu te bénisse. Merci.

Il lui tendit la main sans trembler, l'air tranquille. L'autre sourit négligemment, enfouit l'objet dans son habit. Il le dépassait d'une tête. Il se fit encore plus haut.

— Allons, mon vieil ami, dit-il, tu mens aussi mal que tu aimes. Qui veux-tu protéger ? Mon fils ? A-t-il vraiment besoin de l'être ?

— Ton fils ? Tu en as deux, mille diables. Lequel ?

Aymar ne lui répondit pas. Il tint sous son regard le moine jusqu'à ce qu'il baisse la tête et qu'il s'éloigne en crachottant des putasseries inaudibles. Alors, se tournant vers Jaufré :

— J'aimerais penser qu'un païen de ta confrérie poétique, un soir de basse beuverie, t'a confié, mon cher enfant, cet extravagant soliloque que l'on pourrait qualifier, à la rigueur, de confession.

Il dit ce dernier mot comme s'il reniflait un relent de latrines, puis fit mine de réfléchir, laissa mariner un moment ses garçons dans leur jus d'angoisse et dit enfin, faussement doux :

— Mais peut-être, après tout, l'as-tu toi-même écrit ?

Il attendit une réponse, les lèvres durement serrées. Jaufré, furtivement, regarda Vitalis repousser dans son coin ombreux Alexis qui voulait parler malgré la main de son vieux maître qui tentait de le bâillonner. Il pesta au-dedans de les voir s'agiter, revint à son père impassible. Il pensa : « Il me croit fautif, il ne soupçonne pas mon frère. » Il en fut rassuré, mais resta aux aguets. Il ronchonna :

— Pardonnez-moi.

— C'est difficile, dit Aymar.

Ils se turent. Ils se regardèrent. « Il ne me fera aucun mal », se dit Jaufré, furtivement. Le prieur s'éloigna, pensif, de quelques pas, puis s'en revint et dit encore, comme s'il ne parlait qu'à lui :

— Qui n'a jamais douté, Seigneur, qui n'a jamais maudit le sort, espéré, appelé en vain ? Moi-même j'ai connu de longues nuits absurdes.

Il fit un geste fatigué et, lui désignant le cahier qu'il tenait serré sous son bras :

— Ces mots, dis-moi, les crois-tu vrais ?

— Parfois, mon père, je l'avoue. Mais à ce que vous semblez dire, perdre la foi est un péché que vous-même avez rencontré.

— Quand le désespoir vient, s'imposer le silence, voilà ce que l'on doit, répondit le prieur. La faute est d'attirer ceux que nous estimons dans les nuits que nous traversons, et de nier toute lumière quand nous sommes seuls aveuglés. Tu t'es égaré, moi aussi, ces jours où tu courais les routes. Tu as blasphémé, j'ai prié. J'ai gardé l'espérance propre. Tu l'as salie, mon pauvre enfant.

— Pour le mal que je vous ai fait je demande encore pardon.

Il dit cela d'un élan simple mais il pensa, au même instant : « Dieu merci, l'avenir s'éclaire, il ignore ce que je sais de son passé pourri de morts, pas un instant il ne s'en doute et mon petit frère est sauvé. »

L'œil gris du prieur se fit froid. Il dit sans que bougent ses lèvres :

— Mais ce que tu as proféré contre notre Église et ses clercs est impardonnable, Jaufré.

À nouveau sa voix sonnait sec. À nouveau son front était haut. Il avait retrouvé l'aridité des cimes et considérait l'ici-bas avec le dédain douloureux qui faisait courber les échines, d'ordinaire, sous son regard. Jaufré cessa de respirer. « Il ne peut pas me condamner, se dit-il, il ne le peut pas. » Il se sentit pourtant glacé.

— Alexis et toi, Vitalis, venez là, dit encore Aymar, et cessez vos conciliabules. Croyez-vous que je n'aie rien vu de vos grimaces de pantins ?

Il les tint rudement à l'œil tandis que les deux s'approchaient. Jaufré près de lui leur fit place. Le prieur les considéra et dit, à peine radouci :

— Alexis, as-tu lu ces diableries sordides ?

Vitalis répondit, empressé, remuant :

— Lui ? Le pauvre garçon ! Les livres l'indiffèrent. C'est bien ce qui me fait souci. Par les couilles du pape, pardon, par tous les saints, il n'a jamais risqué le nez dans ces facéties ridicules. Ma tête à couper si je mens.

— Ce vieil inconséquent vient de nier ta faute. Elle est donc confirmée, reprit le père Aymar. Tu as lu, hélas pour ton âme. Je veux t'entendre en confession dès la fin du prochain office. Quant à toi, Jaufré, mon enfant, tu sais que si ce sac d'ordures passait un jour dans d'autres mains, j'aurais la peine inguérissable de te voir sans doute périr, et de la pire des façons.

— Qu'oses-tu dire là, fripouille ? rugit Vitalis, fulminant et rougissant jusqu'aux oreilles. Tu livrerais ton propre fils à ces démons incendiaires qui font honte aux siècles futurs autant qu'à nos maîtres passés ?

Il brandit le poing sous son nez. Aymar ne bougea pas d'un cil, mais ses lèvres minces tremblèrent. Il dit avec une ferveur si nue que Jaufré en fut remué tant de crainte que de pitié :

— Si Dieu le veut, cela sera. Mais je l'implore et le conjure de ne pas l'exiger de moi.

Vitalis haussa les épaules et répondit, grognon, à demi apaisé :

— Que veux-tu qu'Il exige ? Il ne sait mêmc pas que nous parlons de Lui.

— Jaufré, reprit le père Aymar revenu à sa hauteur froide, oublie tes rêves chansonniers. Tu seras luthier, rien de plus, et ne t'avise pas de fuir, tu n'atteindrais jamais Toulouse. Je veux te voir tous les matins au premier office du jour. Alexis, jusqu'à nouvel ordre, tu es consigné au couvent. Tu ne quitteras l'écritoire que pour les messes quotidiennes et ton travail de boulanger. Je te confie faute de mieux à ce vieux bouffon trop savant contre lequel je ne peux rien.

Il salua ses fils d'un coup de tête bref, puis tapota la vaste poche où il avait mis le cahier, tourna les talons et sortit.

Ils restèrent tous trois sans pouvoir dire un mot. Comme le feu mourait dans l'âtre, Vitalis enfin se leva, s'en fut y jeter quelques branches.

— Aymar ne peut rien contre vous ? lui demanda Jaufré. Pourquoi ? Par quel bout le tenez-vous donc ?

— Je tutoie le pape Clément, le mal nommé, que Dieu l'assiste. Je le connais depuis toujours, nous étions ensemble à l'école, c'est mon petit frère de cœur. Il me confiait ses soucis au temps où nous étions novices, et il en avait, le pauvret !

Et désignant la porte :

— Ce diable m'a flapi.

— Il nous croit écrasés, aplatis à sa botte, dit Alexis, mais il se trompe. Je suis un renard, moi aussi, et plus finaud qu'il ne le croit. J'irai à confesse, d'accord. Mais je ne dirai rien de vrai.

Vitalis grogna :

— Bien parlé.

Il rit tout doux, tout malicieux. Il dit :

— Mentir en confession, pour un maigre de sa hauteur, est un crime inimaginable.

— Au fond, dit Jaufré, il est simple. Monstrueux, mais pur. Il m'émeut.

— Prends garde, mon couillon, répondit le vieux moine. La seule chose qui le tienne aussi droit qu'un mât de cocagne, c'est l'obsession de son devoir. Si tu fais mine de t'enfuir, il te ramène droit au feu. Il l'a dit. Il tiendra parole.

— Il s'y jetterait avec moi.

Vitalis demeura pensif, lissa sa barbe, murmura :
— Ma foi, il en serait capable.
— Delphine m'attend, dit Jaufré.
Il s'en alla sans autre mot.

Le soir tombait. Il faisait doux. Dans le cloître et les galeries bruissaient les moines revenus de leur errance quotidienne, de leurs prêches mal écoutés, de leurs maigres quêtes d'aumônes. Certains se reposaient, assis autour du puits, d'autres se contaient leur journée devant le portail de l'église. Aucun d'eux ne parut le voir. Comme il allait le long du mur, des novices le saluèrent mais rirent dès qu'il fut passé. « Je ne suis plus ici chez moi, se dit-il. Trop longtemps d'absence. Où est ma vie ? Où ma maison ? J'ai toujours vécu chez quelqu'un, chez Cardenal, chez quelques filles, chez ma nourrice et maintenant chez le père de mes musiques. Serai-je jamais chez Jaufré ? » Sa mélancolie lui fut tendre bien qu'assez vive et obstinée pour lui faire envier les gens qui se décrottaient les sabots devant des portes entrouvertes, ou qui appelaient aux lucarnes des enfants partis Dieu sait où.

Avant le seuil de sa maison il entendit le luth d'Anthelme. Dès qu'il vit Jaufré apparaître, l'œil du bonhomme s'éclaira et sa main resta suspendue. Il était seul dans l'atelier. Il fit un geste vers l'étage. Il murmura :
— Je crois qu'elle dort.
— Non, elle m'attend, lui dit Jaufré.
— Veux-tu que je joue pour vos noces ?
— Maître Anthelme, allez vous coucher.

— Me coucher, fils ? Il est trop tôt ! Je vais aller en promenade. J'ai envie de joli vent frais.

Il laissa son luth sur la table, prit son manteau, trotta dehors. Alors Jaufré, la bougie haute, grimpa sous la pente du toit, s'approcha du lit, se pencha sur le visage de Delphine. Elle faisait semblant de dormir. Elle mit la main devant ses yeux. Elle gémit quand il se coucha. Elle était nue, et lui aussi.

Le lendemain au petit jour, estimant qu'il ne fallait pas exciter plus que de raison l'humeur belliqueuse d'Aymar, il vint à la première messe. Comme il s'avançait sous la nef, les bras d'Alexis s'agitèrent au-dessus des capuches noires. Il eut tôt fait de le rejoindre. Tandis que commençait l'office, le moinillon lui murmura, la main en auvent sur la bouche, que le père Aymar, ce matin, devait aller prier l'évêque de le fournir en habits neufs et autres linges ménagers. Il le poussa du coude. Il dit :

— Il ne sera pas de retour avant l'angélus de midi.

Jaufré lui répondit un « Amen » vigoureux à l'unisson de l'assemblée puis murmura comme en prière :

— J'irai donc délivrer Fauruc. C'est l'occasion rêvée, frérot.

Alexis rattrapa vaguement un cantique puis gloussa derrière ses doigts :

— Depuis le temps qu'il croupit là, ce doit être un Mathusalem. Il est peut-être fou, peut-être même aveugle à force de ne voir que noir. Que ferons-nous de lui ? Le ramènerons-nous, couché sur un brancard, dans son château moisi ?

— Je l'ignore. Il décidera.

— Regarde donc notre grand homme comme il est beau, les bras ouverts.

Le prieur, face à l'assemblée, entonna un alléluia aussitôt repris sous la voûte par la communauté des hommes avec une force si franche que Jaufré demeura muet sous cette houle de ferveur qui lui déferlait sur l'échine. À peine le chant retombé :

— Delphine et toi, dit Alexis, la tête penchée de côté, avez-vous fait l'amour hier soir ?

Son frère eut un rire gêné, lui grogna quelques mots informes. L'autre insista.

— Dis-moi, je t'en supplie, brigand ! Tu ne me caches rien, c'est notre loi jurée. De toute façon, je le sais. Je veux juste que tu confirmes.

Jaufré pensa : « Quel drôle d'être ! Serions-nous au bord du bûcher, il aurait encore, ce bougre, des plaisirs à imaginer, des questions sottes mais joyeuses, des envies de ravissement. » Il dit :

— Elle a quitté l'auberge. Elle vit maintenant chez Anthelme.

— Donc, avec toi.

— Évidemment.

L'autre se tut, ravi, erra dans des merveilles puis il dit, soudain alerté :

— Et la vieille, dans son grenier, qui lui fera manger sa soupe ?

— La grosse aubergiste. Qui d'autre ? répondit Jaufré, l'œil en coin.

— Elle n'a pas plus de cœur qu'une poule faisane. Elle la laisserait dépérir. Allons, je n'en vois qu'un pour ce joli travail.

Il posa l'index sur son cœur, et pris de malice fringante :

— Il faudra donc que je m'évade après la messe de midi, chaque jour. Voilà qui me plaît.

Sa voix sonna un peu trop haut. Quelques regards noirs, alentour, lui firent renfoncer la tête dans le cou. D'un long moment tous deux jouèrent à prier convenablement, puis Jaufré, la bouche tordue, à l'abri derrière ses mains croisées :

— J'irai seul à la cave aux rats. Fauruc a beaucoup à me dire. Pourquoi mon père le tient-il là, en secret, depuis tout ce temps ? Pourquoi vient-il le voir, la nuit ? De quoi peuvent-ils bien parler ?

— Prends le conseil de Vitalis. Il sait plus que tu ne le crois.

Ils trouvèrent le vieux copiste, la messe dite, près du puits où il se lavait la figure. Il écouta Jaufré, tout ruisselant d'eau fraîche.

— Fais à ton idée, lui dit-il, mais que ce soi-disant vivant reste pour l'heure dans sa tombe. Je ne veux pas le voir dehors avant de savoir de quel air il regardera ta famille.

Il avait l'air trop grave pour être contredit.

Le prieur mit du temps à quitter le couvent. Il s'en fut d'abord au jardin examiner son vieux tilleul, porta de la sauge à Thomette, revint et disparut dans son appartement. Alexis et Jaufré patiemment l'épièrent, le virent prendre enfin la rue qui grimpait vers le Mercadal. Alors délivrés, débridés, ils coururent au seuil de l'église. Le moinillon s'arrêta là, et poussant son frère dedans :

— S'il s'en revient à l'improviste, je siffle un coup. Tu sais comment.

Il se planta deux doigts en bouche. En sortit un bruit si strident qu'il en fut lui-même effrayé et prit la fuite, le dos courbe, au travers du cloître désert.

Jaufré, demeuré seul, s'avança sous la nef. À écouter sonner son pas lui vint une bouffée sauvage. Il se sentit soudain sans scrupule, invincible. « Reculer ? se dit-il. Trop tard. Me méfier ? De qui ? De quoi ? Tous les frères sont par les rues à vendre leurs brassées de vent. Envolés ! À moi la volière ! » Il s'imagina un instant en chef de troupe de routiers maître d'une maison conquise. Il poussa la porte du fond sans souci de ses grincements qui réveillèrent sous la voûte le vol d'un oiseau égaré. Il pénétra dans l'oratoire. Il fit halte devant la croix, le cierge à la flamme immobile et les fleurs séchées, çà et là, sur la dentelle de l'autel. Silence, paix, sieste du temps. La porte de la cave aux rats. Son sang à nouveau s'échauffa, lui battit rudement aux tempes. Il craignit un instant, il espéra peut-être qu'elle était verrouillée, mais non, poussée à peine, elle s'entrebâilla seule. Il s'engagea dans le couloir, écouta, voulut appeler. Il ne put que lancer dans l'ombre, d'un souffle timide :

— Fauruc !

Lui répondit un bruit à peine perceptible. Il palpa le mur, pas à pas. La pierre humide, puis du bois, des ferrures, un loquet tout simple. Il le souleva sans effort. Le battant gémit, s'entrouvrit. Un trait de lumière pâlotte éclaira le bord de son corps. « Quoi, se dit-il, le cœur tonnant, il n'est même pas enfermé ? » Il n'osa s'avancer. Il appela encore, à mi-voix étranglée. Quelqu'un dit, au-dedans :

— Aymar ?

Jaufré ouvrit grand la porte. La cellule n'était en rien comme il l'avait imaginée. Il fit un pas sur le plancher. Parfum de fumée, d'herbes chaudes, un vieux brasero à feu doux, une bougie sur une table.

Un vieillard était là, dans la pénombre tiède, méfiant, à demi dressé sous un fouillis de couvertures et de feuillets éparpillés. Il empoigna un gros bâton dissimulé au bord du lit, sans cesser d'épier l'intrus.

— Qui es-tu, jeune homme ? dit-il. Ne réponds pas, que je devine.

Il pencha de côté la tête, rétrécit ses sourcils blanchis, eut un sourire de chasseur.

— Tu es Jaufré, l'enfant trouvé, fils d'Aymar et coureur d'amour. Plus beau que je n'imaginais, et presque aussi grand que ton père. Ferme la porte, sacré nom. Mes os craignent les courants d'air.

Il semblait en bonne santé, quoique aussi maigre qu'un ermite et plus buriné qu'un brigand revenu vivant de l'enfer. Dans son regard, une lumière d'une intimidante acuité parut sonder son visiteur jusque dans ses tréfonds d'enfance. Jaufré s'en trouva agacé. Il se détourna de cet homme qui lui déshabillait la vie.

— Vous avez un jardin ? lui dit-il sottement, désignant au fond de la pièce une lucarne verdoyante près d'une porte mal fermée.

— Oh, même pas, répondit l'autre. De l'herbe folle, rien de plus.

— Vous paraissez bien me connaître.

Le vieux reclus hocha la tête.

— Ton père me parle de toi depuis nos premières nuits blanches. Tu ressembles à ses mots. À ses silences aussi.

— Vous n'êtes pas son prisonnier ?

Fauruc se tut un long moment. Son œil noir se fit amusé mais resta curieux, affûté.

— Assieds-toi près de moi, que je voie ta figure. Aymar ne te sait pas ici. Tu l'as trompé, lui si prudent. Dis-moi comment.

— Je l'ai surpris.

— Tu l'as donc espionné.

— Peut-être. Je l'ai entendu dire un soir votre nom derrière la porte. J'ignorais tout de votre vie. Une vieille m'a raconté ce qu'on a fait à votre épouse, son procès, votre amour pour elle, votre fureur à la défendre, le bûcher, votre désespoir.

— Quoi, quelqu'un se souvient encore ? murmura Fauruc, ébahi. Seigneur, quel étrange miracle.

— J'ai appris aussi que mon père avait été votre bourreau, que vous avez voulu vous venger de ce meurtre qui vous a ravagé le cœur et qu'il est venu vous chercher dans la prison de la commune pour vous enfermer ici même, dans ce prétendu trou à rats.

— C'est vrai, lui répondit Fauruc. Il y a eu des aveuglements, des méchancetés, des erreurs, des souffrances peu supportables.

— Vous parlez de ces choses-là comme de vieilleries fanées. Il m'est impossible de croire que vous ayez tout oublié.

— Non, certes non.

Son œil brilla.

— Mais les misères s'usent aussi. Elles sont comme des tintamarres, elles viennent, elles sont assourdissantes, elles occupent toute la vie, puis elles s'éloignent peu à peu, elles se rapprochent du silence, elles tombent dedans et voilà, elles ne nous incommodent plus.

— Tout de même, gronda Jaufré, le père Aymar, inquisiteur, a brûlé votre Anne-Marie pour une faute imaginaire, il vous a brisé, enfermé dans cette prison ridicule (elle n'est même pas verrouillée !) et que faites-vous ? Rien. Vous restez bouche ouverte à l'attendre toutes les nuits. Vous auriez pu, au moins, l'assommer, vous enfuir, demander justice à l'évêque, lever une armée de voleurs, courir les chemins ou les mers, que sais-je, moi, revivre enfin !

— Pourquoi es-tu venu me voir ?

— Eh, pardi, pour vous délivrer !

— Tu as, à peu de chose près, vingt ans de retard, mon garçon.

Il s'appuya sur son bâton pour s'asseoir plus commodément sous son amas de couvertures.

— Serais-tu apparu un de ces premiers soirs de mon séjour ici avec la clé de cette porte, je t'aurais sans doute étranglé pour le plaisir d'imaginer le cœur d'Aymar semblable au mien, cassé, ruiné, pire que mort. Cette vieille dans son grenier (quel est son nom ? Oh, peu importe) t'a-t-elle dit que le prévôt m'avait fait mener au cachot, à peine ma femme brûlée ? De son point de vue, c'était sage. Je m'étais promis de trouer les trois qui l'avaient condamnée. Ton père est venu m'y chercher. Il voulait, m'a-t-il dit, travailler avec moi à sauver mon âme malade. Il m'a donc enfermé chez lui. Cette cellule était la sienne aux premiers temps de son couvent. Comment n'aurais-je pas pensé à m'enfuir, dès le premier soir ? Regarde le mur du jardin.

Il lui désigna la lucarne.

— Il est haut, mais du lierre y grimpe. Son escalade était aisée. J'étais enragé, presque libre. Je m'imaginais par les rues rameutant les gens de la ville, les menant à l'assaut de la tour de l'Évêque, de la garnison du prévôt, du Mercadal, de son église. Je voulais tout incendier, je jouissais déjà de me voir patauger dans le sang de ces diables ! À l'instant d'enjamber la cime, une pierre a trahi mon pied. Je suis tombé. Il faisait noir. Je suis resté toute la nuit à ramper, la tête dans l'herbe, à chercher de quoi me tuer. J'avais les deux jambes brisées. Aymar au matin m'a trouvé. Il m'a traîné là, sur ce lit. Il m'a soigné. Je l'ai maudit trois journées pleines et quatre nuits sans que jamais il ne réponde à mes coups de poing, mes insultes. J'ai su avant qu'il me le dise que je ne pourrais plus marcher.

Il fit un geste fataliste, lâcha un ricanement sec et dit encore, à pauvre voix :

— Quelqu'un, je ne sais qui dans le lieu invisible où se trament nos vies, a décidé, cette nuit-là (pour mon bien peut-être, qui sait ?) de me clouer dans cette chambre où ton père m'avait conduit. Longtemps j'ai refusé de lui ouvrir ma porte. Il venait chaque soir. Il frappait quatre coups, puis il disait : « Fauruc, me permets-tu d'entrer ? » Parfois je l'envoyais au diable, parfois je ne répondais pas. Alors il déposait mon dîner sur le seuil, et j'écoutais son pas jusqu'à ce qu'il s'éteigne au fond d'un couloir inconnu. Ce fut ainsi jusqu'au matin où il est entré sans rien dire avec des couvertures neuves, des habits propres, un grand seau d'eau, des torchons, une serpillière. De l'aube à l'heure de midi il a lavé, il a frotté, il m'a fait un lit agréable, il a posé les vêtements sur le tabouret, près du feu. Je l'ai regardé travailler, surpris, de mauvais gré, muet comme une carpe, puis il est reparti sans bruit comme aurait fait un serviteur ou un novice hospitalier. De ce jour-là je crois ne l'avoir plus maudit qu'épisodiquement. Je ne l'aimais pas davantage, je n'éprouvais pour lui aucune gratitude pour l'attention qu'il me portait, simplement ma fureur de bête prise au piège que je croyais inépuisable avait perdu de son entrain, et le désir m'était venu de retrouver ma tête d'homme. Un soir, aux quatre coups frappés, je me suis entendu crier : « Apporte ma soupe et mon pain. » Il est entré, il s'est assis, il a patiemment attendu que je vide mon écuelle, puis il m'a dit : « Fauruc, j'ai commis un grand crime. J'ai condamné injustement dame Anne-Marie ton épouse, et je t'en demande pardon. » Je lui ai répondu : « Que le diable t'étripe, mais reste encore un peu, j'ai besoin de parler. » Je me mourais de solitude.

— Avez-vous pardonné ?

— Jamais.

— Vous le demande-t-il encore ?

— Non. À quoi bon ? Pour lui, pour moi, tout cela ne vaut plus un pet de poule morte.

— Je ne comprends pas, dit Jaufré.

Il hésita, rougit.

— Il n'est pas, tout de même, devenu votre ami !

— Ami ? Non, ce n'est pas le mot. Nous sommes plutôt, l'un pour l'autre, comme de vieux frères de lait.

— Ce que vous dites là est inimaginable. Il a condamné votre femme qui n'était coupable de rien, et que venez-vous me chanter ? Que vous vous prenez par l'épaule pour deviser du temps qu'il fait ? Pardon, mais vous déraisonnez.

— Oh, certes, répondit Fauruc, cela ne s'est pas fait sans peine, sans bataille, mais par usure, peu à peu, par abandon de nos malheurs dont nous ne savions plus que faire. La haine est comme tous les feux, elle finit par tomber en cendres. J'ai donc découvert, une nuit, que ce juge tant détesté était un homme sans espoir, un perdu aussi seul que moi.

Jaufré protesta, incrédule.

— Seul, Aymar ? Allons, et Thomette, et Alexis, et son couvent ?

Il bafouilla, il dit encore :

— Et moi, ne m'a-t-il pas aimé ? N'ai-je été, pour lui, qu'un mendiant nourri par devoir de chrétien ? J'étais si fier d'être son fils !

Des larmes mouillèrent ses yeux. Fauruc ne voulut pas les voir. Il murmura, le regard vague :

— Il me disait de toi : « J'ai peur qu'il désespère s'il apprend un jour qui je fus. » Il avait fait le mal, et de bon cœur, le bougre ! Quelle morgue, quelle arrogance, quelle foi méchante il avait ! Et puis je suis tombé du mur, et lui de ses sommets gelés quand il s'est découvert faillible et criminel par conviction de détenir la vérité. Il avait voulu ordonner, juger de tout, avoir raison, alors qu'il aurait dû simplement écouter, compatir aux peines des gens. Quand cela lui est apparu, il s'est vu plus maudit que moi. Nous nous sommes retrouvés là, face à face, tous deux brisés.

— Vous parlait-il parfois de moi ?

Fauruc sourit, songeur, et contemplant Jaufré qui n'osait pas le regarder :

— Avons-nous traversé un jour, une heure ensemble sans que ton nom ne vienne avec ses vieux chagrins ?

— Il m'estimait impie d'apprendre la musique et de composer des chansons.

— J'admets qu'il aurait préféré te voir prêcher les évangiles, faire de toi un cardinal ou mieux peut-être, un moine heureux.

— Il est resté raide, Fauruc, et plus cassant qu'un arbre mort.

— Ici, la nuit, il est sans masque. Si des soucis le préoccupent, il les dit sans faire le fier. Quand il m'a conté ton retour, il en a pleuré de bonheur, sans se cacher, tout pauvrement.

Jaufré ricana :

— Quelle farce ! Le père Aymar, pleurer ? Allons, nous ne parlons pas du même homme. Il aime régner sur les êtres. Avec Thomette et maître Anthelme (je sais cela, il me l'a dit), il s'est conduit comme un tyran.

— Il ne m'a jamais parlé d'eux. C'est vrai qu'il peut être effrayant.

— Il ne se défera jamais de sa défroque de bourreau. Combien de pauvres gens a-t-il menés au feu ?

— Il servait les lois de l'Église.

— Il les sert encore.

— Moins mal.

Ils restèrent tous deux muets, un moment, chacun dans ses songes, puis Jaufré dit, le front baissé :

— J'aimerais qu'il n'apprenne pas que je vous ai rendu visite.

— Avant que je lui parle il saura, mon garçon. Il ne voyait rien autrefois. Aujourd'hui, il devine tout. À mon œil, peut-être, il saura, ou au parfum de vent que tu m'as amené, et qui fait du bien à mes ombres. Ton air, surtout, le lui dira dès qu'il te verra devant lui. Il est tellement attentif, tellement précis et rusé quand il s'agit de son Jaufré !

— Bourreau des corps, fouailleur des âmes. Inquisiteur, et pour toujours.

— Mais maintenant, c'est par amour.

— Aura-t-il honte de ses actes, rougira-t-il au moins, baissera-t-il les yeux quand mon seul regard lui dira que je sais ce qu'il m'a caché ?

— Quel naïf tu es ! Tu m'amuses. Il ne sera préoccupé que de mesurer ton chagrin. S'il te voit malheureux, il le sera aussi. Sinon, il soupirera d'aise.

— Vous a-t-il parlé du cahier qu'il a trouvé hier, dans le cloître ?

— Celui de ton frère Alexis ? Nous l'avons feuilleté ensemble, ici même, la nuit passée.

Jaufré resta le souffle à sec.

— Quoi, il savait ? Le diable d'homme ! Mais pourquoi m'a-t-il accusé d'en être, moi, son fils, l'auteur ?

— Comme tu connais mal ton père ! Il sentait qu'entre vous les choses seraient simples, plus simples qu'avec Alexis, dont il n'aurait pas su que faire. Il m'a dit (il parlait de toi) : « Je le blâmerai. Je le dois. Il n'en sera guère affecté. Il oubliera, et moi aussi. » Je lui ai demandé : « Que feras-tu encore ? » Il a souri sans me répondre mais je savais ce qu'il pensait. Il ne voulait pas qu'à nouveau tu lui échappes, tu t'en ailles. Il redoute que tu te perdes à passer ta vie en chansons.

— Il m'a menacé de me vendre à la police du prévôt si je reprenais mon chemin.

— Partiras-tu ?

— Bientôt, sans doute. À votre avis, Fauruc, me fera-t-il chercher ?

L'autre rit.

— Oui, c'est bien possible. Il en est capable en tout cas.

— Vitalis pense qu'il pourrait porter le cahier à l'évêque, se jeter au feu avec moi.

— Il aurait pu en d'autres temps. Vitalis le connaît d'enfance. Moi, d'âge mûr. Il a changé. Il est toujours aussi fervent mais plus tempéré, plus habile.

— Vous a-t-il parlé des écrits qu'il a trouvés dans le cahier ? Je suppose qu'il est resté la bouche arquée, la mine haute, à les lire loin de son nez comme si les feuillets puaient.

— Non, il tremblait, il soupirait, sans cesse il disait : « Pauvre enfant ! »

— C'est étrange, il sait dire aux gens ce qu'ils doivent faire ou entendre, il les conseille utilement, il les réconforte, il les soigne. À moi il contait des histoires quand j'avais mes petites dents, mais depuis que le poil m'est venu au menton, presque plus rien, des bouts de phrases, comme si je l'indisposais.

— L'amour est ainsi, mon garçon. Il intimide les grands hommes. Tu fus aimé, tu l'es toujours, sache cela, ne l'oublie pas, quoi que tu puisses encore apprendre.

— Votre air m'inquiète, dit Jaufré.

Il se dressa d'un bond, tout à coup alerté par un tintement, quelque part, au fond de l'église peut-être, un grincement léger, rouillé, un bruit de pas dans le couloir.

— Eh bien, tu parles seul, Fauruc ?

C'était le père Aymar. Jaufré se renfonça hâtivement dans un coin d'ombre.

— Ne sais-tu pas, prieur, que je lis à voix haute ? Veux-tu entrer ?

— Non, j'ai à faire. Un chien a dévoré la jambe d'un petiot dans une cabane des Fades. As-tu besoin de quelque chose ?

— De fruits secs, prieur, et de paix !

Frottements indistincts, dehors, claquement de porte, silence. Jaufré revint sous la bougie.

— Évite-moi de lui mentir, dit Fauruc. Va-t'en, rejoins-le et parlez ensemble, que diable, en hommes de bonne cuvée. Que Dieu vous garde, s'Il le peut.

Comme Jaufré passait le seuil :

— Oh, j'oubliais, dit-il encore. Mon épouse aimait les chansons, j'en composais parfois pour elle. Elles doivent être quelque part dans une armoire du château.

— Adieu, Fauruc.

— Adieu. Bon vent.

11

Comme il parvenait, essoufflé, sur la place du Mercadal, Jaufré s'arrêta un instant, chercha des yeux à droite, à gauche et vit le manteau du prieur s'envoler au coin de la rue derrière la tour de l'Évêque. Il bruinait sur les étalages et les ânes indifférents. De feinte en bousculade il traversa en hâte des lambeaux de brouillard et s'engagea dans la ruelle, à moins de vingt pas de son père, sans prendre soin de se cacher. Aymar, quand il allait ainsi, ne regardait jamais derrière ses talons. Même pas les gens alentour, toujours le sol devant ses pieds ou l'air au-dessus des visages.

Ils descendirent ainsi jusqu'au bord de l'Ariège, longèrent les barques amarrées jusqu'à un amas de masures à l'écart du chemin bourbeux qui accompagnait la rivière. Une femme affairée, gémissante, bavarde, sortit de la grisaille, elle voulut entraîner par la main son saint homme. Il la lui refusa d'un petit geste vif et l'enfouit dans sa manche. Alors elle trotta devant lui, le fit entrer dans sa cabane.

Jaufré observa tout cela de l'abri d'un saule tordu qui pleurnichait sur ses épaules. Il se rabougrit, grelotta. « Que faire ? se dit-il. L'attendre ? Combien de temps, sous cette pluie ? Lui parler ? Mais pour quel profit ? » Il se sentit vide d'envie, perdit brusquement tout courage, hésita à s'en retourner, s'efforça de se raffermir. « Lui demander tout cru, tout net où il m'a vraiment ramassé. Qu'il me dise cela, rien d'autre. »

Un homme lui passa devant, un fagot mouillé sur le dos, puis s'arrêta, se retourna et l'examina, l'air mauvais. Il ne pouvait pas rester là comme un détrousseur à l'affût. Il s'avança vers la maison. « Autant, se dit-il, le surprendre. Une question, une réponse, nous en aurons bientôt fini. Le reste, ses crimes, sa vie, à quoi bon se rouler dedans ? » La porte était aussi grossière qu'une entrée d'étable à cochons. Il se courba, entra et cessa de penser.

Une fumée malodorante s'évadait d'un feu mal vivant par un trou dans le mur terreux. Sur un lit de paille et de hardes un enfant couché gémissait. Aymar était penché sur lui, dans la lueur d'une bougie plantée sur un cul de cruchon. Rien alentour sur le sol noir qu'un misérable seau d'eau chaude où trempait un chiffon sanglant. Une femme à genoux priait dans un coin d'ombre, les mains jointes devant la bouche, les yeux au ciel qu'elle contemplait par les déchirures du toit.

— C'est toi, Jaufré ? dit le prieur sans se tourner vers le jour bref du battant un instant ouvert.

Il leva la main, l'agita.

— Passe-moi l'essence de thym. C'est le flacon de verre bleu que tu trouveras dans mon sac.

Jaufré lui obéit, sans même s'étonner de se voir attendu, occupé tout soudain par cette urgence simple qui lui tombait dessus. Il s'accroupit auprès d'Aymar. Il murmura :

— Mon père, dites.

— Un instant. Rince le chiffon. Mieux que cela. Essore. Donne.

Et tandis qu'il lavait les plaies, attentif aux moindres sursauts, aux cris menus, aux peurs du petit maigrichon :

— Tu es venu te rendre utile ? M'aider ?

— Oui. À vous souvenir.

Les mots lui avaient échappé. Son cœur battit plus fort d'avoir osé les dire.

— Que veux-tu donc savoir que tu ignores encore ?

— Où m'avez-vous trouvé, mon père ? Quand vous êtes sorti du bois avec Colomer, ce jour-là, vous n'avez vu que l'herbe vide et le ciel clair. Il faisait sec. Pas la moindre trace de neige. Y avait-il des corbeaux ? Peut-être, mais moi, je n'étais pas dessous.

— S'il te plaît, passe-moi la poudre de lavande, là, dans le sachet gris.

Il la répandit posément, à petits coups, et dit encore, penché sur les chairs tourmentées :

— L'histoire de l'enfant sauvé en plein hiver, un beau matin, dans le champ de Lestang tout blanc, n'était-elle pas assez belle ? Elle t'a fait les yeux que tu as, vivants, s'émerveillant de tout. Pourquoi ne l'as-tu pas gardée ? Elle allait si bien à tes rêves.

— Elle n'est pas vraie, mon père. Thomette m'a menti.

— Par amour, Jaufré, par amour, par désir de te voir content.

Et désignant le sac ouvert après de lui :

— Le linge, là, et les ciseaux. Découpe des bandages longs, aussi longs que tu le pourras.

— Je veux la vérité, mon père.

— La vérité ? Allons, mon fils, es-tu assez naïf pour la croire accessible ? Elle prend les couleurs des saisons, elle se travestit, se flétrit, meurt malheureuse et revient forte. Les juges l'aiment indiscutable, bien plantée en pleine lumière, immobile, droite, sévère. Tu n'es pas juge, Dieu merci.

Puis la voix agacée soudain :

— Ne me regarde pas ainsi.

Il bandait la jambe blessée, Jaufré était derrière lui, Aymar ne pouvait voir son air.

— De quel ventre tu es sorti, voilà ce que tu veux savoir. Réchauffe le pied du petit, vois comme il est bleu, et si froid.

Jaufré lui obéit encore. Alors Aymar, tout à ses soins, comme il aurait parlé de choses quotidiennes :

— Tu es né de Delphine Tille, tisserande rue de Touronc, brûlée pour crime d'hérésie. Elle avait en ces temps ton âge d'aujourd'hui.

Le blessé se mit à gémir.

— Tu lui fais mal, allons, tu le serres trop fort. Souffle plutôt sur ses orteils.

Et revenant à ses bandages :

— Je savais qu'elle avait un fils. Après le brûlement je pensais que sa sœur l'aurait pris chez elle, mais non. Tu avais disparu. Tu t'en étais allé. Je me suis inquiété de toi, tu avais trois ans, guère plus. Je t'ai trouvé dans le couvent. Je n'en étais pas le prieur, en ces temps, j'étais moine simple. Dieu avait voulu te mener exactement où je logeais. Quand je suis entré dans le cloître, je t'ai vu accroché au puits, presque grimpé sur la margelle, presque prêt à tomber dedans. Je t'ai attrapé par la jambe, je t'ai serré fort contre moi, tu m'as empoigné les oreilles et nous avons ri tous les deux. Je t'ai gardé là, près de moi, jusqu'à la venue de Thomette après le malheureux procès dont tu as entendu parler. Ce fut ainsi, pas autrement.

Jaufré resta pétrifié. Aymar le repoussa du coude pour baiser le front de l'enfant et s'en alla nourrir le feu de quelques branches pourrissantes. La femme s'était relevée.

— De la soupe de blé bouilli, lui dit-il, et du lait de sauge. Rien d'autre, bonne mère, et qu'il mange à sa faim. Je vous ferai porter ce qu'il vous faut à cuire. Je reviendrai dans quelques jours.

Elle voulut lui prendre la main mais à nouveau il s'empressa de la renfoncer dans sa manche.

Dehors, ciel bas, bruine aveuglante. Aymar rabattit sa capuche et la tint basse face au vent. Jaufré, derrière lui, reniflant pleurs et pluie, parlant à ses mains vides :

— Vous avez condamné ma mère, vous l'avez menée au bûcher, vous l'avez regardée brûler, est-ce possible, est-ce possible, Dieu a-t-Il pu vouloir cela ?

Balbutiements, gestes perdus. Il trotta au train du prieur qui s'en allait de son grand pas et se mit à crier, affolé par les mots qu'il semblait découvrir, devant lui, dans l'air gris :

— Delphine Tille, tisserande, fagot de chair jeté au feu. À peine morte, où est son fils ? Viens là, petit, que je te croque. Hop, dans mon sac, bouclé, serré. Dieu est content, joli cadeau ! J'avais un père, non ? Où était-il ?

— Enfui.

— L'avez-vous recherché ? Répondez-moi !

Silence. Jaufré empoigna le prieur et le força à s'arrêter. L'autre ne se retourna pas. Il sentit dans son dos le front de son garçon s'appuyer entre ses épaules, ses mains attraper son manteau. Il l'entendit râler, à voix sourde, enragée :

— Savez-vous, Aymar de Lasserre, que j'ai envie de vous tuer ?

— Je sais, mon fils, mais tu ne peux. Tu es de ces êtres aimés que Dieu a interdits de meurtre. J'ai froid, Jaufré, et toi aussi. Il nous faudra pourtant laver ce désespoir insupportable qui te tient, qui me tient aussi. Je t'attends au couvent, dans mon appartement.

Il se dégagea d'un coup bref et s'éloigna si vivement qu'il eut tôt fait de disparaître parmi les grands saules brumeux.

Jaufré s'en alla chez Anthelme. Il y trouva un feu robuste et sur le banc, dans sa lumière, Delphine penchéc sur un luth. Elle tentait d'en tirer des notes d'une discutable clarté, tandis que le vieux maître, assis à l'établi, lui dispensait aimablement des conseils qu'elle n'entendait pas.

Tous les deux, à voir son état, accoururent aussitôt à lui. Ruisselant, blême, les yeux morts, traînant à grand-peine ses bottes, il paraissait aussi fringant qu'un naufragé à bout de forces sortant des vagues de la mer. Ils le menèrent devant l'âtre, lui ôtèrent ses vêtements, l'enfouirent sous des couvertures.

— Misérable, gronda Anthelme, d'où viens-tu ? De quel cul d'enfer ? Tu as parlé à ce Fauruc, et peut-être bien à ton père. Que t'a-t-il dit ? Réponds, tudieu !

Et désignant la grande armoire :

— La carafe de vin de noix ! Allons, ma fille, presse-toi ! Ne vois-tu pas comme il grelotte ?

Dès qu'il fut sec et réchauffé, Jaufré conta, la mine sombre, ce qu'il avait appris d'Aymar. Delphine en fut bouleversée. Qu'il l'ait baptisée de ce nom sans rien savoir de cette mère perdue dans les brumes du temps et pourtant toute proche, comme à portée de voix, lui emplit le regard de larmes.

— À l'instant, dit-elle, où la vieille nous a parlé de son amie, l'idée m'est tout à coup venue que vous aviez été tous deux autant unis que l'ongle au doigt. J'ai imaginé des magies, j'ai pensé qu'elle avait veillé, depuis l'enfance, sur ta vie et que le jour de mon baptême elle t'avait soufflé à l'esprit : « En souvenir de moi qui t'ai donné au monde, nomme-la Delphine, mon fils. »

— À vrai dire, j'ai hésité.

— Délie, n'est-ce pas ?

— Oui, dit Jaufré. Délie m'était plus familier. Je ne sais quoi m'a retenu.

Elle lui prit la main, la baisa. Il la retint, elle en gémit comme d'un innocent délice et se serra contre son corps.

— Peut-être chacun d'entre nous a quelque part un mort qui l'aime, dit pensivement maître Anthelme, un mort joyeux, défait de tout, qui nous murmure sans paroles : « Suis ce chemin, écoute, fais », et qui rit de nos maladresses, et qui pleure de nos malheurs, et qui laisse là, dans nos vies, comme un parfum sans origine, insaisissable mais présent.

Et poussant au feu une bûche :

— J'ai connu ta mère, Jaufré.

— Parlez-moi d'elle, s'il vous plaît.

— C'était une fille imprudente, elle ne croyait pas au malheur. Elle s'imaginait, la pauvrette, qu'elle ne faisait rien de méchant à coucher avec son marchand.

— Mon père ?

— Oui, probablement. Il vendait du fil, des aiguilles, des ceintures, des vêtements. Il racontait aussi des contes. C'était un parleur déroutant.

— Hérétique ?

— Mauvais esprit. Il disait aux gens : « Grandissez, quittez la demeure du Père comme l'on fait quand l'âge vient et vivez sans papes, sans rois, sans rien au-dessus de vos têtes que les étoiles et les oiseaux. »

— Aymar m'a dit qu'il avait fui.

— Délie l'avait flanqué dehors. Il est mort en Andalousie en racontant, un soir d'hiver, une vieille histoire sans fin à une troupe de mendiants dans une église abandonnée. J'étais à Séville, en ces temps.

— M'a-t-il connu ?

— Je ne crois pas. Il n'a même pas soupçonné, à mon avis, ton existence.

— Aymar est plus lourd à porter que cet étranger turbulent à qui, peut-être, je ressemble.

— Aymar t'a aimé plus que tout, répondit Anthelme avec force. Il a toujours voulu ton bien.

Jaufré se redressa, batailleur comme un coq.

— Quoi, vous ne le détestez plus ?

Et l'autre, tout à coup railleur :

— Tu as de ses airs, quelquefois ! Le dos raide, la mine haute et ce désir d'être impeccable qui te fait oublier de rire quand tu te perds en âneries. Tu lui as beaucoup pris, Jaufré.

— Vous m'avez donné plus que lui.

Le vieux luthier se rengorgea.

— La musique nue, mon garçon, la musique, la source intime ! Dis-moi, l'as-tu perçue dans tes remuements noirs ? Pendant que ton père parlait, quelqu'un chantait-il, tout au fond ?

— Oui, maître Anthelme.

— C'est heureux. Je t'ai donné cela, Jaufré, à Dieu merci. Mais il me semble incontestable que c'est Aymar qui t'a pétri.

— S'il l'a pu, c'est que je l'aimais. Car ce ne sont pas ses leçons, ses attentions, ses remontrances qui m'ont aidé à pousser droit, c'est l'amour que je lui portais. Je ne l'aime plus, par malheur, et tout ce qui me vient de lui désormais m'enrage et me tue.

Delphine chercha son regard.

— Oublie, Jaufré, partons, dit-elle. Tu n'apprendras plus rien de lui. Il n'osera pas te poursuivre. Vieil homme, n'ai-je pas raison ?

Anthelme emplit son gobelet.

— Peut-être oui, peut-être non. Je ne sais pas, dit-il. Buvons.

Le soir tombait. Des bouffées grises parcouraient encore le ciel quand Jaufré, pensant à son maître et singeant par défi le haut maintien d'Aymar, descendit la rue d'Enloba parmi les ânes et les enfants qui encombraient le pas des portes. Il aperçut de loin Alexis affalé contre l'épaule du mendiant. Tous deux, apparemment, parlaient en vieux amis.

Le moinillon, voyant son frère, lui fit signe de s'approcher. Il était pâlot, amaigri, plus hirsute qu'à l'ordinaire, mais dans ses yeux brillaient des lueurs d'affamé. Jaufré lui dit :

— J'ai du nouveau.

L'autre répondit :

— Moi aussi.

Alexis baisa la joue du mendiant, puis son caillou, comme un visage, se dressa, entraîna son frère de l'autre côté de la rue, sous le porche ombreux du couvent, et désignant le fou qu'il venait de quitter :

— Il était autrefois ouvrier de la ville, il soignait les chemins, dit-il. On l'appelait, en ce temps-là, « Pied-de-Dieu ». Il avait un fils. Beau garçon, de bonne nature, à peine sorti de l'enfance quand il s'est fait prendre, une nuit, chez un prêcheur du mauvais bord. Il a brûlé avec trois autres sur le premier bûcher d'Aymar. Son père en a perdu l'esprit. À l'oreille, comme un secret, il m'a dit que notre couvent était le château de l'enfer. Il croit dur comme fer que son fils Raimondet y est retenu prisonnier. Imagine. Depuis vingt ans, il l'attend là, devant la porte. Il est convaincu qu'un matin il le verra réapparaître, content, fringant, jeunot comme au temps de sa vie.

— Notre père sait-il cela ?

— Depuis toujours, à mon avis.

— Comment peut-il vivre, Seigneur, avec cette bête increvable qui lui rappelle tous les jours, à peine ce portail franchi, le désespoir qu'il a semé ? Qu'as-tu dit à ce Pied-de-Dieu ?

Alexis haussa les épaules.

— Je lui ai chanté des comptines, je l'ai bercé, il avait froid.

— Que pouvons-nous faire pour lui ?

Le moinillon lui répondit en confidence malicieuse :

— J'ai comme une idée, mon tout beau.

Son frère fronça les sourcils, il l'interrogea du regard. L'autre rit, fit mine de fuir. Jaufré le rctint par la manche.

— Delphine Tille, lui dit-il. La vieille nous a parlé d'elle. Notre Aymar l'a brûlée aussi.

Alexis demeura muet, l'œil à l'affût, inquiet soudain.

— C'était ma mère, dit Jaufré.

Le moinillon hocha la tête. Il répondit :

— Je m'en doutais.

Puis droit dans les yeux de son frère :

— Nous en aurons bientôt fini.

Il se détourna brusquement et courut à la bibliothèque.

Le père Aymar, probablement, entendit son fils arriver mais il demeura recueilli, les mains jointes contre son front devant l'autel de l'oratoire où brûlait un feu de bougie. Jaufré, rechigné, l'attendit, appuyé au coin de la porte. Son père enfin se releva. Il s'éloigna sans un regard, disparut un moment dans le silence ombreux de son appartement et alluma sa vieille lampe, cadeau d'un frère hospitalier à son retour d'un long séjour dans un couvent de Palestine. Comme son visiteur ne bougeait toujours pas, il lui lança :

— Eh bien, viens-tu ?

Jaufré sans hâte s'avança. Il n'avait pas franchi le seuil de cet impressionnant lieu saint depuis les jours de fin d'enfance où il écrivait en secret ses premières chansons d'amour sous la charpente de l'église. Même parfum de bonnes herbes, si paisible, si émouvant, même tranquillité sévère, même impeccable propreté, même pesanteur des vieux meubles. Lui revinrent les temps heureux où il n'entrait là que muet et les sandales décrottées. Il sourit au-dedans de lui. Il n'était plus l'enfant timide qui s'émerveillait en secret d'être reçu chez le saint homme, ses bottes étaient restées bourbeuses, il s'en avisa sans souci, et c'était Aymar, maintenant, debout à côté de la table, qui l'observait en attendant de se voir enfin remarqué.

Pour l'instant son fils, alentour, n'avait d'amicale attention que pour des objets immuables soudain ravivés, émouvants : les quatre livres au pied du lit, le bol au bord de la lucarne, le rameau sec au mur du fond, le même depuis tant d'années, sous la petite croix pendue.

— Sois le bienvenu, dit le père.

Ces mots ne résonnèrent guère. Ils furent prononcés à voix sobre, feutrée. « Comme autrefois, pensa Jaufré. Va-t-il m'offrir son eau d'anis ou sa tisane au miel de thym ? » Il sentit son cœur s'emballer. Il le retint. Il répondit :

— Vous voulez, je crois, me parler.

Aymar fit oui d'un coup de tête mais resta la bouche fermée.

— Je vous écoute, dit Jaufré.

Il pensa : « Il va s'effondrer. Le malheureux se tient trop raide pour n'être pas déjà brisé. » Il eut un élan de prière, une inquiétude pour sa vie, se hérissa tout aussitôt contre cet accès malvenu.

— Assieds-toi donc, dit le prieur. Non ? Tu refuses ? Eh bien, tant pis.

Sa voix n'était pas d'un mourant. Un sourire mélancolique, fugace, à peine perceptible, émut un instant ses yeux gris.

— Fauruc t'a trouvé fier et beau.

— Il m'a donc trahi, dit Jaufré. Qu'importe, je ne l'aime guère.

Aymar sourit encore et l'observant de haut :

— Quand je suis venu à sa porte, je savais que tu étais là. Je n'ai parlé que pour toi seul.

— Vous ne m'avez pas dit un mot !

— Je voulais que tu me rejoignes, que tu cesses de me chercher dans ces bas-fonds ou ces hauteurs que je n'ai jamais fréquentés. J'ai pensé : « Il a peur que j'entre, il doit chercher à se cacher. » As-tu couru au vieux tonneau, à l'angle du mur du jardin ?

— Vous pouvez vous moquer, qu'importe. Sachez que je ne vous crains plus.

— Et moi, mon fils, je te redoute.

Il dit ces mots tout pauvrement, à voix tranquille, presque basse. L'autre eut un bref ricanement.

— Vous, me redouter ? Allons donc !

— Depuis que tu me fus donné, je m'effraie de ta mort possible, de tes malheurs, de ta santé, du mal que te fera le monde, des jours où tu ne viendras plus, du diable qui peut survenir, et aujourd'hui de la colère qui te fait ce triste regard.

Jaufré demanda rudement :

— Vous paraît-elle étrange, injuste ?

— Ce n'est pas elle qui m'atteint, c'est ta peine qui me chagrine.

— Ma peine ? Que vaut-elle auprès de vos bûchers ? Savez-vous bien quelles souffrances, quels meurtres vous avez commis ?

— Je sais, mon fils, je sais.

Jaufré ouvrit la bouche, cessa de respirer. « Quoi, il sait, pensa-t-il, et il l'avoue tout net, sans le moindre remords, comme un âne qui baye aux mouches ! » Il s'exclama :

— Par tous les saints, quel foutu démon vous tenait ?

— Celui qui sait tout, sauf aimer. Veux-tu savoir qui fut ton père avant ta venue dans sa vie ? Un étudiant voué corps et âme à l'Église, le bercail du Dieu Tout-Puissant. Tout-Puissant, Jaufré, quel aveu ! Le pouvoir était le seul rêve de ceux qui le voulaient ainsi. Je croyais cette Maison-là peuplée de justes incontestables face au monde farci de loups, de mauvais larrons, d'ignorants. J'ai travaillé, lu, écouté jusqu'à être reçu là-haut, dans les palais bien ordonnés où vivent les grands cardinaux, maîtres des rois de ce bas monde et gardiens des portes du Ciel. Le plus noble d'entre eux, le pape, m'a dit : « Aymar, veux-tu servir ? » J'ai baissé devant lui la tête et je me suis senti grandi. « Va faire la guerre aux méchants qui haïssent la vérité. »

J'ai obéi, et fièrement. Je me suis fait soldat du Seigneur Tout-Puissant.

— Mais enfin, s'écria Jaufré, étiez-vous sourd, aveugle, fou ? Vous que je sais si secourable, par quel furieux égarement avez-vous pu martyriser, deux ans durant, autant de gens ?

— Je ne me suis pas méfié de la malignité des mots. Il est simple de s'enfermer dans une prison de paroles. Il suffit que soit admiré le grand homme qui nous les dit. Tout s'ordonne, alors, comme il veut. Nous faisons nôtres ses désirs, nous dressons nous-mêmes les murs qui nous séparent de nos âmes et nous nous retrouvons un jour à creuser des fosses communes en croyant servir le Dieu bon. J'ai défriché le champ de ma mère l'Église, c'était la mission confiée. Les êtres m'étaient étrangers autant que les gens de la lune. Nous n'étions pas, en ce temps-là, de même bord, de même chair, ils n'étaient rien que mauvaise herbe.

— Pauvre de vous.

— Ne me plains pas, quoique j'entende dans ta voix plus de mépris que de pitié. Ce fut simple et toujours terrible, plus que de souffrir mille morts. Mais je fus un bon serviteur. J'ai mené mon ouvrage à bien, autant que l'ont permis mes forces. J'ai jugé et j'ai torturé, j'ai condamné et j'ai brûlé pour la gloire du Tout-Puissant. C'était mon devoir. Je l'ai fait.

Jaufré lui vint devant, débordant de révolte, de misère, d'effroi.

— Votre cœur, mille diables, dites, où était-il ? Perdu ? Inexistant ? Qu'aviez-vous là-dedans ?

Il cogna contre sa poitrine. Il ne le fit pas reculer.

— De quel cœur parles-tu, mon fils ? De celui qui aime, qui bat ? De celui qui s'émeut, qui souffre, qui sait rire, qui compatit ? Fauruc ne m'était pas venu, Jaufré non plus en ce temps-là, il était à peine trouvé. Je n'avais que grandeur en tête, service, pureté, vertu.

Il sourit vaguement, eut un geste de rien.

— Peut-être aussi fastes romains, conversations, complicités de grands seigneurs ecclésiastiques. J'avais de ces ambitions lourdes que l'on n'ose pas s'avouer. Mais qu'importe ces vanités, elles se sont bientôt dispersées comme des brouillards sous le vent. Tu étais déjà là, mon fils, et tu m'apprenais l'amour vrai. Ce n'était qu'un balbutiement, mais je pressentais, certains jours, que je n'étais plus un désert. Et voilà qu'en ces mêmes temps j'ai commis la faute majeure. Par la bénédiction du pape je ne pouvais faire que bien et j'ai mal jugé. J'ai failli. J'ai condamné injustement dame Anne-Marie de Fauruc. J'en suis resté abasourdi. Je me suis regardé comme on contemple un être inconnu, effrayant. Je me suis vu gonflé d'orgueil démesuré, moi qui me croyais humble moine, et de mépris des pauvres gens, moi qui me croyais juste et droit. J'ai confessé à mon évêque la faute qui me tourmentait. Je la croyais déshonorante. Il l'a estimée pardonnable, rien d'autre qu'un trébuchement. Je l'ai prié de prévenir celui qui m'avait fait confiance que j'étais désormais indigne d'accomplir ma sainte mission. Il m'a répondu en riant qu'on ne dérangeait pas le pape pour d'aussi banales erreurs. Alors un soir, dans ma cellule, j'ai fermé les yeux, pour tout voir. Qui étaient donc ces beaux seigneurs qui m'avaient dicté ma conduite ? Pour qui avais-je travaillé, pour quelle cause, pour quel Dieu ? Je ne m'étais jamais posé ces questions pourtant nécessaires. Je me suis découvert égaré, loin de tout, dans un champ de ruines. Ma vie.

Jaufré répondit, ébahi :

— Un champ de ruines, votre vie ? Allons, que me contez-vous là ? Vous n'avez pas quitté l'Église, vous n'avez pas changé de peau, et voyez, même pas d'habit !

— Que pouvais-je faire ? Mourir ?

Jaufré voulut parler, protester. Il ne put. Il contempla le père Aymar qui lui souriait tristement. À imaginer son enfance sans son regard, sa haute taille, sa tranquillité rassurante, il s'effraya. Il balbutia :

— Vous auriez pu vous repentir. Mais vous l'avez fait, je suppose. Vous auriez pu au moins me dire de quelle femme j'étais né.

— En aurais-tu été meilleur ?

— Je n'avais que Thomette et vous. Je n'avais que vous, il est vrai, pour me tenir l'échine droite. Je vous aurais sans doute haï. Je crois que je vous aurais fui comme un monstre de cauchemar.

— Quel bien cela t'aurait-il fait ?

Jaufré chassa ces mots d'un geste, et remuant le front comme un âne têtu :

— Tout de même, mon père, je ne vous comprends pas. Vous m'avez parlé de l'Église comme d'un château de brigands où vous étiez emprisonné, et je vous vois encore en respecter les règles, jouer au saint prieur, tenir vos moines en bride, et pire, s'il se peut, menacer votre fils de le vendre aux inquisiteurs, pour peu que l'envie le reprenne de ne vivre que de chansons !

Aymar s'en fut ouvrir l'armoire où étaient ses récoltes d'herbes, choisit le pot de thym, le porta près du feu, et tandis qu'il chauffait son eau au bord des braises :

— Je suis ainsi, dit-il, raide, guère avenant, autoritaire par souci que nul ne s'égare en chemin, capable de roueries aussi pour que ma volonté soit faite, réfléchi mais rogneux au fond, inquiet de tout, finalement. Je ne suis pas meilleur que le commun des gens, mais je ne me fais plus la guerre. Je m'amuse de mes défauts. Je les vois maintenant remuer au-dedans comme des êtres ridicules, pitoyables, sans intérêt, mais ils sont là, et je les porte, et je les laisse vivoter. Je voulais autrefois qu'un jour on me regarde comme un saint. N'est-ce pas comique, dis-moi ? Je ne me soucie même plus d'être un chrétien à peu près bon. C'est pour cela (qui sait ?) qu'il m'arrive de l'être, parfois, quand je soigne les gens. Passe-moi donc le pot de miel, il est à droite de la sauge.

Jaufré lui obéit, s'assit devant le feu. Il serait autrefois resté près de la table à regarder son père emplir les gobelets.

— Vous auriez dû vous faire ermite, dit-il. J'aurais compris cela. Mais non, vous n'avez rien rompu.

— J'ai changé d'Église, mon fils. J'ai quitté celle qui ordonne, qui brandit ses crosses, ses croix, celle qui brûle et qui effraie, celle qui tourmente les vies, et j'ai rejoint celle du Christ. Celle-là n'est guère visible, elle est simple, sans ornement. Imaginc, loin des palais, une chapelle de campagne abandonnée. Elle est ainsi. On n'y rencontre pas d'évêques, de cardinaux, d'inquisiteurs, même pas de frère portier pour vous demander, au guichet, de quel bois vous êtes bâti, ou quelles sortes de folies vous avez commises en chemin. Cette Église est, en vérité, dressée au cœur même des êtres. Un jour je m'y suis recueilli et j'ai prié sans rien cacher de la pauvreté de ma vie. Je ne sais quoi, je ne sais qui, peut-être une voix sans personne, m'a dit de soulager les maux, comme je pouvais, sur ma route. Vaille que vaille, j'obéis. À part cela, comme tu sais, je suis un prieur tyrannique et un père mal embouché.

— N'exagérez pas, dit Jaufré. Vous n'iriez pas jusqu'à me vendre à votre évêque inquisiteur.

— C'est un pauvre homme, je le soigne. Il a des humeurs d'estomac et souffre de mélancolie.

— Si je m'en vais, mon père, dites, enverrez-vous à ma poursuite les hommes d'armes du prévôt ?

— Peut-être que oui, je l'ignore. Qu'en penses-tu ?

— Je ne crois pas.

— D'autant que tu n'es pas l'auteur de cette diatribe fumante que j'ai bien fait de confisquer. Je l'aurais volontiers signée au temps de mon effondrement, mais je n'aurais pas su l'écrire. Alexis est plus fort et meilleur qu'il ne croit.

— Rendez-lui son cahier, mon père.

— Je ne peux pas, je l'ai brûlé.

Jaufré eut un rire surpris.

— Eh bien, dit-il, ma vie s'éclaire. Vous n'avez plus pouvoir sur moi.

— En ai-je jamais eu le moindre ?

— Allons, mon père, dites-moi, pourquoi m'avez-vous menacé de la pire des morts possible si je quittais votre maison ?

Aymar sourit, piteux, paisible.

— J'aime ta présence, Jaufré. Et pour arriver à mes fins je suis capable, tu le sais, d'user de ruses déplorables.

Il soupira, il dit encore :

— Tu partiras, je le sais bien, et je resterai comme un arbre abandonné par les oiseaux.

Il se leva, ouvrit les bras.

— Veux-tu bien que je te bénisse ?

Jaufré ne fit qu'un pas et tous deux s'étreignirent comme ils faisaient jadis, après longtemps de guet, quand le fils attendait son père à la porte, la nuit venue. Aymar enfin le repoussa.

— Va-t'en, dit-il, je suis fourbu. Parler ainsi est épuisant. Et préviens Fauruc, en passant, qu'il ne me verra pas ce soir.

Jaufré s'éloigna jusqu'au seuil, hésita, et se retournant :

— J'aime une femme. Infiniment. Il me plaît que vous le sachiez.

— Chance pour elle, dit Aymar.

Il fit un geste d'au revoir, comme s'il chassait une mouche. Il était déjà attablé. Il rapprocha le chandelier et plongea le nez dans son livre.

Jaufré trouva Fauruc assis devant le feu, occupé à peler des raves pour la soupe qui bouillonnait sur un fagot de bûches maigres.

— Bonsoir, Aymar, dit-il, penché sur son travail. As-tu vu ton bougre de fils ?

— Il l'a vu, répondit Jaufré.

L'autre jeta un œil par-dessus son épaule. Il ricana.

— Holà, dit-il, j'ai failli médire de toi ! Je suppose que mon ami a décidé de dîner seul.

— Il est fatigué.

— Il m'inquiète.

Jaufré prit place auprès de lui et se mit aussi à l'ouvrage. Fauruc reprit :

— Tu lui fais mal. Il s'imaginait délivré de ses diables, de ses fantômes, et voilà que tu t'en reviens avec cette troupe de morts.

— Il m'a paru paisible.

— Il s'efforce de l'être. Je crains qu'il soit tenté de se laisser mourir.

— Mourir ? Et pourquoi donc ? lui répondit Jaufré, l'œil tout à coup inquiet.

— Il n'aime pas sa vie. Donne-moi, s'il te plaît, un bol de sa tisane. Elle est triste, elle sent le vieillard, mais il croit qu'elle me fait plaisir.

Jaufré le servit à ras bord. L'autre but, grimaça, et s'essuyant la barbe :

— C'était la nuit passée, il ne pouvait dormir, moi non plus, j'engueulais les murs. Je l'ai entendu, à la porte, qui hésitait. Il est entré. Il s'est assis là où tu es. Il a parlé seul un moment comme s'il rêvait à voix haute. « J'aimerais une apocalypse, disait-il, un coup de tonnerre, le ciel fendu de haut en bas, une foudre qui me tuerait et me ferait renaître ailleurs, dans un pays neuf, sans mémoire. »

— Il délirait.

— Je me suis dit qu'il avait peut-être trop bu.

— Impossible, il avait la fièvre.

Fauruc rit et resta rêveur. Il dit enfin, pris de tendresse :

— Imagine-le tout rougeaud, une cruche de vin au poing, chantant une chanson paillarde.

— Il n'en connaît pas, dit Jaufré.

— C'est vrai, hélas pour lui, murmura le reclus. S'il pouvait renaître gourmand, courant de troussées en bamboches, moins haut de taille et plus ventru, quel grand bien cela lui ferait !

— Taisez-vous donc, gronda Jaufré, vous ne connaissez pas mon père, il n'a pas de ces rêves-là !

Fauruc l'examina, le regard aiguisé.

— En vérité, dit-il, tu l'aimes comme il est, inaccessible, tourmenté. Tu ne veux pas qu'il te ressemble. Aymar, capable de jouir des bonheurs qui te font courir ? Ridicule, inimaginable !

Jaufré marmonna un juron, soupira, haussa les épaules. Pourquoi ce vieux chat décharné l'exaspérait-il à ce point ? Il dit enfin :

— Pardonnez-moi, si j'avais fait ce qu'il a fait, je n'aurais pas, moi, survécu.

L'autre touilla sa soupe, s'en servit, la huma.

— Certainement pas, en effet. Tu es moins vigoureux que lui. Veux-tu partager mon dîner ?

— Adieu, Fauruc.

— Eh bien, bonsoir.

Jaufré d'un coup d'œil le maudit. Il sortit en claquant la porte.

12

Le soir tombait, aigre, mouillé. Jaufré, sur le seuil de l'église, serra au col son vêtement et traversant le cloître à grands pas dans les flaques : « Regardc tout, regarde bien, tu ne reverras plus ce puits, ces moines, ces murs, ce couvent, pensa-t-il. Dès demain matin, prends ma main, bon vent, je te suis, comme disait Tawfik le Noir. D'abord annoncer à Delphine que c'est décidé, nous partons, puis avec elle, avant le jour, aller dire adieu à Thomette, à mon frérot, à Vitalis. Anthelme fera le gaillard mais ses yeux ne pourront mentir. Il me haïra de le fuir. J'en aurai le ventre noué, le cœur pluvieux, la tête lourde. » Il s'imagina tout à coup assailli par ces bien-aimés changés en cauchemars griffus agrippés à son cou, ses manches, lui arrachant en pleurs grotesques une promesse de retour. Il frissonna, il s'ébroua, tenta de se désengluer de ces rêveries maléfiques, y parvint mal, se dit encore : « Trop rude épreuve, mieux vaudra que nous évitions les rencontres. Je laisserai pour Alexis une lettre de bel amour et une autre pour maître Anthelme. Thomette pleurera un peu, un brin de journée, rien de plus. Vitalis, comme à l'ordinaire, trouvera dans son sac à mots un au revoir original pimenté de malédictions farcies aux olives papales. Nous serons loin déjà. Je n'en entendrai rien, j'y penserai peut-être, ou peut-être pas, à quoi bon. Que disait encore Tawfik ? Qui regarde derrière lui perd de vue l'ange qui le guide. » Il arriva chez maître Anthelme, étrangement ragaillardi.

Delphine était devant le feu à recoudre un habit fané du vieux bonhomme assis près d'elle. Tous les deux, les sourcils haussés, l'interrogèrent du regard.

— Plus rien ne nous retient ici, dit Jaufré. Nous partons demain.

Il avait parlé tout de go, sans rien éprouver de la peine que tout à l'heure il redoutait. Delphine aussitôt s'éclaira, en oublia son fil en l'air. Elle répondit :

— À l'instant même, je lui disais qu'à mon avis il n'était pas bon de tarder.

Et désignant le vieux luthier :

— Il a des amis à Toulouse.

— Et d'autres à Ventadour, à Puivert, dit Anthelme. Ils vous aideront de bon cœur. Assieds-toi et raconte-nous. As-tu vu ton diable de père ?

Jaufré lui répondit que oui, et qu'ils avaient vidé leur sac, chacun son tour, honnêtement. Ce dernier mot, à peine dit, lui parut étrangement sot.

— Mais encore ? dit le luthier.

Jaufré s'assit à son côté. Le visage d'Aymar lui revint à l'esprit. Son cœur battit plus fort. Il remua la tête. Ces choses que son père lui avait confiées lui semblèrent soudain sacrées, trop intimes pour être dites, semblables, au plus secret de l'âme, à un jardin de fleurs obscures où nul ne devait pénétrer, même pas son ami, son maître. « Même pas elle », se dit-il, jetant un coup d'œil à Delphine qui le regardait, espérante, à l'affût d'un geste, d'un mot. Anthelme, inquiet, lui demanda :

— Avez-vous fait au moins la paix ?

— Oui, dit Jaufré. Je crois que oui.

Il eut un semblant de sourire.

— Nous avons bu de l'eau de thym.

— Vive la vie, répondit l'autre, à nouveau tout ensoleillé.

Delphine dit, se recoiffant, comme prête à partir sur l'heure :

— Il nous faut aller saluer dame Thomette et Alexis.

— Demain, mes agneaux, dit Anthelme. Ce soir, je vous garde sous clef. Avons-nous quelque bonne viande ?

Elle s'en fut ouvrir le buffet.

— Un lièvre dépouillé de frais.

— Et du vin vieux ?

— Trois grosses fioles.

— Dieu les bénisse, deux pour moi, la troisième pour qui voudra !

La bête fut bientôt rôtie, le couvert mis, le pain tranché, le dîner longtemps savouré comme un réveillon de famille. Le dernier gobelet vidé, Anthelme rota dans sa barbe, discrètement, en vieux repu.

— Mes enfants, dit-il, sachez-le, une fois franchie cette porte, vous ne me verrez plus vivant. Je mourrai bientôt, je le sens. Mes mains tremblotent. Mauvais signe. Pourtant, voyez, je suis content car je quitterai notre monde sans peur ni regret. Librement. Bien sûr, j'avoue, j'ai espéré que le temps d'une vie encore cet atelier, le tien, Jaufré, sentirait bon le copeau neuf. Je ne devrais pas te le dire mais il m'arrive quelquefois de me rêver ici, invisible, sans corps. Je te regarde, tu es là, assis à ma place ordinaire, et la fierté que je ressens me fait un plaisir de fantôme plus agréable que le Ciel promis par tes frères prêcheurs. Mais sornettes de pauvre bougre que tout cela, je le sais bien ! Car j'aime encore mieux t'imaginer dehors à chanter pour les bonnes gens, à faire se joindre sous cape, furtivement, des mains amies, à ravigoter des bontés, des désirs dans le corps des femmes, de vieux rêves dans les regards. Tu es un artiste, Jaufré, et je t'ai aidé à éclore. Voilà mon vrai contentement. À toi et à qui veut m'entendre, de la part d'Anthelme, merci.

Il pencha sur son gobelet trois goulots pour un ruisselet, et après qu'il eut fait claquer sur ce rien sa langue gourmande :

— J'ai eu ce que je désirais, un heureux métier, la musique, un presque fils, quelques amis, tout sauf les grasses matinées avec la bien-aimée luronne qu'à votre âge j'avais choisie. Ne gâtez pas cette merveille qui vous est donnée, mes enfants. Celui qui ne l'a pas goûtée peut seul en mesurer le prix. Tu sais, Jaufré, ce qu'est l'amour. Chante-le, ne t'en lasse pas, mais n'oublie pas de le servir. Que pas un instant de ta vie ne t'éloigne de ton amie. Elle est ton bien le plus précieux. Veille sur elle. Ainsi soit-il.

Delphine rit, et rougissante :

— Bien dit, maître Anthelme. Merci.

L'autre gronda, penché sur elle :

— Holà, holà, m'as-tu compris ? Je crains que non. Donc, je répète. Que pas un instant de ta vie (entends bien cela, péronnelle !) ne t'éloigne de ton ami. Oublie-toi dans le soin de lui. Oublie tout au monde, sauf lui. Hé, vous me fatiguez, paillasses ! Je ne peux plus tenir assis. Portez-moi donc jusqu'à mon lit et mouchez toutes ces chandelles, je ne veux pas me voir dormir.

Ils couchèrent le vieil enfant. Jaufré lui ôta ses sandales, Delphine déposa sa tête sur l'oreiller, elle le borda, puis ensemble ils se redressèrent. Maître Anthelme ronflait déjà. Ils se regardèrent, amusés, se sourirent, indulgents, complices. Leur vint une même pensée inavouable, aussitôt dite sans qu'un mot ne soit prononcé. Chacun vit son propre désir naître dans le regard de l'autre. D'un même élan ils s'étreignirent. Les mains comme des bêtes vives coururent partout sur leurs corps. Elle murmura contre sa bouche d'un souffle :

— Ne restons pas là.

Mais elle le serra, le retint. Il empoigna sa chevelure. Elle offrit sa nuque à ses dents. Il grogna d'aise, elle haleta, se retint à ses vêtements. Ils tombèrent sans savoir où, ils roulèrent dans la pénombre. Anthelme rit dans son sommeil. Il ouvrit un œil. Le vit-elle ? Elle s'échappa vers l'escalier, corsage ouvert, cordons défaits. Elle s'empêtra dans ses jupons. Jaufré l'empoigna au pied des marches, il la jeta la tête en bas, sans ménagement, sur l'épaule. Elle rit, elle dit :

— Brute, bandit.

Elle tambourina sur son dos. Il chantonna, le souffle rauque :

Reine, putain, esclave, amante,
Je vais t'apprendre comme chante
Le rossignol des nuits d'amour.

— De qui, cette chanson de rustre ? grogna-t-elle. De toi ? Avoue !

Il badina tout bas, il raffermit sa prise. Elle se débattit, furibonde, enfiévrée par l'obscur plaisir de se sentir ainsi tenue. Il la coucha sur l'édredon et tomba près d'elle à genoux. Il la contempla un moment.

— Elle est de moi, dit-il. Pour nous.

Elle ouvrit les bras, murmura :

— Mon homme, déshabille-nous.

Ils gardèrent, à côté du lit, pour se voir nus, une lumière. Ils se caressèrent longtemps sans souci d'étouffer leurs rires, leurs gémissements, leurs éclats. Ils s'abreuvèrent longuement de mots furieux, lumineux, rudes, de tendresses à presque pleurer, de bénédictions crapuleuses, de rages douces, de prières, de murmures à souffle perdu, de salive et sueurs mêlés. Ils virent, à l'instant de jouir, la pénombre autour d'eux rougir.

Comme ils s'apaisaient l'un sur l'autre, elle lui dit, les yeux grands ouverts :

— Quelque chose brûle dehors.

— Non, dedans, répondit son homme, la tête enfouie dans ses cheveux.

Il releva pourtant le front, encore affamé de sa bouche, vit partout danser des lueurs et la lucarne au bord du toit embrasée comme un four ouvert. Tous deux, debout d'un bond, allèrent s'y pencher.

— C'est une maison, dit Delphine, au bas de la rue d'Enloba.

Et Jaufré :

— Non, c'est le couvent.

À la hâte il se rhabilla.

— Je t'accompagne, lui dit-elle.

L'escalier dévalé à deux fit un fracas tonitruant. Ils s'empêtrèrent dans les bancs. La porte derrière eux claqua. Anthelme n'en entendit rien. Il ne cessa de ronfler, cahotant, discordant en diable et béat comme un bienheureux écoutant les anges chanter.

Des hommes dans la rue couraient, des femmes appelaient aux fenêtres. Le ciel rougeoyait sur les toits, ses rousseurs, le long des murs noirs, remuaient des ombres de forge, éclairaient çà et là des gens encombrés de seaux débordants.

Jaufré fit halte en vue du porche, essoufflé, hagard, ballotté par les remuements de la foule qui les empêchaient d'avancer.

— Allons-nous-en, lui dit Delphine. La troupe du prévôt s'en vient. Il nous faut rejoindre le cloître, c'est là qu'on a besoin de gens.

Elle voulut l'attirer mais il resta planté à contempler les flammes au-dessus des chapeaux, pétrifié, indifférent aux bousculades, aux coups d'épaule. Comme elle rageait, impatientée de le voir ainsi fasciné, il lui prit tout à coup le bras, dispersa rudement des matrones piaillantes hissées sur la pointe des pieds et l'entraîna entre deux murs dans une échappée de ruelle où n'étaient que fuites de rats, suintements, ténèbres, ordures. Ils s'avancèrent jusqu'au fond. Là rampaient des buissons de ronces sur une masure écroulée.

— Passe devant, grimpe, dit-il, ne crains pas, je te suis, je t'aide.

Elle franchit sans peine l'obstacle et sauta, de l'autre côté, dans le jardin du père Aymar. L'espace était presque désert. Une moitié de lune au-dessus du tilleul échappait aux assauts des flammes et de fumée. Quelques moines étaient là, parmi les rangs de plantes exactement tracés. Certains priaient à haute voix, les bras ouverts au ciel brûlant, d'autres pleuraient sans retenue, tous contemplaient obstinément le long mur sombre de l'église que le feu avait épargné. Jaufré et son amie leur vinrent droit dessus. Ils demandèrent à l'un, à l'autre :

— Avez-vous vu frère Alexis ?

Aucun ne parut les entendre.

— Il est sûrement chez Thomette, dit Delphine. Allons, laisse-les.

Elle courut au bout du jardin, chercha la vieille brèche ouverte sur le chemin et la maison. Comme Jaufré la rejoignait :

— Je suis là, dit une voix simple dans l'ombre du tas de cailloux.

Elle fut la première à le voir. Le moinillon était assis dans un obscur recoin de mur où ne poussait que folle avoine. Ils s'approchèrent. Il leur sourit, leur fit un clin d'œil malicieux. Son frère, tombé à genoux, le prit fermement aux épaules, tremblant, soudain bouleversé par une peur extravagante, et désignant d'un coup de tête l'embrasement derrière lui :

— Ce n'est pas toi, frérot, dis-moi, ce n'est pas toi.

Alexis l'écarta.

— Regarde, lui dit-il, ce sont les cellules des moines et la salle capitulaire qui flambent avec le plus d'entrain. L'église me semble sauvée, la bibliothèque aussi, ou presque. Tout à l'heure, par précaution, nous l'avons vidée de nos livres. Ils sont entassés chez Thomette. Vitalis est assis dessus. Il craint, ce fou, qu'on nous les vole. Il s'est même armé d'un bâton. L'incendie ? Non, ce n'est pas moi.

— Mais tu sais qui.

— Bien sûr que oui.

Et s'extasiant à mi-voix :

— Je n'avais jamais vu un feu aussi énorme. Quelle force, quelle santé ! Regarde-le comme il jouit, comme il dévore ciel et nuit. Ne semble-t-il pas invincible ? Quand je pense qu'il va mourir !

Frère François, manches troussées, apparut au bord de la brèche. Sa voix puissante réveilla l'ombre tranquille du jardin.

— Holà ! les moines, cria-t-il à ses compagnons effarés éparpillés dans les allées, cessez de bayer aux corneilles, venez à l'aide, sacredieu !

Il les rameuta d'un grand geste, partit comme il était venu. Les frères, soudain ranimés, se poussèrent les uns les autres, coururent en désordre après lui.

— Bon vent, dit Alexis, ils me troublaient la vue.

Jaufré soupira bruyamment.

— Cesse tes simagrées, dit-il. Raconte-nous.

Le moinillon lui répondit :

— Belle histoire, peut-être sainte, ou peut-être absurde, qui sait ?

Il resta encore un instant à se perdre en contemplation puis sans hâte, paisiblement :

— Avant l'office de la nuit (c'était donc il y a quelques heures mais cela me semble aussi loin que le temps où j'étais sans corps), l'envie m'a pris d'aller bavarder un moment avec Pied-de-Dieu, le mendiant. Cet homme-là m'émeut et m'effraie tout autant. Je pourrais être son pareil si je ne me retenais pas. Il avait froid, il avait faim, il pleurait après son garçon prisonnier du château du diable, notre couvent, comme tu sais. Je lui ai dit que c'était moi qui faisais le pain pour les frères, que j'en avais cuit tout à l'heure et qu'il était encore chaud. Il m'a regardé bouche ouverte avec un espoir si touchant que je l'ai tiré par la main, malgré sa peur qui lui faisait des yeux aussi ronds que des lunes, jusqu'à la cuisine, chez moi. Il a mangé devant mon feu. J'étais content de le voir là se goinfrer, la figure rouge. Puis, dehors, la cloche a sonné. C'était l'heure de la prière.

— Quoi, dit Jaufré, pantois, tu l'as laissé tout seul ?

— Oui, avec Dieu, avec le diable, avec le patron de nos vies, avec les bûchers du prieur, avec le Christ et les bourreaux, avec ce qui doit être fait, avec le hasard qui peut tout. J'ai pensé, moi qui ne crois rien : « Que ta volonté s'accomplisse. » Je m'en suis allé à l'église. À genoux, mains jointes, debout, je n'ai répété que cela : « Ta volonté, ta volonté, que ta volonté s'accomplisse. » J'ai vu le feu avant les frères, bien sûr, je jetais des coups d'œil. J'ai donné l'alerte. Il fallait. J'ai couru dehors le premier. Pied-de-Dieu était à l'étage, il menait un chahut d'enfer. Le long du couloir des cellules, une torche dans chaque poing, il fracassait partout les portes en appelant son fils perdu. Il le croyait là, le pauvre homme, enfermé dans quelque placard. Ses haillons lui brûlaient dessus, sa barbe et ses cheveux fumaient. Je lui ai bondi sur le râble. Je ne sais pas comment j'ai fait. Nous avons roulé pêle-mêle et dégringolé l'escalier avant qu'il ne s'effondre en flammes. Je l'ai tiré hors du couvent. Les frères ne nous ont pas vus. Ils couraient partout, affolés.

— Où est-il ce fou ? dit Jaufré. Misère de Dieu ! Et s'il parle ?

— Il a parlé. Il parle encore. Il a retrouvé son caillou, à sa place, en face du porche. Je suis resté à l'observer. Je l'ai vu attraper les gens par les jambes, par le manteau, et dire ce qu'il avait fait.

— Personne ne l'a cru ?

— Personne. On ne l'écoutait même pas.

— Regarde, Jaufré, dit Delphine.

Elle désigna la porte basse de l'appartement du prieur à peine discernable, au loin, au plus noir du mur de l'église. Elle venait de s'ouvrir. Tous trois se renfoncèrent dans leur recoin de nuit, l'œil soudain à l'affût, le souffle retenu. D'un moment ils ne virent rien qu'un remuement fantomatique, puis la porte se referma, grinçant à peine, comme en songe, et sous le ciel brûlant leur apparut bientôt un grand corps aux pas difficiles. Son dos était chargé d'une ombre si pesante qu'il en était courbé comme un dieu condamné à charrier le monde.

— C'est Aymar, murmura Jaufré.

Alexis demanda :

— Que porte-t-il ainsi ?

— Fauruc. Il est infirme.

Ils se tinrent muets, serrés à le regarder cheminer, traverser des lueurs fuyantes au gré des caprices du feu, faire halte un instant au bord des plants de sauge.

— Pose-moi donc, lui dit Fauruc.

Aymar repartit sans répondre, acharné, titubant, courbé plus bas encore. Il atteignit le vieux tilleul, s'appuya sur lui, reprit souffle puis il dit pour lui seul :

— Allons.

Il remit un pied devant l'autre, toucha enfin le mur, la brèche. Il était à quelques pas d'eux. Ils ne purent voir son visage mais ils l'entendirent haleter tandis qu'il se tenait aux pierres avant de franchir le seuil noir qui le séparait du chemin.

— Repose-toi, tu n'en peux plus, dit son fardeau sur son échine.

— Non, non, encore quelques pas.

Jaufré sourit dans son coin d'ombre. Le ton du prieur était sec comme au temps où il s'obstinait dans ses raideurs infranchissables. L'envie le prit d'aller l'aider. Delphine le poussa du coude. Elle avait perçu son désir. Il remua la tête et demeura caché. Il pensa : « Je connais mon père, il s'estimerait offensé. » Il se sentit confusément fier, attendri, pris de pitié.

— Prends garde aux cailloux, dit Fauruc. Nous n'avons pas à nous presser. Laisse donc brûler notre monde, nous avons la vie devant nous.

Ils disparurent dans le noir.

— Allons voir de près, dit Jaufré.

Tous trois rejoignirent les moines. Le cloître, traversé de rousseurs aveuglantes, était méconnaissable.

Il y faisait une chaleur à griller cheveux et sourcils. Des porteurs de tonneaux et de seaux ruisselants grouillaient, braillaient, couraient sans répit en tous sens. Le long étage des cellules effondré dans la galerie n'était plus qu'un amas furieux de braises et de poutres flambantes vaillamment aspergées de déluges chétifs. La cuisine, le réfectoire et la salle capitulaire avaient disparu corps et biens dans cet enfer éblouissant. Tous les cyprès avaient brûlé. Une vaste mare d'eau noire où se reflétaient des lueurs protégeait les abords du portail de l'église et le seuil de la bibliothèque, seule debout au bout du feu.

— Je savais bien qu'elle survivrait, dit Alexis, indifférent aux incessantes bousculades. Les esprits des anciens la gardent. Ils l'aiment. Ils y sont bien servis.

— Tu crois à ces choses, Alexis ? demanda Delphine, étonnée.

— Il croit aux cerfs qui parlent, aux signes, dit Jaufré. Quand nous étions enfants, il jouait à chercher des figures de gens, de bêtes dans les nuages qui passaient.

Delphine rit.

— Vraiment ? dit-elle. Je fais parfois cela aussi.

Le moinillon hocha la tête et soudain :

— Suivez-moi, vous deux.

Il partit, pataugeant dans les traînées d'eau noire. Jaufré à son train maugréa :

— Où nous mènes-tu, bougre d'âne ?

— Dans ce lieu où se font les livres, dit Delphine. Marche, mon beau. Je vais voir enfin où s'écrivent les belles choses, les grands mots. Est-ce une salle comme une autre ? Comme une église ? Un atelier ?

En tout cas elle doit être propre. Ni poules, ni biques, ni chiens, elle doit sentir sacrément bon. Jaufré, je vais enfin savoir quelle est l'odeur de la sagesse. Tu ne m'en as jamais rien dit.

Passé le dernier cyprès noir, Alexis attendit les autres, poussa la porte et sur le seuil :

— Voici le seul lieu saint de ce pauvre couvent, dit-il, le geste ample.

Dans l'ombre chaude n'étaient plus que la table vide et son banc. Un pot de plumes renversé, quelques parchemins oubliés gisaient çà et là sur les dalles. Un encrier brisé maculait l'étagère. Rien d'autre qui vaille alentour, sauf dans la cheminée où rougeoyaient encore deux bûches à demi calcinées affalées sur leur lit de cendres.

— Quelle merveille, dit Jaufré en promenant la main sur elles. Du feu comme les maisons l'aiment. Dehors, il rage. Ici, il veille. J'ai idée qu'il nous attendait.

Le moinillon lui répondit :

— Regarde, les bûches pétillent. L'Esprit aime dire des choses que l'on ne peut pas mettre en mots.

— Ce n'est pas comme je croyais, c'est moins beau, mais quelle importance ? On est bien, ici, dit Delphine, contemplant l'ombre de la salle, flairant l'air, caressant les choses. On sent comme de la bonté.

— Avec Vitalis, l'écritoire, les parchemins, les livres en tas, les quatre bougies allumées, répondit Alexis, toute fierté dehors, c'est un lieu béni des ancêtres. On pourrait s'y croire immortel.

Il jeta quelques branches au feu, le tisonna, le raviva et s'assit devant lui, captif de sa lumière. Jaufré se perdit de tendresse à regarder sa bonne amie qui parlait des yeux et des mains à d'insaisissables présences, aux imperfections de la table, aux rugosités des vieux murs. Il pensa : « Aucune autre femme n'est jamais entrée dans ce lieu. » Il faillit le dire, mais non, il s'en émerveilla tout seul. Que faisait-elle maintenant ? Elle semblait prier, tête basse.

Des mots muets lui vinrent encore, une inquiétude irraisonnée. « Nous nous en irons tout à l'heure, se dit-il. Auberges, chemins, incertitudes, pluies et vents. » Il sentit son cœur s'emballer. « Pourvu qu'elle ne soit pas malade, pourvu qu'elle ne se lasse pas. Les femmes rêvent, elles sont ainsi. Un jour elle me découvrira comme je suis, plus haut que grand, de pauvre courage, oubliable. Son regard sur moi s'éteindra, et je resterai planté là, sans plus de route devant moi. »

— Alexis, dit soudain Delphine, j'aimerais que tu nous maries.

Le moinillon se retourna, les yeux ronds, les joues rougissantes.

— Moi ? dit-il. Allons, tu plaisantes.

— S'il le veut, je le veux aussi.

Elle regarda Jaufré, craintive. Il en oublia ses nuées, se sentit soudain invincible comme un plein soleil à midi. Il vint à elle, il prit sa main, il la serra à la broyer. Elle eut mal, grimaça du nez, mais son regard resta vaillant. Il se tint droit devant son frère avec une force si franche, un rire aux yeux si lumineux que l'autre en trembla de la bouche.

— Tu crois aux esprits, mon frérot ? L'Esprit veut que tu nous bénisses, vois comme l'air se fait content. Et toi tu le peux, tu es moine.

— Il faudrait aller à l'église, gémit Alexis, effrayé.

Et Delphine, à son compagnon :

— Il a dit que ce lieu où nous sommes était saint, le lieu le plus saint du couvent. Rappelle-lui cela, Jaufré.

— Marie-nous, Alexis.

— Devant qui ? Devant Dieu ?

— Devant qui tu voudras. Devant le feu qui brûle ici, devant ce qui n'existe pas et qui pourtant nous fait du bien, devant ma mère disparue, devant toi, devant nos chemins.

Alexis resta un moment à réfléchir, la tête basse et les mains jointes sous le nez, puis soudain redressé, il répondit, radieux :

— Devant Junayid et l'oiseau.

Delphine et Jaufré s'étonnèrent, lui demandèrent qui était cet invité tombé du ciel, cet homme au nom inattendu.

— Vitalis, dit le moinillon, m'a un soir conté cette histoire que lui avait portée de Perse un compagnon de rêverie, au vieux temps de son noviciat. Qui était maître Junayid ? Un familier du cœur des choses, un de ces hommes auprès de qui ses apprentis aimaient s'asseoir comme on fait devant un bon feu. Écoutez donc cette merveille. Vitalis pour moi l'a écrite sur un feuillet enluminé. Elle m'a paru tant émouvante que je l'ai apprise par cœur.

Il toussa dans sa main fermée, prit son souffle, bomba lc torse, et l'index doctement dressé :

— Un jour, un ami de passage offrit un bel oiseau au sage Junayid. Le saint homme le prit, le posa sur sa joue, caressa un moment ses ailes puis les baisa, ouvrit les mains et le rendit au vaste ciel. Son visiteur, surpris, lui demanda : « Pourquoi ? » Junayid répondit : « Il m'a dit à l'oreille : "Ne trahis pas l'amour que tu ressens pour moi. Je t'en prie, mon ami, pas de cage entre nous." Quand il s'en est allé, son cri de délivrance m'a remué le cœur comme il ne fut jamais. Tu m'as offert, plus qu'un oiseau, la bénédiction d'un oiseau. » À ce que disent les conteurs, l'envolé revint chaque jour rendre visite à Junayid. Le matin, il le réveillait, perché au bord de la fenêtre. Le soir, il mangeait avec lui. Ce fut ainsi toute leur vie.

Il s'inclina légèrement comme pour saluer l'histoire. Le feu dans l'âtre crépita. Tous trois restèrent silencieux, intimidés, émus aussi. Alexis dit enfin :

— Mon frère, mon amie, voulez-vous que je vous unisse comme le furent ces deux-là, cage ouverte et cœurs accordés ?

Ses compagnons à voix menue lui répondirent qu'ils voulaient. Alors, posant les mains sur leurs têtes penchées :

— Échangez maintenant vos souffles. Joignez vos bouches et dites au plus secret de vous : « Que veillent sur nos vies l'oiseau et Junayid. Que leur bonheur d'aimer soit le nôtre à jamais. »

Delphine et Jaufré s'étreignirent, se baisèrent avec tant d'entrain qu'Alexis, grognon, l'œil sévère, les empoigna par les cheveux pour les défaire l'un de l'autre. Les deux aussitôt l'attirèrent et l'enlacèrent étroitement, et frottèrent leurs joues aux siennes, et firent taire sur ses lèvres ses protestations effarées. Ils se séparèrent, essoufflés. Delphine resta ébahie. Elle rit, elle dit :

— Je suis ta femme.

Des larmes éblouirent ses yeux. Et Jaufré, l'étreignant encore :

— Que Dieu me donne assez de force pour te protéger de tout mal.

Il se tourna vers Alexis.

— Delphine et moi partons à l'aube. Petit frère, viens avec nous. Tu n'as plus rien à faire ici.

Les yeux du moinillon brillèrent.

— J'ai tant rêvé, dit-il, d'entendre ces mots-là ! Ils me font si grand bien que j'en pourrais pleurer. Au temps où tu courais les routes, la nuit, souvent, j'imaginais que je marchais à ton côté, le cœur léger, libre de tout.

Il resta pensif puis sourit, et dit encore, bravement :

— Je ne t'accompagnerai pas. Le moinillon n'est plus, Jaufré. Il a grandi. Je m'envolerai moi aussi, mais seul avec le dieu de l'air, la jeune mule et tous les livres que nous avons recopiés. Nous avons décidé cela, l'autre soir, Vitalis et moi.

Il attendit un mot d'affection de son frère, peut-être une bénédiction, mais comme l'autre s'obstinait à regarder ses bouts de pieds :

— Je veux être utile, Jaufré. Que ma vie ne soit pas pour rien, que je puisse chanter en route, que je puisse penser : « Alexis, tu es bon, tu vas où l'on t'espère, tu portes partout où tu peux la lumière des grands ancêtres, tu es de ceux qui font qu'elle ne s'éteindra pas. » Et tout cela (sacrée merveille !) sans que l'on sache qui je suis. Je ne serai rien qu'un passant, un de ces errants solitaires qu'on oublie, à peine aperçus. Je serai colporteur du savoir des anciens de monastère en monastère. On m'y confiera des ouvrages que je devrai porter plus loin, et certes je les porterai jusqu'au fin fond de nos pays, jusqu'à ne plus trouver personne qui m'attende sous sa chandelle, devant son tas de parchemins. Tu pourras être fier de ton frère Alexis. Tu pourras dire : « Il me ressemble, il suit lui aussi son étoile, il aime lui aussi sa vie. »

— Ces beaux livres, lui dit Delphine, j'aimerais pouvoir les entendre. Ne veux-tu pas les réciter sur les places, dans les châteaux, peut-être même les tourner en fortes chansons bien sonnantes ?

— Non, ma fille, ils doivent aller où les esprits veulent qu'ils aillent, d'un copiste à l'autre, partout.

Jaufré sortit seul, sans un mot. Les autres, bavardant encore, le rejoignirent sur le seuil. L'incendie, tout au long du cloître, ronflait encore puissamment, mais sa fureur était moins vive, ses crocs ne dévoraient plus rien que des pans de murs résignés. Les hommes çà et là, ruisselants, épuisés, avaient cessé de le combattre. Ils savaient la bête repue. Ils veillaient à ce qu'elle s'endorme, attentifs aux moindres sursauts. Alexis marmonna, pour lui seul, le nez haut :

— Le jour va bientôt se lever. Je vais devoir charger la bête.

— Es-tu si pressé ? dit Delphine. Il nous faut aller voir Thomette, elle doit être en souci de nous.

— Ce matin ou jamais, ma fille. Je pars ce matin ou jamais.

Ils s'enfoncèrent dans l'église. Jaufré avait déjà disparu devant eux. Il les attendit à la brèche.

— Allons aux adieux, leur dit-il.

Ils virent du dehors la maison éclairée comme elle l'était la nuit de la Nativité au temps de leur petite enfance. Thomette, dès le seuil franchi, les houspilla du bord de l'âtre où bouillonnait tranquillement un chaudron de soupe odorante.

— Où étiez-vous donc ? leur dit-elle. Chez ce vieil ivrogne d'Anthelme à chanter sur notre malheur ? Et qui est cette demoiselle ? Vient qui veut dans cette maison. Pourquoi pas des filles de rien !

Ils ne lui répondirent pas. Elle gémit, haussa les épaules et se remit à touiller ferme son bouillon de choux et d'oignons. Presque tous les frères étaient là, accoudés autour de la table, à souffler sur leur bol fumant, la face noire, l'œil éteint, l'habit pendouillant sur leurs os comme des torchons de souillarde. Aymar et Vitalis conversaient à mi-voix dans un coin, au fond de la salle où les livres étaient entassés. Tous les trois leur vinrent devant. Comme Jaufré, le cœur serré, face au prieur se plantait droit :

— Je sais, dit son père. Tu pars.

Il se tourna vers sa compagne, il l'observa, les yeux mi-clos, et soudain radouci :

— C'est elle ?

Jaufré fit oui d'un coup de front.

— Delphine. Elle n'avait pas de nom. J'ai voulu qu'elle ait celui-là.

— Delphine, murmura son père.

Son regard s'embua et se perdit au loin dans des brumes intimes. Un moment il parut captif de vieilles images rêvées, de bruits assourdis par le temps. Il sourit enfin, pauvrement.

— C'est bien, dit-il. C'est bien ainsi.

Il eut un long soupir tremblant.

— J'aimerais vous bénir, ma fille.

Elle lui sourit, baissa les yeux, croisa les doigts sur sa poitrine. Il se pencha, baisa son front, fit sur elle un signe de croix en récitant une prière. Delphine releva la tête.

— Que Dieu vous garde, lui dit-elle. Qu'Il garde ma grand-mère aussi.

Elle rougit. Un regard furtif appela Jaufré à son aide. Il dit au prieur :

— À l'auberge est une vieille à bout de vie dont elle s'occupait tous les jours.

Il hésita. Il dit encore :

— Elle vous a connu autrefois.

— Jeannette, ma mémoire, Jeannette Quatre-Mains, on l'appelait ainsi tant elle était vaillante. Je la servirai comme il faut. Iras-tu saluer Fauruc ? Il est dans la chambre, à l'étage.

— Il ne m'est rien, lui dit Jaufré. Qu'allez-vous faire ? Rebâtir ?

Aymar réfléchit, fit la moue. Il répondit, l'œil amusé :

— Devenir un simple d'esprit. J'aimerais cela, Dieu le veuille.

Et soudain à nouveau raidi :

— Il me faut préparer l'office du matin. Adieu, Jaufré, mon bien-aimé. Tu as fait grand bien à ma vie.

Il se détourna et partit sans un regard à la tablée où quelques moines somnolaient, affalés, le front dans les bras. Jaufré s'en fut au bord de l'âtre d'où Thomette le surveillait, le regard noir, la bouche arquée. Elle se dressa, les joues en larmes, elle l'empoigna par les cheveux, elle dit :

— Va-t'en, porte-malheur.

Le serrant contre ses seins avec tant de force et de rage qu'il en eut le souffle tari :

— Reviens-moi avant que je meure, promets, Jaufré, promets, mon fils.

Delphine l'attendait dehors. Elle était auprès d'Alexis occupé à charger malaisément sa mule. Vitalis l'abreuvait de conseils inaudibles tant ils étaient entremêlés de jurons, de peurs et d'oublis. Le moinillon sentit derrière lui son frère. Il lui dit sans se retourner :

— Va-t'en vite, Jaufré, va-t'en. Nous ne nous verrons plus sur terre. Dieu nous garde, si je t'embrasse, je ne pourrai plus te lâcher.

Il se laissa tomber à genoux, sanglotant. Comme Jaufré restait planté, désemparé, les bras ballants, Vitalis le chassa d'un geste. Delphine le prit par la main et l'entraîna sur le chemin.

Le couvent fumait pesamment. De grands oiseaux lents dérivaient dans les brumes rouges de l'aube.

Épilogue

Si l'on en croit le chroniqueur qui se plut (du moins le suppose) à conter leur vie, le jour où Jaufré le Trouvé et son épouse quittèrent pour toujours Pamiers fut le plus ensoleillé de l'an. « Il est vrai, dit-il, que ce matin-là n'était guère éloigné du temps de Pâques. » Ce précieux anonyme dit encore que son maître (c'est ainsi qu'il nomme Jaufré) « fut longtemps l'un des troubadours les plus estimés de son siècle », ce qui est possible, mais point certain. Car s'il est vrai que nombre d'œuvres admirables se perdirent à jamais dans les tempêtes du temps, nous n'avons retrouvé aucune mention de Jaufré le Trouvé ailleurs qu'au fil de la chronique de ce serviteur peut-être aveuglé par une admiration excessive. Il reste que sa renommée fut tout de même assez lumineuse pour qu'il devienne, dans son grand âge, le secrétaire et confident du puissant seigneur Pinamonte de Mantoue, ce qu'atteste, outre son biographe, une chronique lombarde d'intérêt par ailleurs négligeable. On sait aussi que son épouse, « la très noble dame Delphine », lui donna quatre fils et que l'aîné de ces enfants fut en son temps le plus fameux luthier de Crémone. Cet homme qui conta leur vie nous apprend enfin, avec un émouvant enthousiasme, que Delphine et Jaufré furent les époux les plus aimants du monde. « Quarante années durant, dit-il, chacun fut le bonheur et le souci de l'autre, après quoi ils quittèrent ce monde. Et Dieu voulut qu'ils le fassent ensemble, un même jour, au même instant. »

D'Aymar de Lasserre on sait, par les registres de l'évêché de Toulouse, qu'il demeura prieur de son couvent des frères prêcheurs rebâti de neuf jusqu'à l'âge vénérable de quatre-vingt-treize ans. Le très rigoureux frère Gui, ancien instructeur des novices, lui succéda. Il rétablit avec l'évêque inquisiteur de Pamiers des relations qu'Aymar avait interrompues et qui portèrent, si l'on se fie aux textes à ce jour conservés, des fruits abominables.

Quant à frère Alexis, il revint trois fois à Pamiers. Sa dernière visite fut brève. Elle ne dura que le temps d'apprendre la mort de son maître Vitalis, après quoi il disparut pour toujours.

Ainsi finit l'histoire de ces vieux vivants, ou du moins de ce qui nous est parvenu de leurs tribulations, de leurs amours et de leurs peines, une lueur de chandelle dans la nuit infinie de notre ignorance.

Du même auteur aux Éditions Albin Michel :

PAROLES DE CHAMANS (édition dirigée par), 1997.
LE SECRET DE L'AIGLE, en collaboration avec Luis Ansa, 2000 ; Espaces libres, 2008.
L'HOMME QUI VOULAIT VOIR MAHONA, 2008 ; Points, 2009.
LE LIVRE DES CHEMINS, 2009.
L'ABÉCÉDAIRE AMOUREUX, 2010.
AU BON BEC, 2012.
PETITS CONTES DE SAGESSE POUR TEMPS TURBULENTS, 2013.

Le Livre de Poche s'engage pour l'environnement en réduisant l'empreinte carbone de ses livres. Celle de cet exemplaire est de :
300 g éq. CO_2
Rendez-vous sur
www.livredepoche-durable.fr

PAPIER À BASE DE FIBRES CERTIFIÉES

Composition réalisée par DATAGRAFIX

Achevé d'imprimer en novembre 2013 en France par
CPI – BRODARD ET TAUPIN
La Flèche (Sarthe)
N° d'impression : 3002825
Dépôt légal 1re publication : décembre 2013
LIBRAIRIE GÉNÉRALE FRANÇAISE
31, rue de Fleurus – 75278 Paris Cedex 06

31/7642/7